インドネシア現代文学選集 2

スーパーノヴァ

Supernova EPISODE 1

騎士と姫と流星

ディー・レスタリ 著
福武慎太郎 監訳
西野恵子 訳

上智大学出版
Sophia University Press

スーパーノヴァ　エピソード1

――騎士と姫と流星――

〈目　次〉

『スーパーノヴァ』シリーズ
日本語版への序文

長編小説『スーパーノヴァ』は、幸運に恵まれた作品です。二〇〇一年、この『スーパーノヴァ エピソード1　騎士と姫と流星』を、私が初めて世に送り出した当時、これほどまで長きにわたり、多くの人たちに読まれ続ける物語になるとは、夢にも思いませんでした。

最初は自費出版でした。初版七千部の出版費用のために私はすべての蓄えを掃き出しました。当時の私にとって七千部というのは、私がお婆さんになるまで売り続けなければならない途方もない数字だと思っていました。しかし予想外に、最初の二週間でその初版七千部は完売となりました。『スーパーノヴァ』は、文字通り私の人生を変えたのです。子どもの頃から書くことが好きだったとはいえ、職業的作家になりたいなんて、少しも考えたことがありませんでした。信じてもらえないかもしれないけれど本当なのです。ましてや海外でも読まれるような作品を書くことができるなど、想像できるわけがありません。しかし『スーパーノヴァ』という作品が、それを可能にしてくれたのです。

職業的作家として二十年が経過した今、インドネシアの文学作品を海外で展開する試みの前には、依然として途方もなく大きな壁が立ちはだかっている、私は強くそのように思います。翻訳者も、興味を持ってくれるエージェントもそもそも少ないこと、時間的制約、そして決して小さくはない費用、それらのすべてがインドネシアの作家たちの作品を海外に紹介し、広く知られることを妨げる要因になっています。インドネシア国外での翻訳出版は、まだほんの一握りの作家のみにもたらされる、極めて幸運な出来事なのです。しかし今回、その幸運がようやく『スーパーノヴァ』にもたらされました。

『スーパーノヴァ』は、西野恵子を見つけました。私の妹のパートナーである加藤ひろあきを通じて知り合った翻訳者です。恵子とひろあきの二人は、私の短編集『珈琲の哲学』の翻訳を手がけてくれました。私が家族とともに『珈琲の哲学』のプロモーションで東京を訪問し、いくつかのイベントに参加したとき、恵子は労を惜しまず、私の作品に対するのと同じ献身さで、私たちの世話をしてくれました。彼女はとても注意深く、繊細でとても丁寧な仕事をしてくれます。翻訳作業のなかで、私に確認する必要な事柄があるときに彼女から受け取るメールからは、気遣いあふれる細やかな配慮が常に伝わってきました。

長編小説『スーパーノヴァ』は、上智大学を通じて日本での家を見つけました。上智大学は、インドネシア研究の伝統のある研究教育機関の一つです。この上智大学の出版部から、大きな信頼とともに日本語版の出版機会を与えられたことを、私は心から光栄に思います。上智大学出版のおかげで、私の二冊の本『珈琲の哲学』と『スーパーノヴァ』は、日本での新しい読者に出会うことができました。もちろん、そのほかの作品についても、上智大学と良いご縁がありますことを願っています。

西野恵子さん、福武慎太郎教授、そして上智大学出版の皆さんに、この素晴らしい機会を与えてくれたことに、この場をお借りして厚くお礼申し上げます。そして、これまで私の仕事をサポートしてくれてきた家族にもお礼を言いたいと思います。そして、何よりも、西野恵子さん、慎太郎先生と私をつなげてくれた私の義弟である加藤ひろあきに、心から感謝の気持ちを伝えたいと思います。

いつも、出会うたびに恋をし、感銘を与えてくれる日本は、私にとって特別な場所です。私の作品とともに私の想いの一部を、日本語読者の皆さんと分かち合い、この物語世界を身近に感じてもらえることは大きな喜びです。

今、あなたの手にあるこの本は、『スーパーノヴァ』シリーズの六つのエピソードのうちの最初のエピソードです。『スーパーノヴァ』シリーズが完結するまでに十五年を要しました。この本との出会いが、皆さんにとって素敵な出来事、心に残る出来事となりますように。この日本語版を通して、スーパーノヴァの世界にどっぷりと浸ってみてください。

愛をこめて

ディー・レスタリ

（訳・福武慎太郎）

スーパーノヴァ　エピソード1

――騎士と姫と流星――

●登場人物●

作中に「騎士、姫、流星」が登場する物語を創造する同性カップルの二人。

ディマス（男）：執筆を担当。上品で穏やか。

レウベン（男）：「量子心理学者」を名乗る。理屈っぽい世間知らずの天才。

＊＊＊

レー（フェレー）（男）：多国籍企業の若きエリート。

ラナ（女）：雑誌の記者。

ディーヴァ（女）：トップモデルであり、娼婦。

スーパーノヴァ（？）：インターネットを駆使し、生きるためのメッセージを発信する者。

＊＊＊

エル（ラファエル）（男）：フェレーの友。

アルウィン（男）：ラナの夫。

ギオ（男）：ディーヴァが心を許す人物。

スーパーノヴァ
――生きることを希望するあなたへ――

ようこそ。

スーパーノヴァでお伝えしたいことは、簡単に理解できるものではありません。何十億年もの歴史をまとめ、光の速度をも超える動きを感知したり、「信心」という名のついた抽象的にしか掴むことのできないものを、使い古された脳細胞へ注入するための取り組みを行います。

複雑な構造やメカニズムには、私たちが捕らえることのできるシンプルなパターンが一つ存在します。それはあまりにもシンプルなので、複雑さの中に生きることに慣れている私たちの思考は、これを受け入れることができないかもしれません。それでも、私たちはそれを学ぶために努力をするのです。つまり、極めてシンプルな一つのものが、どのように複雑で巨大なその他のものを打ち砕くのかということです。

私は先生ではありません。あなたは生徒ではありません。

私は真実を伝えるだけの者です。蜘蛛の巣をたどる者です。切れることのない銀の糸が織りなす結び目を見守る者です。

ここにあるパラダイムはたった一つ、それは「完全性」です。

そして、私たちにとって、世界にとって、「よりよい人生を創造する」という一つの目的のために活動を行います。

スーパーノヴァはオカルトではありません。宗教組織でも、哲学講座でもありません。スーパーノヴァは、人生の蜘蛛の巣にある銀の糸の結び目を示すために、歴史・神話・科学から買い物リストにいたるまで、何でも取り扱います。

皆さんが、それぞれのフィルターを通してこの情報を消化してください。そして現実社会におけるあなたの役割に合わせて、それを変換してください。

ここは、学びの園庭です。人生を遊ぶ、つまり真に生きるための場です。

すべてが不確実で相対的な世界において、スーパーノヴァが保証できることはたった一つです。それは、私たちが人生に対する見方を変えると、私たちが想像する以上に、世界に大きな影響を与えるということです。

S

1　あるのはただ「存在する」ということだけ

向かい合って座る二人の男がいた。二人の目からは、温かさがこぼれている。温かいという感情は、確実に存在し続けてきた。十年という月日を経て、灯った火は弱くなったものの、本質が錆びつくことはなかった。かつてのようにメラメラと燃え上がりこそしないが、温かかった。永遠にも感じられる温かさ。これこそ、皆が探し求めているものではないだろうか？

十年前、二人はジョージ・ワシントンで出会った。もっと正確に言えば、ワシントンＤＣのウィスコンシン通りの名を記した表示板の下で出会った。夏のきつい日差しが照り付けていた。二人はそれぞれ別の友達を連れていて、そのほとんどが互いに顔を見たこともなかった。そして、二人は実に平凡な方法で知り合った。特別なことは、何もなかった。

―一九九一年―

ワシントンDC

「ジョージ・ワシントン大学のディマスです」ディマスは、そう自己紹介した。あどけなさの残る顔立ちで、いつもはにかんでいるような印象を与える学生だった。

レウベンが、差し出されたディマスの手を握ると、その手はスベスベとしていた。きちんとした身なりに相応しいなめらかな手だった。レウベンとは違っていた。レウベンには、そのぎゅっと握った握手と同じくらいはっきりとしたしわが顔に刻み込まれていた。

「ジョンズ・ホプキンス大学医学部のレウベンだ」

「バルティモアからの道のりはどうだった？」

「まぁ、順調だったよ」

「ニューヨーク通りの方から北の二九五号線が閉鎖されてるって聞いたけど」

「ジョージ・ワシントン・パークの方を通ってきた」

素っ気ない返答だった。ディマスはすぐに、レウベンは偏屈で社交性に欠ける奨学生グループに属しているのだろうということを感じ取った。こういうタイプの人間と上手くつき合うことができるのは、本だけだ。一方のレウベンも、ディマスは金持ちグループのうちの一人なのだろうということを、すぐに察知した。レウベンは、有り余るほどの財産を持ったインドネシアからの留学生グループが、どうしても好きになれなかった。

しかしその日は何かが違っていた。夏の活力が、いつもとは違う何かを可能にしたのかもしれない。その晩、これまで一度も交わることのなかった二つのグループは、ディマスの友人が所有するウォーターゲート・コンドミニアムという高級マンションの一室に流れ着いた。夕食にはじまり、小さな〝アシッド・パーティー〟まで開くことになった。

ソファ、カーペット、マットレス、浴室にいたるまで、あちこちに、皆ゴロンと横になって眠りについた。かすかに流れるトランス・ミュージックの音を残すのみとなった頃、二人の会話が聞こえてきた。

「初めての体験だ。こりゃすごい、尋常じゃないセロトニンの嵐だ」レウベンがそう言った。視線は遠くを飛んでいる。

ディマスはしらけた笑みを浮かべながら答えた。「セロトニンの嵐。素晴らしい表現力だね」

「なぜこんなときに寝ている奴らがいるのか、俺には理解できない。今この瞬間は二度と訪れないっていうのに。マイルストーンだ」

「君は、何を見ているの?」

レウベンは、この状況をいったいどうやって説明したらよいものかと周囲をキョロキョロ見回していた。探し求めていた鏡をやっと見つけたばかりで、その反射を楽しんでいるところだった。だから、何も喋らせようとしてはいけないのだ。

乱流を理解するための新たなゲートを開いた、フランスの革命的な数学者であるブノワ・マンデルブロの解説を初めて読んだとき、レウベンは、生命の鏡における二つの面、つまり予測可能な秩序と予測不可能なカオスの間にあるわずかな美しさを感じた。秩序とカオスだ。

どんなに完璧な構造にも、カオスは常に存在する。永遠に目には見えない影のように。システムはそのクリティカル・ポイントに達したら、逆転する。均衡を保っているように見えても、カオスと秩序は共存しているのだ。糊代わりにジャムを塗って、幾重にも重ねたクエ・ラピス（薄い層を重ねて作るインドネシアの伝統菓子）のように。ジャムは、すべてが相対的である無限のジャングルであり、ポテンシャルと可能性が集まる量子のゾーンだ。

日常生活においては、途切れ途切れの不連続性という形で、その存在を感じることができる。何世紀もの間、科学界を席巻してきた還元主義のパラダイムにおいては、この現象は注目されなかった。そしてこの世界をただ白黒であるものとして見てきた人間は、灰色の量子の次元へ入るたび、不安定にぐらつくことを覚悟しなければならなかった。だから、客観性を称賛する者は、相対性をこの世の終わりのごとくとらえていた。科学は、常に客観的というわけではない。科学は、主観的にならなくてはならないこともよくあるのだ。

【それで、乱流、本当のあなたはいったい何なのですか？ その顔をどこに隠しているのですか？】

乱流は、映画フィルムの一コマ一コマの周囲にある黒枠に例えることができる。映画とは、実はコマの集合体以上のものではなく、連続性があるものではないのだが、一秒当たり二十四コマの速度で映写すると、我々の目にはそうは映らない。現実的な例えをするならば、乱流とは、卓越した〝崇高なキッチン〟といったところだ。空間と時間に縛られず、遠くの信号と交信する。あらゆる量子の可能性、ポテンシャル、跳躍を調合する場所だ。そしてこのキッチンから、現実的で数値化することができる人生のスープが差し出される。味見をし、香りを嗅ぐことができる現実だ。

バクテリアのような単純な生物から、銀河間における相互作用にいたるまで、乱流は、どこにでも存在する。しかしその存在は、ラジオの電波がピタリと合わないときの「ジージー」という音や、テレビ番組が終わった後に映り込む静止画程度に、ただ単にうるさいものとしてとらえられてしまうことが常である。しかし今、科学界は、真の乱流を経験するときに差し掛かっている。つまり、昔ながらの還元主義やニュートンの物理学による見解では、人生の鏡による反射を遮断することができないということだ。望むか望まないかを問わず、秩序は、鏡に映し出されるものであり、自身は偉大なるカオスから生み出されたものであるらしいということを発見するのである。非線形器官である脳や、不規則な心臓の鼓動といったものが、人間が生きるための秩序を生み出しているのと同じことだ。

ある構造の誕生は、基本的には、絶え間なく自分自身に対するフィードバックを行うアトラクターに起因する。この逆流プロセスにより構造は拡張し、やがて変化を経験する地点、または変化するための選択肢が提示される地点にたどり着く。不安定極まりないこの段階から、後に頂点へ達し、分岐と名付けられたものが発生する。歴史的な出来事は、ある構造に革命を起こすためのものなのだ。

その晩、レウベンの太陽神経叢を揺さぶる、ものすごい変化が起きた。レウベンは、それを感じ取ることができた。彼はちょうど分岐点にいた。

繊細なインスピレーションが魂に舞い降り、レウベンが持つ理解構造のすべてを拡張させていき、これまで断片的だった理論の欠片が一つにまとまった。そして、リビングの真ん中で、彼の目の前で、宇宙全体の秘密がわずかに暴かれた。

レウベンは、すべての物体とあらゆる方位が、ゆっくりと霧のベールに包まれていくのを見た。色とりどりの画像を創り出すテレビの画素のように、この物質世界に現実を生み出すために、明と暗がどのように協力し合っているのかを目撃した。そして、視線がベールを通過したとき、その境界はなくなった。エネルギー界の文様が壁に現れ、粒子が流れ込み、浸透するように動いた。

レウベンは心から笑った。なんと、この人生は流動体だったのだ。ソリトン波が大海を漂流するかのごとく止まることなく歩み続け、レウベンはそのど真ん中、台風の目にいた。

ゆっくりと両手を上げてみたところで、はっとした。自分自身もベールに包み込まれたのだ。その身体は、映写画像にすぎなかった。そして、レウベンという名を持つ一人の男の体ではなく、自分自身は粒子の集合体なのだと認識することができた。つまりは、…不死身だ。

始まりも終わりもない。原因も結果もない。空間も時間もない。あるのはただ「存在する」ということだけ。動き続け、拡張し続け、進化し続ける。将来の確実性や見込みを欲して、この流れの中で石になろうとするなんて、無駄なことだ。なぜなら、本来、不確実性によって人間は繁栄することができ、創造するためにそのポテンシャルを活用することができるのだから。

レウベンは、涙と笑いの中で、爆発してしまいたいような感覚にいた。「俺は、クリアなものを見た。思考のあらゆる仕切りや格子が取っ払われた。どこへも行きたくない。すべては、ここにある…」おぼつかない様子で、そう説明した。

「いつ卒業するのかとか、授業とか課題とかについては、もう何も質問はないよ――」ディマスが答えているところで、レウベンがそれを勢いよく遮った。

「そんなのは、どうでもいい。俺は、すべてを透過した。俺は、理解したんだ。わかるか？アインシュタイン・ポドルスキー・ローゼンのパラドクス、ローレンツのバタフライ効果、電子の二面性、シュレーディンガーの猫――」

「あの半分生きてて、半分死んでる猫のこと？」

「唯物論者と観念論者の相違を、仲裁してみせる！　物質と非物質！　科学と神話！　すべて、はっきりと想像できる！」レウベンは、まくし立てるように話した。

「セロトニンのせいだ」

「クリアなおかげさ。お前は知ってるか？　人は瞑想しているとき、脳のセロトニンが一気に上がるんだ」

「ということは、僕たちは今瞑想をしているってことかい？　いいね。簡単じゃないか。飲み込めばいいだけだ。呼吸を整える必要もない」

「でも、瞑想する者たちは、自然にセロトニンを作り出している。こんな外的なものに助けを求めたりしない。覚えておけ、本来近道なんてもんはないんだ。俺たちの体に大きな代償を払うことになるんだが、今回は目をつぶろう」

「バッド・トリップは嫌だよ」

「セロトニンって、脳の洗浄剤みたいなもんだろ？」

「僕が知るわけないじゃないか。医大に通ってるのは君でしょ？　医者になるのは僕じゃない」

「今宵は、何にだってなれるぞ」

「僕は、文学者がいいな」

「我らが崇拝する美をじっと見つめたいという欲望が湧いたなら、心の中を見ればよい。影さえも現実となる。心を鏡にして、そこに映るのだ。崇高な友の偉大さを発見するがよい」

宙を浮いていたレウベンの視線が、急降下した。わけがわからないといった様子のディマスを見て、さらにこう続けた。「カオス理論について学んだことがあるか？」

「カオス理論だって？　神秘主義者アッタールの詩のこと？」

「それだ。スーフィズム、カオス理論、相対性理論、量子論。これらはすべて、一つのパンドラの箱から生まれたんじゃないかって思うことがあるんだ。ただ時代が違ったり、言語が違ったりするだけでさ。お前は、あの詩がどれだけ美しいかわかるか？　そしてあの詩は、俺が今言ったことと、どんな関係があると思う？」

「君が今言ったことって、いったい何のことさ？」

「人生の鏡の両面を見ることで初めて、完全なる真実を得ることができるってことさ。片面じゃダメなんだ。そして、その鏡は、すぐ近くにある」

「僕たちの心の中に？」

「俺たちの体の原子一つ一つの中に、って表現の方が好きだな」

「なんと、すごいな。でも問題は、君はさっきまでそんな話をしてなかったってことなんだ。幻覚でも見てるんじゃない？」

レウベンは仰天した。「そんなわけないだろ？　マンデルブロや乱流について説明したじゃないか？」

ディマスは頭を左右に振り、小さく笑った。「どうやら、僕が思ったより、君は重症みたいだ。きっと夢でも見たんだね」

「何だって？」レウベンは、さらに驚いたようだった。「まさか、さっきの会話は俺の頭の中で起こってたってことか？　でも、なぜあんなにリアルだったんだ？　信じられない。セロトニンよ、お前は、俺の体内でもっとも美しい！」

ディマスは、横に寝転んでいるレウベンをちらりと見た。「僕は、君に敬意を表するよ。セロトニンをそんなに高く評価するのなんて、君くらいなものだ。たいていの人は、ちょっとした気晴らしくらいに思ってるんじゃないの」

「お前らは、金のことばかりだろう？　金がなくなったら、ママかパパに電話すれば、それで解決だ。有り余る金を持つお前と、超絶に貧乏な俺が、同じ点で出会った。まぁ、よくあることだが」

「そんな言い方はやめてよ。ただのスポンサーシップみたいなものじゃない」

「賭けてもいい。お前は、財閥の跡取りに違いない。それか大佐の息子、いや領事館員の息子かもしれないな。マーケティングか、経営学を専攻してるだろ。毎年、夏か冬にはインドネシアへ帰国する。そして、インドミー（インドネシアでポピュラーな即席麺の名称）を段ボール箱ごと大量にしまい込んでいるな」

「英文学だ」ディマスが言葉を遮った。「それに、夏に帰国したことはない。サマークラスか講義を取るからね。一般論で決めつけるのはやめてよ」

「そうか、すまん」

「それはそうと、レウベン、さっき君はセロトニンは脳の洗浄剤だと言ってたね？」

「それはまだ仮説で、ただの比喩だ。なぜ？」

「本当にそうかもしれないよ。僕の頭も冴えてきた。正直になりたい。僕自身のことについて」喉がごくりと鳴る音がした。「実は、僕――」

「ゲイか？」

ディマスはきょとんとした。「なんでわかったの…？」

レウベンは豪快に笑い飛ばした。「そりゃ、わかりやすいからさ。お前がつるんでる仲間たちだってそうだし、マンションはデュポン・サークルにあるって言ってたし。でもお前はゲイだってことを認めるために、ぶっ飛ぶ必要があったってことだな？」

ディマスもつられて、笑った。バカバカしくなったのだ。

「まぁ落ち着け。俺もそうだ」レウベンは、あっけらかんとそう言った。

ディマスは、再びきょとんとした。「まさか。君は、とても――」

「とても男っぽく見える？　ゲイは、しなやかな仕草で、オネエ言葉を使わなきゃいけないなんて誰が言った？　こうやって、俺はもう一年も前からカミングアウトしてる。親も知ってる。むしろ、結託してる。親は、俺が地獄で他の同性愛者たちと共に、ソドムとゴモラのように燃やされてしまったら、ヤハウェに『一緒に燃やしてくれ』と頼むと言ってる。俺が失敗作なのだとしたら、その親も失敗作だから、ということらしい。すごいだろ？」

ディマスは、何も言えなくなった。真のヒーローを見つけたような気がした。

「俺は、誓いを立てたい。証人になってくれ」レウベンは、もう飛んではいなかった。思考は、しっかりと地に着陸していた。

「何の誓い？」

「十年後、俺は一つの物語を創る。あちこちに枝分かれしているあらゆる知を繋ぐことができる、傑作を」

「十年後？　すごい先のことだね」

「あっという間さ」

「わかった。僕の十年間でもある、君の十年間を手伝うよ。傑作を創ろう。多くの人の心を動かす、広い視点を持ったロマンス文学だ」

「神に誓って」

二人ともすぐに、それぞれのイマジネーションの中を放浪しはじめた。しばらくの間、黙り込んだ。

沈黙を破ったのは、ディマスだった。「この呪われた物質は、何年間も脂肪細胞の中に蓄積するらしい」

「ってことは、いつか俺たちは、この瞬間にまた戻ってくるってことか？ ハレルヤ！」

「もしそうだとしたら、また一緒に、その時を迎えたいな」

その言葉を聞いて、レウベンは後ろへ振り返った。そこには、偽りのない笑みを浮かべて、まっすぐとレウベンを見つめるディマスがいた。

十年経っても、その笑顔は変わらなかった。卒業式で、レウベンが登壇するのを見届け、成績優秀者としての受賞スピーチをするのを見守ってくれた笑顔。セミナー論文を書くのに忙しく徹夜続きのとき、「もう寝る時間だよ」と教えてくれた笑顔。大学教員時代の喜びにも悲しみにも、じっとつき添ってくれた笑顔。

そして、レウベンもまた、ディマスのヒーローであり続けた。インド－ユダヤ系であるレウベンは、彼にしか理解することができない宇宙物理学の学説と、心理学の知識を繋ぎ合わせていった。高い志を持ってこの作業を行っていたし、いつも忙しそうだった。レウベンは、自身のことを、量子心理学者だと名乗った。彼の情熱の炎は、多くの人の心に火を灯した。数々の新たなアイデアを持ったレウベンは、ディマスにとってもっとも完璧なインスピレーターであり評論家となった。レウベンとの長い討論に掛けられていない文章や原稿はなかった。

ウォーターゲート・コンドミニアムでの夜は、二人にとって最後のセロトニンの嵐となった。三か月と二十一日後、二人は新たな嵐に見舞われる。エンドルフィンの嵐、愛のホルモンだ。

ちょっと変わっているのは、正式なカップルとなってから相当長い時間が経っても、レウベンとディマスは、他のゲイカップルがそうするように、一つ屋根の下で暮らしたことがなかった。なぜかと尋ねられたら、答えはこうだ。「いつまでも、互いを思う気持ちが続くように。そして、会いたくなったとき、努力しなければ会えないように」

十年は、あっという間に過ぎ去った。

―二〇〇一年―
ジャカルタ

「今日であれからちょうど十年だ」
「そうだね、おめでとう」

少し開いたレウベンの家の居間の窓から、首都の暖かい風がそよそよと入ってくる。南ジャカルタに位置するシンプルな家だ。ここのインテリアには、あまり目を引くものがない。あえてこの家で一番目立つものを挙げるとしたら、本だろう。壁から壁へ本棚が連なっている。

そして十周年を迎えた日、テーブルの上には、花もチョコレートの箱もない。そこにあるのは、紙とボールペンだった。

「では、」ディマスは、眼鏡を掛けた。「僕らは、この傑作が二人の作品になるということで合意した。それから、科学ジャーナルではなく、物語にするということもね」

レウベンは、すぐに反応した。その表情には、反対の意が示されていた。

「レウベン、もういいじゃないか。君が言っていた案だと、予算が掛かりすぎるし、長期間の研究が必要だ。しかも、ごめん、面白くない。逃げ出したくなるだろう。多くの人に読んでもらえるように、親しみのあるストーリーに包み込む必要がある。ロマンティックな、科学ロマンでありつつ、詩的でもあるやつだ。いい?」

レウベンは、眉を持ち上げることで返事をした。そしてすぐに眼鏡を掛け、メモを取る態勢を取った。

「よし」ディマスは、再開した。「波瀾万丈なラブストーリーに包むことにしよう。モラルと社会的価値観が対立し、議論を巻き起こすようなラブストーリーだ」

「例えば、同性カップルとか？」

「違う。同性愛は、世間ではまだマイナーすぎる。異性カップルだけど、大きな障壁があるのがいい。例えば、カップルのどちらかが既婚者とか」

「ありきたりだろ。でも、そこに多面性があるのは頷ける。宗教、モラル、制度……。オッケー、そうしよう」

「君は、男と女、どちらが結婚している設定がいいと思う？」

「女だな」レウベンはきっぱりと答えた。「男だと、『遊び人』とか『女がうるさいからだ』とかいう理由で、問題視されない。一夫多妻を認める宗教だってある。男じゃ、議論は巻き起こらない」

「年齢、性別、場所は？」

「年齢は、四十歳以下ってところだろう。登場人物はみんな若いのがいい。生産年齢で、都会的で、大都市に住んでいて、情報技術にアクセスすることができる人物だ。路上生活者や、地方文化を飾る村の設定なんかは不要だ。現実には、ヤッピーたちが、民衆の代弁者となりうるのであって、彼らは開発する力を持っていると同時に、破壊するポテンシャルももっとも高い」

「それじゃ、二十代後半から三十代前半ってところだね。舞台はジャカルタ。インテリで、専門職を持つ」ディマスは、素早くメモを取った。

「舞台はジャカルタか。いいね。西洋が入り込んできているのに、東洋であり続けるふりをするジャカルタには二元性がある」

ディマスは、小さく笑った。「僕たちも、大都会で育った若者だし、海外留学までしている。しかも留学先はアメリカだ。本質的には資本主義者だし。僕たちもこの設定と同じカテゴリーに入るんじゃない？」

「枠は俺たちと一緒だっていいさ。ただし、典型的なものにしちゃいけない」レウベンは、自信満々な様子で、自分の頭を指差した。「彼らは運がいい人間だ。グローバル文化と比較したり、直接それに触れたり、中に入り込んだりする機会があったわけだし、まったく異なるシステムと環境の中で知識を求めることができるんだから。でも、いったいどれだけの人が、意味を持ってそれらのことを行っていると思う？　俺の目には、失敗して、親の金を浪費しただけで終わった奴らは、ただただ皆同じロボットになっているようにしか見えない」レウベンは、辛口に設定を進める。

「ところで、物語になぜアヴァタールを登場させる必要があるんだい？　僕は、コンセプトが壮大になりすぎているんじゃないかと心配になってきた。アヴァタールって、普通の人間の姿をしたもっとも神聖な者だろう？　葛藤を描くラブストーリーに、アヴァタールが登場しなくてもいいんじゃないの？」

「いいか、同じ宇宙というシステム内では、意味のない問題なんてないんだ。規模が大きいか小さいかというのは、いまだにサイズに捕らわれている大多数の人間の考えにすぎない。ある特定の点において、ラブストーリーは、広範囲で集合的な人々の物語を映し出すものとなる。個々は、環境によって形成されるのが常ではないか。そう思うだろう?」

「じゃあアヴァターラは、すべてを仲裁する中立の立場にいるってことだね」

「ゼロ点にいる。態度でいうと中立だ」レウベンは、そう付け加えた。

ディマスのやる気に火がついた。「面白い!　アヴァターラについて、さらに議論を深めよう!」

「それは、後だ。アヴァターラは、一番最後まで取っておく。異性カップルの男の方に戻ろう。まずは、男から始めよう」

「やっぱりかっこよくないとね」ディマスが、さっと割り込んだ。「僕が楽しく書けるように」

「とにかく、男は賢くて、成功者でないといけない。誰かに与えられたような成功ではなく、自分で勝ち取った成功だ。そして、男の仕事には何かしらの葛藤を付け加える。何らかのストレスを」

「多国籍企業だね。他には?」ディマスは、肩をすくめた。「男は、どれくらい成功してる?」

「考えられないくらい、めちゃくちゃ成功している。一番高い地位を与えよう。その分ストレスも大きくなるだろう?」

「実は、詩人としての心を持ち合わせていることにしよう」

「ディマス!」レウベンが反対した。

「ちょっと聞いて。これがあるから話が面白くなるんだ。例えば、幼少期のある葛藤のせいで、男は、生まれ持った才能と引き離されてしまった。彼は成功者となったが無機質なロボットとなり、心は空虚だ。しかし姫と出会い、すべてが逆転する。そこに愛の本質が問われる！ものすごく規則正しい高度なコンピューターが得体の知れないウイルスに感染して、突然不安定になるところを想像してみて。一時的に、ありえない状況に捕らわれるんだ。ノートンのウイルスソフトなんてない。誰を責めればいい？ほぼあらゆるものに関するすべての質問が、煮え立つまで準備されているんじゃなかったの？煮え立った後は爆発する？」ディマスの言葉も燃え上がる。

この言葉に、レウベンもすぐに興味を引かれた。そしてレウベンは、正確に知っていた。過負荷が掛かったシステムというものは、新たな道が開かれる分岐点に達するということを。「クレタ人は皆嘘つきである」という言葉を残した、クレタ人のエピメニデスに関する古典物語のように。そして、「エピメニデスは真実を述べているのか？」という質問を投げかけられたとき、超高度なコンピューターでさえ、終わりのないパラドクスへはまってしまう。「イエス」なのか「ノー」なのか、どちらも妥当な答えなのだから迷ってしまうのだ。

しかし、人間はそうじゃない。だからこそレウベンは、人間の思考はコンピューターと同じ構造だという見解を示す機能主義のパラダイムには賛同できない。脳がハードウェアで、思考や心はソフトウェアだというのが本当だったら、頭がおかしくなることなく、エピメニデスに向き合うことができる人など誰もいないだろう。このパラドクスから抜け出る唯一の方法は、システムから飛び出すことだ。量子操作だ。単なる力学ではなく、意識を持つシステムのみが実行することができる操作だ。

レウベンは、満足げな笑みを浮かべ、何度も頷いた。ディマスの提案に量子のゲートが見えた。

「いいだろう、詩人にしよう。多国籍企業の重役という姿と、詩人を結び付けるだけのアイデアが俺には浮かばないが」

「それは問題ないよ。僕が考えるから」

「何て名前にしようか？」

「今決めるのはやめておこう。議論になって時間がかかるのが目に見えているよ。一先ず『騎士』と呼ぼう」

「姫の愛のために戦う騎士か。ヒエラルキーという障害に対峙して、ドラゴンを倒して…、これはロマンティックだ」冷やかし半分に、レウベンがそう言った。

ディマスは微笑むだけだった。「騎士と姫。古典的だよね？」

「それで、物語の中では、俺たちみたいなカップルのための場所はあるのかい？　愛おしい恋人よ」

レウベンは、まだ冗談を続けていた。

「あるわけないでしょ。相応しい歴史だけが、ソクラテスを信じる僕たち二人に居場所をくれる。何のために物語の中で？」

向かい合って座る二人の男がいた。二人の目からは、温かさがこぼれている。温かいという感情は、確実に存在し続けていた。かつてのようにメラメラと燃え上がりこそしないが、温かかった。永遠にも感じられる温かさ。これこそ、皆が探し求めているものではないだろうか？

2
騎士

自宅のガレージに到着しても、運転席の男は、なかなか車から降りてこなかった。持ち物を一つ一つ手に取り、確認していた。忘れ物をしたくないのだ。カバン、書類、ハーバードのビジネスレビュー、携帯電話の充電器、そして眼鏡ケース。そして、さらにまだ何かを探している。小さな物だ。男は、それをすぐに確実な場所にしまわなかったことを後悔した。考えなければならないことが多すぎて、小さなことにまで気が回らなかったのだ。

シャツのポケットを手でゆっくりと探った。どうやら、こんなところにあったらしい。笑みを浮かべながら、短くてみすぼらしい鉛筆を見つめた。まるであの顔に会ったときのように。

家の電話が鳴るのが聞こえ、慌てて中へ入った。

「もしもし？ なんだ、エルか。誰かと思った」

友達のエルが、電話の向こうで笑っていた。エルの本名はラファエルだが、短くしてエルと呼んでいる。「もしもし？　レー、今晩どこか行こうぜ」

「行かない、ごめん。仕事が溜まってるんだ。今週はあいつがいるから、何かあると面倒なんだ」

「あいつって、あの欧米人の？」

「そう。君のところの前副社長。この会社はいったい何の呪いに掛かってしまったんだろうか。あの人が支社長になるなんて、ありえる？　しかも僕が直接報告しなきゃならないし。毎月憂鬱だ」

「でも明日は金曜日だろ？」

「だから何だ。また月曜がきて、金曜になる。あの欧米人に会う回数は同じだ。あいつは、あと一週間はここにいるだろう」レーは不満交じりにまだ続けた。

「エルが羨ましいよ。たまに辞めてやろうかと思う。それで、車やバイクの修理工場を開くんだ。ヒエラルキーもないし、長い会議もない」

「バカ。何ふざけたこと言ってんだ！　お前は、その忙しさを楽しんでるんだってことを認めろ。誰にでもできるような仕事じゃない。お前だって、その外国人上司と同じで、多国籍企業を渡り歩いてきたんだろうが。もしお前が俺と入れ替わったら、絶対オフィスに戻りたくなるはずだ。その長い会議とやらにね。賭けてもいい」

「僕はそうは思わないね」レーは、声を上げて笑った。

「どっちにしろ、明日はクラブに行こう。お前が行きたければの話だけど」

「明日の状況次第だけど。いい？」

レーは、電話を素早く切った。早くリラックスしたかった。


レーは、シャワーに打たれ、立ったまま銀色に輝く水滴を見つめていた。ぼーっとしていた。以前には、ありえなかったことだ。そこには、ぎっしりと詰まり、集中しているいつもの思考はなかった。その晩、いや、ここ一か月間は、毎晩そんな状態だった。エルは、レーがぼんやりすることを覚えたと知ったら、笑うだろう。

「ラナ」レーは、蒸気で曇った鏡に、その名を書いた。愛する人の名前をあちこちに書きたくなる、恋に落ちた若者のような自分を発見した。

レーは、エルに嘘をついていた。仕事には触れてもいなかった。直接的ではないにしろ、ラナのおかげで、Tシャツ短パン姿でテレビを眺め、温かいお茶を淹れて、雑誌でも読みながらダンベルをする、という何もしないことの心地よさを再評価するにいたっていた。心も体もリラックスしていると、集中してラナに思いを馳せることができるのだ。

ちらりと時計に目をやると、夜中の一時になろうとしているところだった。ラナの携帯電話、ましてや家の電話へ連絡できない時間であることは、明らかだった。そこで空想の出番だ。直接触れることができない何かを立ち上げて、シュミラークル（「表象、イメージ」を意味する語）の中で思考が刺激されるままにし、それで満足する。

レーは、モノトーンの逃亡劇の中を走っていることに気づいていた。その幸福がどれほど深くても、同じくらい深い不安が常に付きまとっていた。「あぁ、僕の姫。君は今、何をしているのだろう？」

長引く夜、眠りに落ちるまでの時を過ごす最後の場所へ向かう。書斎だ。

いつも通り、愛を歌うジョン・レノンのレコードアルバムを回す。

レーは、椅子に座って回転しながら、天井を仰ぎ見た。デスクには、紙が散らばっている。ここ一か月間、毎晩変わらず同じ位置にあった。

姫よ、
この宮殿にお戻りください
僕が展開しようとする大地をも破壊する能力を持つ、いとおしい全宇宙
これぞ、我々の感情を受け止めることができるニルヴァーナ
大地には空があり、

その空は、神秘の中で勝利を収める広大な銀河へとつづく窓なのです
僕の窓は、この散らばった紙
紙には、到底理解し尽くすことなどできない世界に関する質問リストが書いてあります
大地は、深い海溝で感覚を震わせます
僕は、レコードを少ししか持っていないのです
僕だけの海には、いつもあなたがいて、
そしてまた変わらず、あなたがいます
大海のように溢れた言葉は音楽に巻かれ、思い出へと放たれていきます
その中で僕は、魚でいられる間だけ、泳ぐことができるのです
大地とは、大きなコイルであり、
神の創造物すべてを無常の中に囲い込んでいきます
あなたと僕も

ラナ宛ての最初の手紙だ。数ある手紙の存在を知る者は誰もいない。エルはもちろん、ラナ本人でさえこのことを知らない。でも、そんなことはどうでもよかった。重要なのは、彼を再び騎士にさせた、進化なのだ。レーは、初めて理解したのだった。彼はシンプルに生きることを選んだのだ

と。そう、ラナだ。

僕はあなたに会いたい
あなたの疑念が、悲観論が、恋しい
僕が選んだのは、あなたです

そして、レーはまた空想だけに数時間を費やした。あの出会いのことだ。そして、これまでに絡みついた時間のチェーンを、一つずつたどっていった。

あのインタビューを受けることができて、本当に幸運だった。もしインタビューを受けていなかったら？あの日は予定が入っていなくて、本当に幸運だった。もし予定が入っていたら？今の職場で働いていて、本当に幸運だった。もし働いていなかったら？生きていて、本当に幸運だった。もし生きていなかったら？

すべては、一つのアクションから始まる。すべては、一つのアイデアから始まる。すべては、灰色の脳細胞のたった一度の振動から始まる。

レーは、インタビューが苦手だった。それなのに、雑誌や新聞が、こぞってレーの記事を掲載しようと躍起になっていた。正統派ビジネス誌から女性誌にいたるまで、「今月の男性」特集に、レーを起用したがった。一般的なレベルで考えると、レーは確かに成功者だといえるだろう。二十九歳になったばかりで取締役だし、容姿もよかった。多くの広告局が、広告に出てほしいと依頼してくるほどだった。テレビドラマに出演しないかと言ってくるプロダクションについては、完全に理解できなかった。彼らはたぶん、多国籍企業の取締役がどんな生活を送っているのか、まったく知らないのだ。

飛行機であちこちへ飛び回り、美女に囲まれ、パーティー漬けの毎日だと思っている人が多いのかもしれない。現実にレーが送る生活は、そんな人々が想像する生活とは、真逆のものだった。レーには、常に最高のものが用意されていた。飛行機ではファーストクラスに乗り、社用車は最低でも五百万クラスのもの、ホテルはいつも五つ星だった。しかしレーは、常に何かを考えたり、ファックスのページをめくったり、あれこれと報告を受けたり、あちらこちらへ電話をしたり、道中の景色を楽しむことなど許されぬ状況で、すべてを素通りするだけだった。

確かに、女性には不自由しない立場だった。今までに三ダース以上の女性が、彼に近づいてきた。レーは、その誰に対しても愛想よく話しかけたが、距離を縮めることはなかった。先送りすることができない仕事が多すぎた。

パーティーについては、たぶんあった。レーも何十回とパーティーに足を運んだ。しかし、盛り上がりが最高潮に達する前には、その場を去った。翌日に向けて、体力を調整しなければならないからだ。

その朝は、これまで会社で過ごしたどんな朝とも違っていた。それを肌で感じ取っていた。ラナと最初に出会った、キーポイントとなる朝だった。レーは、その朝、始業から三時間もスケジュールが空いていることに驚き、秘書にもう一度確認した。「イルマさん、今朝は何の予定も入っていないようだけど、これは確かかい？」

「はい、何も」

レーは、無意識にボールペンをカチカチと鳴らした。落ち着かない様子で、片足を揺すった。電話も少ない。メールも少ない。机には、新規の報告書も少ない。レーは、何か問題でも起きているのではないかと考えた。

何の気なしに窓へ近づき、少し開けてみた。通常、これほどの高さがあるオフィスビルでは、窓は開かなくなっているのだが、この部屋は特別だった。外の空気は新鮮とは言えないものだったが、レーはこれもまた贅沢だと思っていた。

ほどなくして、電話のスピーカーから秘書の声が聞こえてきた。「失礼します。また雑誌の取材依頼が入りました。新しい雑誌です。取締役の意向を聞きたいとのことですが」

「まったく懲りない人たちだ」レーは、そう呟いた。無下に断らない態度を示せば、それで十分だろう。そんなことよりも、レーの気持ちは、窓の付近を飛んでいる蝶に向いていた。高層ビルのこの高さに、白くてかわいらしい蝶が飛んでいるのが、なんとも不思議だった。

「何の雑誌?」

「女性誌です」

思わず、小さな笑いが漏れてしまった。

「昨日の夕方、サンプルを持っていらしたので、デスクの上に置いておきました」

デスクの左端に山積みされた書類の中から探し出す。「お、あった。これだ」レーは、一瞬パラっとめくった。特に惹かれない。脳のプログラムで、断る準備が整った。「あの、イルマさん…」

途中で言葉が出てこなくなった。かわいらしい蝶が部屋の中に入り込み、せわしなく踊ったかと思うと、ふとデスクにとまったので、意識がそっちに飛んだのだ。蝶は、例の雑誌の傍にとまっている。そして、気がついた。その雑誌のロゴは、蝶をかたどったものだった。

随分と久しぶりに、思考の中に静寂が訪れた。レーは、深く静かに思いを巡らせた。

「お断りしますね?」

「ちょっ、ちょっと待ってくれ」レーは、自分が直感的な判断を下そうとしていることに気づいていた。「インタビューを受けてもよいと、記者の方に伝えてくれ。ただし…」

蝶がまた飛んだ。窓の辺りをグルグル回り、外へ続く道を見つけたようだった。レーの心は再び深いところにいた。

「あのー、ただし…何でしょう?」

プログラムが素早く正常に戻る。「ただし、今から三時間しか時間が取れない。早く来れば来るほど、取材時間が長くなる。もし無理ならば仕方ないと、そう伝えてくれるかな?」

直感だった。もう長いこと、レーは直感を使っていなかった。思考回路は、Pentiumプロセッサー搭載並みに鋭く、整然としていた。今まで、コンピューターの中に、直感が入り込む余地などなかった。

二時間ほどしたところで、一人の女性記者が大慌てでビルに滑り込んできた。息が上がっている。「まだ遅刻じゃないですよね?」半分パニックでそう質問し、記者は素早く息を整えた。自分自身を落ち着かせるために使える時間は、あまりなかった。インタビューのコンセプトさえ考える暇がなかった。この後どんな展開になるかもわからなかったが、これから会う人物のスケールの大きさだけは正確に把握していた。

「どうぞ」秘書がドアを開けた。

女性記者は、落ち着いた素振りでいようと必死だった。まさか、腕時計を見る動作で、迎え入れられるとは思ってもいなかった。

「こんにちは。一時間十分、あなたのための時間があります。フェレーです」レーは、女性記者に手を差し出し、握手を交わした。冷たい手だった。「レーでも、なんでも、呼びやすいように呼んでください」

「ラナです」声が震えた。ゆっくりと仕事道具を取り出す。メモ、ボールペン、ボイスレコーダー。ラナは、勇気をふり絞って相手をちらりと見た。そこにいる男は、噂で聞くよりハンサムだった。伝説の人物になりかけていることなんて知りもしないんだろうと思った。ぴたりとはまる読者層へ記事が届くと、口から口へとものすごい勢いで伝わる。この男のプロフィールに関心を持つ者は、ビジネスの範囲では収まらなくなり、多くの人の関心事となる。美容院やフィットネスクラブで、噂のネタとなるだろう。ラナもすっかり流れにのまれていた。

「何かを待っているのかな？」ほんの少しの間、そんなことをぼーっと考えていたところに、レーが割り入ってきた。

動揺したせいで、ラナは、ごもごもとした変な声を出してしまった。どこから始めればよいのか、心底わからなかった。とても恥ずかしかった。

「ごめん、失礼じゃなければ、年齢を訊いてもいいかな？」

ラナは、眉をしかめて答えた。「二十八ですが。なぜでしょう？」

レーは笑いながら言った。「ごめん、ごめん。何でもないんだ。てっきり、若くても三十五歳とか四十歳とかの記者がインタビューに来るんじゃないかと思っていたものだから」

「私は、副編集長です。スケールや分野が違うだけで、あなたと同じようなことだと思いますが」

気分を害したラナは、ビジネスライクにそう答えた。座り方を崩すと、安定した声で、しっかりと視線を見据えてこう言った。「正直に言うと、あなたから突然ご連絡をいただいたので、何も準備ができませんでした。一般的な略歴を書き込み、取材データとして使用する紙しか持って来ていません。それとも、空気から始めましょうか」

「空気？」レーの体が前のめりになった。興味を持ちはじめた証拠だ。確かにこの女性には、何か惹かれるものがあった。

「これは、私が個人的に使っている用語です。つまり、どこからでも始めることができますよ、ってことです。枠のない会話は、計画されたものより、重みが出ることもありますから」

「それ、私も同意です」レーは微笑んだ。「ところで、これはどんなコーナーの記事なのかな？」

「たぶん、あなたにとっては何てことないものだと思いますが、『白昼夢』というコーナーです。英語の daydreaming から文字通り訳したものです。現実的に考えて、女性たちの白昼夢の対象となるのは、やはりあなたのような方でしょう。彼女たちが夢を見るための材料を、この記事で提供したいと思っています。彼女たちを夢に近づける、ただそれだけのことです」

「ということは、生産性が危機に瀕しているこの社会において、あなたとその雑誌は、人々がさらに白昼夢を見るのを駆り立てるのだね？」

かわいらしい顔が、瞬時に硬くなった。「あなたは忙しい仕事の合間に、空想したり、ぼーっとしたりする時間を作ったことがありますか？」ラナは、攻撃的な口調で、質問し返した。

「ありがたいことに、ないね」

「人間が夢を見るのは、寝ているときだけではありません。私は、夢って、創造性の別の形だと思っています。創造的になるのに、昼も夜も関係ない。インスピレーションが入り込む余地のある仕事はたくさんあるはずなのに、すべてを費やす仕事も多い。夢のない仕事や、夢を見る時間がない仕事は、ロボットの仕事です。人間の仕事ではない」ラナは、熱くそう言い切った。

レーは、心に突き刺さったのとは裏腹に、無表情を貫いた。「今のが、最初の質問かな？」淡々とそう訊いた。

静かに、ラナは後悔した。いとも簡単に、挑発に引っかかってしまった。

「なぜ、蝶なんだい？」

またしてもラナは、何の心構えもしていない状態だった。そして、わからなくなった。いったい誰が、誰を取材しているんだろう？　まだボイスレコーダーの電源も入れていなかった。魅力的な容姿とは裏腹に、この人はとても挑発的だ。

「雑誌のロゴのことだよ。なぜ蝶が選ばれたんだい？」

ラナは、正確なことを知らなかった。「たぶん、蝶は、すべての人にとって変貌のシンボルだからじゃないでしょうか。または、んー、そうですね、この社会では、蝶は客人の来訪を意味しますよね？　だから、私たちの雑誌も、各家庭へ来てほしいと思われるお客さんのようになりたいということです」

「今朝、蝶が入って来たんだ。想像してみて。こんなに高層のビルに、小さな蝶が窓の隙間をくぐって入って来たんだよ」

「たぶんそれは、あなたの元に私が来ることを意味していたのですね。人間サイズの白い服を着た蝶が」ラナは、自分の白いシャツの襟をつまんで、おどけて見せた。

「奇妙なんだ。その蝶も白かった」レーは口ごもった。偶然という言葉で片づけてしまうのは、あまりにも愚かだった。「そして、その『白昼夢』というコーナーの名称を付けたのも、あなたに違いない」

「そうです。なぜわかったのですか？」ラナは、感心した。

「君がこの部屋へ来てから、十分しか経っていない。それなのに、すべてが明瞭なんだ。たぶん、君は個性が強い人だし、影響力がある人だからだと思う。素晴らしい」レーは温かく微笑んだ。

その微笑みと、「君」という呼び方で、何かが溶けたような感じがした。そして、ラナは、伝説の男の前にいることを、心地よく感じはじめていた。

「では、改めて始めますね。家庭や家族のことについて、質問させていただきます」ラナは、録音ボタンを押した。「レーさんが大人になる過程で、ご両親の存在は大きなものでしたか？」

「母は、僕が五歳のときに亡くなったし、父には会ったこともない。祖父母と暮らしていたけれど、十一歳のとき、二人とも亡くなった。祖父母は、サンフランシスコにいる祖父の友人の元へ私を預けると遺言を残した。卒業するまでの生活費と学費も一緒にね。祖父は、本当によく準備をして逝ってくれたと思わないかい？」レーは、短く息を吸った。「だから、親の役割をしてくれたのは、祖父母なんだ。それからもちろん、祖父の友人であり、私の父のような存在であるグレゴリー・タンナーも」表情は、一定していた。まるで、彼の幼少時代の物語には少しもドラマティックな要素などないかのように。むしろラナの方が物思いに沈んだ。

「レーさん？」ラナは、許可を得るような口調で、その名を呼んだ。「子どもの頃の夢は何でしたか？お医者さん？エンジニア？ハビビ（航空エンジニアから政界へ入り、インドネシアの第三大統領を務めた人物）のようになりたかった？」

レーは微笑んだ。昔、小学生たちが指針にしたような、標準的な夢のリストが思い浮かんだのだ。

「ラナ、君は、どうだった？」

「女優です」微笑みながら、そう答えた。「レーさんは？」

この質問がいかに難しいかということを、理解してくれる人はいないだろう。レーは、泥だらけの幼少時代という薄暗い洞窟を遡っていかなければならなかった。たぶんこれは、心理的分泌物が通るトンネルだ。フロイトが夢中になるのも、理解できる。自分自身の汚物が入った浄化槽へ潜っていく者を見るより面白いことは、あるまい。夢は、最初の振動だ。レーは、祖父の書斎の棚を整理しているときに、経験した。そこで、レーは絵本の抜け落ちたページを見つけた。そこには騎士と姫のイラストが描かれていた。

騎士は、ビダダリ王国の末の姫に、恋をしました。
姫は、空へと昇っていきました。
騎士は、困ってしまいました。
騎士は、馬に乗って平野を駆けることは得意でしたが、
飛ぶ方法は知りませんでした。
騎士は城を出て、蝶に飛び方を習うことにしました。
しかし蝶は、ただ梢にとまっているだけです。
次に騎士は、スズメに習うことにしました。
スズメは、棟の上まで上がる方法しか教えることができませんでした。
その次に騎士は、鷹に習うことにしました。
鷹もまた、山の頂上までしか行けませんでした。

それ以上高く飛べる翼を持った鳥は、いませんでした。
騎士は悲しみましたが、諦めませんでした。
騎士は、風にお願いしました。
風は、山や雲よりも高いところで、
地球をぐるりと回ることを教えてくれました。
しかし姫は、まだ空高く遠いところにいて、
空を突き抜けることができる風は、ありませんでした。
ある晩、悲しみ泣く声を聴いて、
立ち止まった流れ星がありました。
流れ星は、騎士に向かって、「光のように速く発射させてあげるよ」と言いました。
雷よりも速く、何百万もの空が一つになるほど高く。
しかし、ちょうど姫のところに着陸することができなければ、
騎士は、死んでしまいます。
危険なスピードの中で、粉々になってしまいます。
空を飾る粉となり、それで終わりです。
騎士は、それを承知で、

流れ星と命を一つにし、全幅の信頼を置くことにしました。
そして、彼を消滅させるかもしれない一瞬に、
喜んでその命を掛けました。
流れ星は、手を握りました。
「これは、真の愛へ続く道だ」彼は、そう囁きました。
「騎士よ、目を閉じて。君の心がお姫様の存在を感じ取ったら、止まれと言うんだよ」
そして、二人は飛び出しました。
小さな騎士の心を割くような寒さが襲ってきましたが、
愛に照らされた魂は温かく感じられました。
そして騎士は、感じ取ったのです。
「止まれ！」
流れ星が下を覗き込むと、
かわいい姫が一人佇んでいるのが見えました。
薄暗い銀河系の真ん中で、光輝くオリオンのように。
流れ星までもが、恋に落ちました。
そしてその手を離したのです。

愛と信頼の上に形成された生命を携えた騎士は、消滅に向かっていきました。
星は、姫を手に入れるために着陸しました。
なんて不運な騎士でしょう。
その代償として、極地の空には、オーロラが描かれるのです。
騎士の優しく、誠実な心が忘れ去られることがないように。

レーの目は、涙で霞んだ。説明のしようがない深い悲しみに襲われた。自転車で転んだり、グァバの木から落ちたり、犬や赤蟻に噛まれたりといった理由以外で涙が出たのは、生まれて初めてだった。

その晩レーは、彼の祖母に向かって物語についての不満をぶつけた。あの物語の不公平さに、文句が止まらなかった。オーロラなんかで、騎士の誠実さが報われるわけがないじゃないか。そもそもオーロラって何なんだろう？　いったいどれほど綺麗なものなんだろう？

祖母は、そんなレーを落ち着かせようとした。「あれは、ただの物語だよ」と慰めた。「お前が偶然出会った、悲しい物語だ。ハッピーエンドで終わる物語だって、他にたくさんあるさ」

あいにくレーは、その言葉をすぐには信じようとしなかった。結局祖母は、ハッピーエンドで終わる何十もの物語を、一晩中語らされるはめになった。

それでもレーは、満足しなかった。あの物語よりもっと悲しい物語はあるのか、と訊いた。レーの祖父母が知らなかっただけなのかもしれないが、どうやら、そんな話はないようだった。

片足の兵士が、バレエの踊り子に恋をした物語は？　いや、あれは互いに愛し合っていた。裏切りもない。彼はバランスを崩して火へ落ちたのだ。最後は泡になってしまった人魚の物語は？　いや、人魚は自分自身の誓いに飲み込まれたのだ。魔法使いだって、愛した王子をすぐに奪おうとはしなかった。

「おばあちゃん、僕は、騎士になりたい」穏やかで小さな声がそう言った。しかし、何のために騎士になるのか尋ねられたレーは、理由を答えることができなかった。当時の年齢では、自分の思いを満足に言葉にするだけの語彙力もなかった。レーは、物語を逆転させてやりたいと思った。流星を、銀河の谷間の一番深いところまで墜落させてやりたかった。飛ぶために居心地のよい城を飛び出し、姫に会いたいがためだけに命を喜んで差し出した騎士こそが最善なのだと、姫に気づかせてやりたかった。

見た者はいたのだろうか？　誠実さが、こんな結末に終わるところを。計画性のない行きすぎた願望は、取り返しのつかない結果をもたらす。見知らぬ者を無条件に信じるということは、主を攻撃する武器となりうる。自立と戦術、それこそが鍵なのだ。

レーは、何も言うこともできずに、ただそれらすべてを目撃した。

祖母が、レーの髪を優しく撫でた。「かわいいレー。お前はまだ十歳だよ。騎士になるには、まだ早い。いつかなろうね。もう少し大きくなったらね？」

それから一年も経たずして、祖母は亡くなった。その一年後、祖父まで逝ってしまった。数字や文字を教え、本を読み聞かせ、お祈りを勧め、レーを育ててくれた、白髪の天使たちがいなくなってしまった。

レーは、自分の夢と引き換えに、こんなことが起こってしまったのだと考えた。きっと神様は、あのときの誓いを聞いていたのだ。終わりのない質問を浴びせ、物語を聞かせてほしいと二人を悩ませ続けたが、これからは自分で物語を創るしかなくなった。

レーは、エンジニアになることも、パイロットになることも、ハビビ氏のようになることも、教えられてこなかった。レーの記憶に残り、今でも覚えている唯一の夢は、騎士になることだった。ただし、あの物語とはまったく異なる展開で。愛や信頼の犠牲にはならず、誰の手も借りずに飛ぶことを覚えることができる騎士に。

灰色の脳細胞の一度の振動から始まった。

しばらくして、ラナは、不自然な間に気づいた。「あの、子どもの頃の夢は？」慎重に、質問を繰り返した。レーは、上を見上げた。理由はわからないけれど、ラナに対しては、なぜか正直になることができた。明日、明後日、この先にいったいどんな出会いが待ち受けているのかがわかる人なんて、存在しない。そして、今日午前、レーは、否応なしに幼少期に記憶を戻す、ラナに出会った。人生は不思議なものだ。曖昧の中に、明瞭なものが多く存在する。

「僕は、騎士になりたかった」レーは、慎重にそう答えた。そして彼は、まだその夢からほど遠いところにいた。

「国軍の兵士になりたかったってことですか？　それとも、シラット（インドネシアで盛んに行われる東南アジアの伝統的な武術）の選手？」

「まぁ、そんなところかな」

ラナは、頭を左右に振った。「この質問に対する答えは、きっと衝撃的なものだろうと、実はさっきからそう予想していました」

「僕にとっては、君の質問の方が衝撃的だったけど」

ラナは、目の前にいる男を見つめた。視線が合ったわずか二秒間、強く惹かれるものがあった。BGMにピアノが流れるとしたら、ちょうどこのタイミングだろう。

直後、ラナは、過ちを犯した。この時点ではまだ、彼女の独りよがりではないということに気づいていなかった。

「昼食をとる時間はある？」レーが訊いた。

バイオリンのBGMが盛り上がるのは、ここだろう。ラナは、すぐにこくりと頷いた。隠せることは何もない。左指にはまっている、シンプルな金の指輪だって、隠しようがない。

レーは、二人で昼食に出かけたときに初めて、指輪の存在に気がついた。「結婚しているの？」

「はい」ラナの声は、雲のように宙に浮いた。

「何年目？」

「三年です」

「ということは、二十五歳のときに結婚したんだね？　早い方だね。僕が知ってる現代の感覚で言うと、だけれど。何か特別な理由があったの？」

「両親です。特に、あちらの。不義を犯すことになるよりは、早く結婚した方がいいと言われました。もう大学も卒業して、働いていましたし」

レーは、信じられないといった様子で、目を開いた。「そうなんだ。そんな理由、今までに聞いたこともない」

「高校からサンフランシスコの学校へ通っていた方にとっては、初めて聞くことかもしれませんね」ラナは、皮肉交じりにそう答えた。

ラナは、どんな部分に惹かれて愛に酔ったのかは、言わなかった。実際のところは、家庭という船に具現化された愛のイメージに酔ったのだ。新興住宅を共同名義で購入し、車のローンを二人で組み、スーパーマーケットで手をつなぎながら買い物カートを押して、どのメーカーの洗剤にするか、どのインスタント麺がいいか、どこから発売されたサンバル（唐辛子などから作られる辛味調味料のこと）を買うかなんてことを話す、若い夫婦の家庭という船に。

「結婚するって、どんな気分？　楽しい？」今度はレーが、ラナの目を見つめた。今までに送ったことのないような視線だった。

「そうですね」ラナは、力を抜こうと努力した。「実際は、私が想像していたようなものではなかったけれど、別にこれでいいかなという感じです」

「悪かったね、変な質問をしてしまって。僕自身は、今まで真剣な関係にいたったことがないから、愛を真剣に誓い合うことができる人たちには、感銘を受けるんだ」

「そういう機会がなかったということですか？」

「そう！　それが一番の原因かな」レーは、笑いながら答えた。

「そんなに重症なんですか？」

笑いが一瞬途切れた。「重症？　そんな言い方する？」レーは真面目な表情でそう訊いた。

「違います？」ラナも驚いた。「ストレスまみれの仕事をしていて、あなたを癒してくれる誰かがいたらいいな、と思ったことはないんですか？　あなたのために夕飯を作ったり、映画館へ誘ってくれたり。ブラブラとショッピングをしたり、それから――」

「ちょっと待って」レーが言葉を遮った。「一つずつにしてくれ。まず第一に、僕はショッピングが好きじゃない。ブラブラしたり、映画館へ行ったりについては、誘ってくれる友達が何人かいる。

家には、料理の達人とも呼べるお手伝いさんがいる。そもそも、僕は外食することの方が多い。そして僕には、自分で癒しの感情を作り出す、自立した能力がある。でも、でもだよ、もしその全機能を果たしてくれる誰かがいるのだとしたら、まぁそれもいいのかもしれない」そう言って、微笑んだ。「君が結婚した理由は、そういうことかい？ オールインワンのセットを見つけることができたから？」

「だいたいそんなところです」声のトーンが、ますますガスの抜けた風船のようになってきた。方向も定まらず、宙に浮いている。

「でも、君が思い描いていたようなものではなかった？」

ラナは、ため息をついた。「いろんな面が見えてきました。結婚したら、見たくなくても目に入ってきてしまうことがあります。だからこそ、誓いを立てる意味があるんです」

「たしかに誓いは、信用するための最善の理由になるからね」

ラナにとってこの会話は、本当に居心地が悪いものだった。

「たぶん、それが、僕が真剣に愛を誓ったことがない理由の一つだと思う。ビジネスにおける譲歩は、その額を計算することができる。でも、心については、価値を測ることなんてできない。誰もがそう思っている」レーが、軽くそう言った。

「愛には、犠牲が必要じゃないですか」ラナが続ける。

「『Love shall set you free』だなんて、言った人はどういうつもりなんでしょうか？ 以前は、愛って自由へ続くチケットになるものなのだと思っていました。犠牲ではなく。でもそんな考えは、ユートピアみたいなものでした」

二人とも、しばしの間、黙り込んだ。長い沈黙がすべてを暗示していた。

「とても興味深いインタビューでした。ありがとうございました。出版されたら、お送りしますね」ラナが立ち上がった。

「名刺はある？」

「そうでした。ちょっと待ってください」ラナは、素早く一枚取り出すと、携帯番号を書いた。そして、なんだかほっとした。足跡を残すことができた。

「これは、僕の名刺」レーも迷わず携帯番号を書いた。

ラナは、すごくほっとした。

ピアノの音が再び聞こえてくるのは、このタイミングだろう。軽い足取りで、幸せいっぱいの歩みに伴奏される。

「ラナ…」

呼ばれて振り向いたラナの目は、美しく輝いていた。レーの心が、虜になってしまったことを否定できるものはなかった。その日の輝きに、空ほどに高い夢のための囲いをこじ開ける覚悟が決まった。レーに、思い出させてくれた。

「君は末っ子？」

「なぜわかったの？」

レーは、小さく笑みを浮かべ、肩を持ち上げた。（ビダダリ王国の末の姫。こんなに早くあなたを見つけることができるなんて、思ってもいなかった）

バイオリンのメロディーが響くのは、ここだろう。今のところ、レーにも聞き取ることができる。

けれど、その音は、たまにひどく外れることがある。傷口を広げ、引っ掻き回す。

レーは、眠ってしまいたかった。

3　見過ごされてきた問題

「僕には、まだわからないんだけど」ディマスがメモを眺めながらそう言った。「騎士のような男は、たとえ彼がどんな女性を望んだとしても、手に入れることができるはずだ。つまり、騎士が恋に落ちるときには、相手の女性は特別じゃなきゃいけない。それなのに、君が描いた女性は、普通だよね。キャリアはあるし、トップレベルの国立大学出身だし、容姿も悪くないというのは、いいだろう。ただ、それだけでは特別とは言えないよね？」

「その通りだ」レウベンの回答は素早かった。「それが愛のミステリーなんだよ、違うか？　視覚で捕らえることができない特徴を、心が掴み取ったとき、その男には何か違うものが見えるんだ」

「何か違うもの？　僕には、簡単に姫の人生をまとめることができるよ。誕生、幼稚園、小学校、中学校、高校、大学、就職、結婚、出産、孫誕生、死、そして土に分解される。こんな典型的な人生を送る人物から、いったいどんな波乱が巻き起こるっていうのさ？」

「量子跳躍だ、ディマス！」レウベンは、興奮気味に叫んだ。「お前も見ただろう？　俺たちには、典型的な設定が必要なんだ。退屈な設定がな。それがあってこそ、小さなネジに緩みがあるってことを示すことができる。つまり、見過ごされてきた問題だ」

「何だって？」

「お前が、人間の思考システムがどれだけ複雑なものか、想像できるものと仮定しよう」レウベンの目線は、遠くを見ている。「これほど複雑なシステムの中で、鏡はいつ逆転してもおかしくない。秩序とカオスは、簡単に手の平を返す！　人間の脳は、ほとんど常に、分岐に向かう交差点にいる。積もった不安から発された、たった一つの小さな乱流が、登場人物を、何にでもなることができるクリティカル・ポイントへと連れていく」

ディマスの頭に、レウベンが言っていることが、徐々に浮かび上がってきた。「うーん、見過ごされてきた問題か…、いいね」ボールペンの端を噛みながら、そう言った。「抽象的な一つの問題は、その抽象的さゆえ、逆に気にも留められない。本当は、すごく本質的だし、その問題が大きくなったときに受ける影響は計り知れないというのに」

「その発言、俺に似てきたな。素晴らしい！」

「そう喜ばないでよ。誰が君みたいにクレイジーな人間になりたいと思う？」

「どんな問題がいいだろうか？」レウベンは、楽しくなってきた。「抽象的。でも、本質的。好奇心の亡霊になって、お前を一生付け回してやる」

ディマスは、顔をしかめた。「頼むよ、レウベン。君にはもう、それが何なのかわかってるんでしょ？」

4
姫

窓に頭をもたれ、道を行き来するトラックを見ていた。通り過ぎる店の看板は、ほとんどすべて見逃さずに読みとった。左右に広がる街頭広告も全部。これまでずっと変わらず続けてきた習慣だ。残念なのは、子どもの頃その目に映ったものとは違って、今やそれらすべてが意味をなさなくなってしまったことだった。ラナには、何がなくなったことにより、そうなったのかわからなかった。同じ目を持つ同じ人間なのに、景色はまったく異なるものに見えた。

車が止まった。

「七時に迎えに来るね」夫のアルウィンが言う。

「うん、お願いね。もし変更があるようなら、また電話するわ」

車が去っても、ラナはその場から動かなかった。ロビーにすっくと立ち、足は床を踏みしめていた。一方で、思考は忙しく答えを探し回っていた。境界線はどこだろう？　芝居を続けるための我慢の境界線は。

ラナは、昔の自分を羨んだ。まだ気づいていない頃のラナを。モノトーンに生きたって、誰にも邪魔されなかった頃のラナを。火のない冷たい心を持つことを何とも思わなかったラナを。疑問を持ったことなどなかったラナを。今、ラナの思考は、過去の資料の山をひっくり返し、探し回ることに、ほとほと疲れ果てていた。そして、ラナが見つけ出したのは、こんなものだった。

――大学を卒業したてのラナ――

まったく希望していなかった産業工学について五年間学び、ラナはついに両親に対する義理から解放された。娘が国立大学統一入学試験に合格し、バンドン工科大学へ入り、工学を専攻したこの五年間は、両親にとって大きな誇りとなった。そして今、ラナはやっと選択の自由を得た。ジャーナリズムの世界へ飛び込み、レポーターとなってあちこちへと出向き、多くの人と会うのに忙しかった。しかし、そこを目指していたわけではない。これは、偽りの自分を解放したばかりのラナだ。洗練されたものに惹かれただけだった。この仕事は、ただの逃げ道だった。思考回路は、まだ探し続ける。

——二十歳になった頃のラナ——

アルウィンと出会った。家柄のいい上品な男性で、ラナより七歳上だった。あらゆる条件が一致して、両家の親の意見はまとまった。まとまったのか、固まったのか、どちらかだったのかはよくわからない。こんな婿や嫁を希望しない親なんて、まずいないだろう。アルウィンには、あれもこれも、あんな親戚もこんな親戚も、友人の高官Aさんも B さんも、すべて揃っているのだから。最初は、皆、幸せだった。周囲の人たちからは会うたびに祝福され、アルウィンのような男性と出会えたラナは本当に幸せだ、と度々言われた。そして、洗脳された。（そう、私はとってもラッキーなの。アルウィンに足りないものなんて何もない。皆が応援してくれて嬉しい。両家が仲良くしているのを見るのも幸せ。これ以上望むものなんて何もないわ）

そして、結婚した。大学を卒業してから、最初の行事だった。しばしの間、思考回路が、ある日で止まった。ホテル会場で行われた結婚披露宴だ。参列者も会場も、食事から担当者にいたるまですべてが一流だった。費用は数億万ルピアに膨らんだが、回収できた。それ以上に重要なのは、そうそうたる面々が参列してくれたことだった。記念撮影のためにいくつフィルムを使ったのかわからなくなるほどだったが、いざ仕上がった写真を見たとき、ラナにはプライドの意味がわからなかった。さらに時間を遡る必要があるようだ。

——思春期のラナ——

活発で明るいティーンエイジャー。問題を起こすことなど、ほとんどなかった。一緒にいれば楽しい友達であり、先生にとってはよい生徒だった。が、思考が何かを警告する。これまで表現されてこなかった数々の不満の軌跡。なぜこんなにたくさん習い事をしなければならないの？なぜお母さんはいつも先生には愛想がよくて、成績を受け取るたびに封筒を渡すの？なぜバリ舞踊をやらなければならないの？プールサイドにお父さんが立って、ストップウォッチを握りながら叫んでいるスイミングクラブへ、なぜ通わなければならないの？なぜ理系科目の成績は「良」以上じゃないといけないの？なぜインドネシア語の成績で「優」を取っても褒めてくれないの？なぜもっと上のクラスを目指せと言われるの？なぜお姉ちゃんたちや、Aさん、Bさんの子どもたちと比べられながら、生きていかなければならないの？それに、なぜ親のタイプではないという理由だけで、好きな男の子とつき合うことも許されないの？あれから十数年が経過しているというのに、驚くべきことに、これらの問いに対する答えは、いまだにわからなかった。最後の望みは…

――幼少期のラナ――

簡単なことではなかったが、思考は、おもちゃが散らばる広い裏庭の芝生で、もう一度自由に遊ぼうと懸命に努力をした。母の声が聞こえる。「ラナ！　もう夕方よ。そろそろマンディー（水浴びやシャワーのこと）して、みんなとクルアーンのお勉強をしなきゃね。ほら、おいで」そして、幼いラナは、言われた通りに従った。ピンク色のヒジャブをまとい、姉の横に並んで楽しそうに歩く。

先生の家に着くと、小さいからまだお勉強はわからないでしょうと、紙と色鉛筆だけ手渡された。確かにラナにはよくわからなかった。ラナにとってそれは、「お祈り」という名のついた、外国語の旋律のように感じられた。その後は、ただただ黙って、気が向けばその旋律を聞いていた。そして、休憩時間に出されるお菓子を心待ちにしていた。

ある日、心配事を抱えていた純粋なラナは、率直にこう尋ねた。「先生、ラナはクルアーンをまだ読めないんだけど、神さまとお話しするには、どうすればいいの？」

先生の答えは賢明だった。「あなたみたいに小さくてまだクルアーンが読めない子は、直接神様に話しかけたらいいのよ。絶対に聞いてくれるわ」

ラナは、うっとりとした。「神さま、神さま」帰り道、心の中で何度も呼びかけた。

予想に反して、返ってきた声はとても繊細だった。というか、耳には聞こえてこなかった。ラナは、心にその声を聞いた。そしてラナは、その声の存在を確信した。それから二人は会話をするようになった。

神さまの話は面白かった。ラナは何度も笑わされた。そして、神さまは優しかった。どうしてもグライ（肉や魚、野菜などをスパイシーに煮た料理）を食べたいのにお金を持っていなかったとき、ちょうど自分の子どもにグライを買いに来たおじさんが現れた。お店にお釣りがなかったので、そのおじさんは二人前のグライを買って、余った一つをラナにくれた。ラナは驚き、そして喜んだ。

ラナは、孤独を感じたこともない。誰かと遊びたいときにはいつでも、神さまがそこにいた。神さまは、ココナッツの木にリスを送ってくれたし、突然子犬が柵を飛び越えて入って来ることもあった。頭にふと鳥がとまることだってあった。

文字を勉強するときにも、神さまが指導者になってくれた。そして、文字を通して会話を楽しむようになっていった。ラナは、憧れのおもちゃだったレゴのセットを手に入れることはできるかどうか、神さまに質問してみた。すると突然「ママからのプレゼント」と書かれたトラックが現れた。誕生日のプレゼントとして、現実に、母がレゴを買ってくれていたのだ。これでラナは新たに学習した。神さまは、多くのこと、多くの口、多くの出来事を介して話されるのだ、と。そしてここから、車中では黙り込み、通り過ぎていく文字をすべて読むという、あの習慣が始まった。しかしだんだんと、その会話はくすんでいった。文字はただの文字となり、特別な意味を持たなくなった。

そしてそれは会話ではなくなり、ただの習慣となった。
そうしているうちにラナは、クルアーンを上手に読めるようになった。最後まで何度も読み込んだけれど、あの声は戻ってこなかった。成長するにつれて、多くのことを考えるようになった。宿題のことから、ぎゅうぎゅう詰めの習い事のスケジュール、ニュー・キッズ・オン・ザ・ブロックのことまで。静寂に耳を傾ける時間は、もうなかった。ラナの周りにある声は、こっちに注目してほしいと言いながら、徐々に弱っていった。そして、最後にラナがたどり着いたのは…

――ロビーに立つラナ――

失ったものが何なのかは、わかった。けれど、どうしたらそれをもう一度手に入れられるのかは、やっぱりわからなかった。

食卓は、ガランとしていた。この大きな家に二人で住んでいるからなのか、故意に距離を取っているからなのかはわからない。

アルウィンは、皿を見つめてうつむく妻を眺め、話しかけるタイミングをうかがっていた。

「ラナ」優しく呼びかける。

「うん、なあに?」

「最近、黙っていることが多いよね? 何か悩みがあるなら、僕が力になれるといいんだけど」

ラナは再びうつむいた。(そうなのよ、実は他の人に恋をしてしまったの。私たち、過去に戻って、結婚はなかったことにできるかしら?)

「もし僕が何か気に障ることをしてしまったのなら、言ってほしい。気持ちを抑え込まなくていいんだよ。いつでもちゃんと話し合える関係でいたいんだ」さらに優しくアルウィンが言った。

「あなたは何も悪くないわ」(それよ、それが唯一あなたの悪いところ)

「まさか体の調子がよくないの? 最後に病院で定期検査をしたのはいつだっけ?」

ラナは、生まれつき心臓が弱かった。心臓弁が弱いだけでなく、心房中隔欠損症を患っていた。十歳のときに、最初の手術を受けた。その後何年も、六か月毎に定期検診を受けてきた。アルウィンは病気のことを何よりも心配している。ラナが子どもを産めるよう、健康でいてほしいのだ。いずれにせよ、二人の計画では、今年子どもをつくることになっていた。

「大丈夫よ。ただちょっと疲れているだけ」

「たしかに君は忙しすぎる。なんでそんなにたくさんのイベントを取り上げるんだ。しかも取材はいつも夜だし。少し他の人に任せた方がいいよ。会社には、君以外にだって人がいるんだから」
「そうね、そうしてみるわ」（私が忙しそうにしてるのが、不自然に見えはじめたってことね？　疑われないように気をつけなくちゃ。ご忠告、どうもありがとう）
「さっき、母さんが会社に電話してきたんだけど、今週土曜日に、親戚の皆で集まるんだって。僕らも行くよね？　お義父さん、お義母さんにも声をかけてあるよ」
ラナは、反射的に顔をそらした。（一日中、笑顔でいなきゃいけないなんて、疲れる。「いつになったら孫を抱けるの？」という質問に答えるのも面倒。一年中繰り返される同じシーンにはもう飽きた。すごく、すごく、すごく面倒くさい）
「もしかして、仕事？」アルウィンは、表情の変化を読み取った。
ラナは、曖昧に頷いた。（一日、姿をくらませてもいい？　土曜日は、レーが休みなの）
「えー、ラナ、いつでも会えるわけじゃないんだから、行こうよ。今回だけでも時間を作ってよ。まさか君の職場だって、二十四時間、週七日スタンバイしてろなんて言わないだろ？」
「もう一回予定を見てみるわね」
食卓は、一秒が一世紀にも感じられる時間の渦に巻かれていた。ラナは憂うつの波にさらわれ、アルウィンは疑念の洪水に飲み込まれた。
表面に浮いてくるものは何もない。すべてはただ、渦の中を回っていた。

5　巨大なクエスチョン・マーク

レウベンは、満足気に原稿を机に置くと、もう何杯目になるのかわからないコーヒーをすすった。

「不幸な人間たちだ」晴れやかに、そう言った。

「どの部分が一番好き？」とディマスが尋ねた。

「俺は、姫が、会社のロビーでそれまでの人生を回想するところが気に入った。過去を解明していく様子が、よく書けていると思う。分岐のプロセスが発生するのは、たしかにああいう感じだ」

「どういう意味？」

「逆流またはフィードバック効果は、自分自身に渦巻くシステムによって発生する。その渦の名を、ループという。このループには二種類ある。マイナスのループは、システムを安定させる。プラスのループはその逆で、システムを増幅させる。姫が小さい頃、システムは増幅した。しかし大きくなるにつれ、周辺環境が干渉してきた。そこで発生したのがマイナスのループだ。結果として、姫は長い間安定していた。ただし、騎士に対する愛は、すべてを増幅させるプラスのループだ。それでどうなるかって？　嵐だ！　整然と並んでいたすべての秩序は、崩壊する直前だ」レウベンは勝利に満ちた笑みを浮かべた。

ディマスは頭を掻いた。「ちょっとわからないんだけど、ここではいったい誰の頭がおかしいことになるんだろう？　テレビドラマ風のラブストーリーと、クレイジーな科学理論の橋渡しをする君？　それとも、書き手である僕？」

「俺たちは、二人まとめてクレイジーだ」

「どうも」

「俺は、騎士が幼少時代の物語を思い出す場面も好きだ。同じようなプロセスの美しい描写。お前がどうやってこの二つを関係づけようと思いついたのか、俺はまだ考え続けている。若きエリートの姿に隠された詩人としての心。なんて奇妙なコンセプトなんだ！」

ディマスはすぐには答えず、満面の笑みを浮かべると、カバンからあるものを取り出した。古びた一冊の絵本は、表紙こそくすんでいたが、その題名ははっきりと読み取ることができた。

『騎士と姫と流星』

レウベンは、ぽかんとした表情で驚いていた。「まさか本当に本を持っていたなんて！　あの物語は、実在するのか？」

「騎士に起こったほどドラマティックな影響ではないけれど、僕はこの本がきっかけで作家になりたいと思ったんだ。君も読んでみるといいよ。子ども向けの絵本なんだけど詩がとても素敵でね、……」

「もちろん、もちろん」レウベンが素早く言葉を遮った。「ただ俺が今それよりも興味を持っているのは、俺たちのこの作業の方だ」

「あっそう」ディマスはふくれ、不満そうな表情を浮かべた。

レウベンの火は、無視できないほどに大きくなっていた。ディマスとは対照的に、楽しそうに説明を続ける。「あの二つの場面…、お前が見事に描き出したあの場面のことだけど、あれは彼らがついにストレンジ・アトラクターを特定した瞬間だ」

「わかりやすく説明していただけますか？」不愛想にディマスが言った。

「アトラクターっていうのは、相空間という名の抽象的な空間にあるコードのことだ」

「相・空・間？」ディマスは、聞き返した。

レウベンはイラッとして、舌打ちを返した。「いいだろう。相空間というのは、ある物体が動きを表現する架空の地図だ。その動きのスキームを描くには、できるだけ多くの次元と変数が必要とされる。普通は、その位置や速さに基づいて測定することができる」

「例えば？」

「例えばだって？ 面倒な奴だなぁ」レウベンは文句を言いつつ、続けた。「例えば、首都ジャカルタと第二の都市スラバヤ間の地図にしよう。バスの運転手がすべての曲がり角を暗記していたとしたって、そのルートは飛行機には使えない。同じ地図を再利用することができない。それでだ、相空間はあらゆる可能性がマッピングされたもので、知らぬ間に誰かをジョグジャカルタ（中部ジャワに位置する古都）へ飛ばすクリティカル・ポイントになりうる小さな因子だってこれに含まれる。相空間を用いたシステムの動きに関する研究は、つまり、さっきまで整然としていたシステムが、なぜ突然カオスになりうるのかという研究だ。逆も然り。わかったか？」

「ストレンジ・アトラクターに戻るんだけど、えーと、つまり、奇妙なアトラクターってことだね？」

「奇妙なアトラクター。なんと！ 俺はその訳語は嫌いだ。まあいい。それは…」レウベンが突然停止した。あるイメージが、まるでテレビ広告のように、脳裏に通り過ぎていった。マンデルブロのフラクタルの図だ。これまで生きてきた中で、もっとも美しい画像だった。

現代の物理学者たちが先人に足りない部分に気づき、これまでは注意が払われてこなかったことに注目するようになり、彼らは、フラクタルについても、知ることとなった。そしてこのフラクタルの中には、驚くべき秘密のコード「ストレンジ・アトラクター」が存在する。なぜ「奇妙なアトラクター」という名がつけられたのかと言えば、無秩序な方法によって、システムが編成されるためだ。フラクタル自体の意味は「不規則な」という意味で、「断片」に含むことができる。欠片だ。測定可能な変数と測定不可な変数から成り立つ基本パターンにより、フラクタルは、原点を持たない基本パターンとなる。非線形のシステムが存在するカオスや乱流には、必ずフラクタルがある。そして、人生のすべては、物質的なレベルから、エネルギー、身体的、精神的なレベルにいたるまで、数々のフラクタルで満ちている。

レウベンは、昔、教授が持っていた『サイエンティフィック・アメリカン』という雑誌の表紙で、「マンデルブロ集合」として有名なマンデルブロのフラクタルの図を見たときの驚きを、忘れられずにいる。「マンデルブロ集合」は、二つの変数から成り立つ、数学の世界でもっとも複雑な公式とされるものだ。その変数とは、あらかじめ決まった数であるCと、変化することができるZである。コンピューターの力を借りて、この公式を視覚的な方法へ適用すると、「ジュリア集合」という名で知られる見事なイメージが誕生する。

一見すると、この画像はシンプルに思われるのだが、マンデルブロの公式を適用してから、その画像を数十億倍にまで拡大してよく観察すると、信じられないような現実が浮かび上がる。シンプルな形状の中に、実は数十億もの分岐があり、他の変分の中にまた数十億もの形状があるのだ。しかし面白いのは、最初の幾何学パターンがいつも存在することである。拡大尺度をナノまで落とし込んでも、再び現れてくる。この最初のパターンが、奇妙なアトラクターだ。まるで、とても頑固にそこにあり続ける記憶みたいなものだ。

「ちょっと、黙り込まないでよ」ディマスが催促する。

「奇妙なアトラクターっていうのは…」、さらに重みをかけて、レウベンは最終的な答えを出した。

「…クエスチョン・マークだ」

「クエスチョン・マーク?」

「我々は皆、巨大なクエスチョン・マークを抱えて、この世界に生まれてきた。お前はそんな風に感じたことはないか? クエスチョン・マークっていうのは、俺たちの体の原子一つ一つにひっそりと隠れている。生きる意味は、そのクエスチョン・マークの答えを見つけるためなんじゃないかって」

「うん、それで?」ディマスには、まだ関連性がよくわからなかった。

「クエスチョン・マークは、人間が占有しているわけじゃないんだ。同じクエスチョン・マークが、宇宙全体の原子一つ一つに備わっている。ただ、その表現が異なっているだけなんだ。気候変動、地震、動植物の世界に新たな種が出現すること、太陽が昇っては沈むこと。これらはすべて、一つの同じクエスチョン・マークによって推し進められていることだ。どの宗教へ改宗したとしても、どんなに遠くまで走っても、我々は絶対にクエスチョン・マークに出会うことになる。ディマス、お前は知ってるか? 俺が思うに、クエスチョン・マークこそが、すべてを、この宇宙全体を一つにまとめる基礎物質だ」

「で、でも、そのクエスチョン・マークは何に対する質問なのさ？」

「創造主が自分自身の存在に対して質問してるのさ」

6　Reversed Order Mechanism

山積みの書類と本で溢れかえった書斎に、パソコンの冷却ファンに溜まったほこりの音がかすかに響く。モデムが、チカチカと光っている。そして、疲れる様子もなく、キーボードを叩き続ける手。

その手は、何時間も、いや一日中だって動き続けることがある。超速で入力しなければならないのだ。書くべきことが、たくさんあった。ありすぎた。毎週、幅広いジャンルの記事を書いていた。毎晩何百人もの質問者に答えなければならなかった。メールの受信箱は、常に一杯。いつも容量ギリギリまであと一歩のところだった。

夜が深まり、最後の質問者からのメールが、パソコン画面に現れる。

死人のように生きることにうんざりしたとき、

もう終わりにしてしまおうかと考えることがあります。本当に死ぬということです。

たぶん、死んだら、生きる意味を見つけられると思います。

でも死ぬことは、なぜいつも非難されるのでしょうか。

なぜ死ぬことは過ちだと定義されるのでしょうか。

私は、運命でもなく、病原菌でもなく、他人の手によるものでもない死を、自らのために選択する人々へ、尊敬の念を止めることができません。

スーパーノヴァ、あなたは、今世紀を代表する人って誰だと思いますか?

私は、数ある勇者の中から、カート・コバーンを選びます。


（ほら出た。これがX世代の典型ね）小さく微笑みながら、その手は動く。

>たぶん、死んだら、生きる意味を見つけられると思います。
あなたは生きている間に、「生きる」意味を見つけたいと思っているのではないですか? それこそが真の幸福です。

>スーパーノヴァ、あなたは、今世紀を代表する人って誰だと思いますか?

アルベルト・アインシュタイン。
彼こそが、あなたが言うそのカート・コバーンの行為は、正しくも間違ってもいないとするコンセプトを発表した人物です。

〈送信〉

モニターに処理中のマークがクルクルと回る。鋭い視線がそれを見つめていた。その素早い思考には、どんなコンピューターのRAMも追い付くことができず、死に際を彷徨う年老いたカタツムリのようにのろかった。

―**ディマス&レウベン**―

時間の経過とともにどんどん高くなっていく本の山を横目に、レウベンは、まだ同じ椅子に座っていた。ディマスは、ノートパソコンの前で、相変わらずもがいていた。一見すると二人は、異なる世界を彷徨っているように見えるが、実際には同じことに奮闘していた。

「レウベン、もう一人の登場人物のことなんだけど」

「偶然だな。俺も今、ちょうどそのことを考えていた」

「流星のことだよ」

「流星? なんだ、ドラゴンじゃないのか」

ディマスは、鼻から息を吐き出した。レウベンは、趣味が悪い。「僕は、あの物語と同じになるように、あえて『流星』を提案する。わかる? しかも、ごめん。悪いけど僕は、うろこや牙があって、フライパンみたいな鼻をした、獰猛なキャラクターを書くつもりはない」

「流星ね。それもいい。面白いじゃないか」

「流星は、どんな人物だと思う?」

「流星は、グレー・ゾーンを完璧に代表する人物じゃないといけない。歩く相対性理論だ。パラドクスに満ちた人物。敵でもなければ、主人公でもない。博識であると同時に、苦労に満ち溢れている」

「みんなの空にある流れ星。印象的なのに、あっという間に消えてしまう」

「男にする? それとも――」

「女?」

二人は、しばし黙り込んだ。

「あの物語の中では、どっちになってる？」レウベンが尋ねた。

「流星は、姫を手に入れる。ということは、流星は男だね。でも、百パーセントあの物語の通りに進行していったら、先がすぐにわかってしまうよ。しかも、あの物語に、騎士の葛藤は描かれていない。幼少期の分岐のところを覚えてる？　騎士は、物語を変えたかったんだ」

「ああ、鼻の下をのばした流星に小馬鹿にされたままではいられないってことだろう？　姫を手に入れて、永遠に幸せに暮らしましたとさ！　おしまい！」

「レウベン、がっかりさせないでくれ。この作品は、そんなに簡単なものでは終われないんだ」とディマスが返した。「そういう奪い合いが生み出すものって何だと思う？　復讐だよ。僕は、復讐なんて望んでない。目には目を、歯には歯を。その種の原則は、争いの元だ。還元主義者たちの古い考え方と同じだ」

そのキーワードを聞いたレウベンは、口を結んだ。

「感情の進化を描こう。復讐ではなく、真の成熟へ向かう感情を。ほとんど利他的なさまを。彼が考えることはすべて、数限りない多次元の層のうちのたった一つだってことを」

「なんとなくは理解したよ。でもそれを実際には、どうやって？」

レウベンは、頭の中に収納されている、理論のカタログを検索しはじめた。

「それは後で考えよう。ただ俺は、流星は、女にした方がいいと確信している」レウベンはさらに続けた。

「まったく異なるものでなければダメだ。非人間的な何か」

「それは、やっかいだね」

「ああ、とてもやっかいだ」

またしても二人は沈黙した。

「アブラハム・マズローの言葉を知ってるか?」いきなりレウベンがそう言った。「人間は、生きるための基本的な欲求がすべて満たされたとき、それ以上のことを探し求めることができるんだ。自己実現だな。もっとも深いレベルにある、自分自身に関する知識。流星は、そのレベルにいる人間だ」

「ということは、彼女は裕福で、物質的なことで悩んだりしないよね。美人で身体的なことにも悩みはない。深い知識を持ち、英知に富んでいる。逆に言うと、その知識と英知がなければ、物質的で物理的なレベルに捕らわれてしまう。でも、彼女は、組織や機関には属さない。何がいいかな?自営業?」

「そんなところだな。でももう一つ大切なことがある。彼女は、あちこちを指し示すのに、ちょうどいい位置にいなければいけない。俺が言いたいこと、わかるか?」

ディマスは、首を左右に振った。

「政治家っていうのは、政治について発言するとき、どちらか一方の側につくのが普通だ。学者や知識人は、その知識の分野にだけ基づいて発言するのが普通。商人は、損得を考えるのが普通。宗教者は、真理について話すのが普通。俺たちには、何の偽りもない、純真なオブザーバーが必要だ。でもそのオブザーバーだって、聖なる者ではない。ましてや聖なる者として崇められるものでもない。なぜなら、そういう人はむしろ、そのまま人生を享受するようなことはないからだ」

「娼婦だ」

「何だって?」レウベンは、思わず椅子から立ち上がった。

「いいから、聞いて。それほど高いレベルで自由に考えることができる域に達した人は、その思考を売買するようなことはしないでしょ? そうすると、唯一売ることができるのは、身体だ。娼婦だって、誰にも縛られない、実業家じゃないか。彼女は売れっ子だから、どこかに属する必要もない」

「でもそれじゃパラドクスじゃないか! 考える能力があるのに、プライドを売ってまで娼婦になる必要があるのか?」

「それこそが、君が言うパラドクス的な人間じゃないか!」ディマスが論破する。「君は、その他大勢の人たちと同じ見方で、彼女を判断してはいけないよ。黒と白の二分法で、彼女を選別してはいけない。彼女がどんな人間か、もう一度考えてみてよ、レウベン。鏡の両面を同時に生き、毎秒相対性を実行するんだろう？　彼女がどんな分岐を通過してきたか、君には想像できる？　どれほど強烈な増幅が、システムを爆発させたと思う？」

レウベンは、頭を左右に振った。「俺には、想像もつかない…」

「Reversed Order Mechanism」

それを聞くや否や、レウベンの見解はひっくり返った。「ディマス、お前は正しい」ゆっくりと繰り返す。「お前が正しい！」

「人間っていうのは、ものの見方を逆転させると、現実も変わるんだ。実は、その身を売って稼ぐっていうのは、どこでも発生している。ほとんどの人が、時間、真の自分、考えを売って稼いでいるし、魂を売る人だっている。身体を売るより、大多数の人がやっているそういうことの方が恥ずべきことじゃないか。そうだろう？」

7
流星

ステージは、銀色に飾られていた。人々は、まだミレニアムに酔っていた。西洋のビートと東洋の歌声がぶつかり合うダンスミュージックが響きはじめ、エキゾチックで現代的な雰囲気を醸し出す。その音楽が各分子に引っかかって幻想の世界を作り上げ、モデルを一人ずつ送り出していった。彼女たちの身長は、平均より高かった。スリムで、パンの生地を伸ばしたみたいに薄い体をしたモデルもいた。足を前に出すたびにお尻を左右に強調するような動きで、大げさに歩いた。鋭い視線で、目の前にある黒い空間を見つめていた。

しかしひとたびあるモデルが現れると、ひときわ目立つ違いがあった。それは、はっきりとした違いだった。視線だ。鋭いだけではなく、一瞬で切り裂くような視線。他のモデルは、きらりと光りはするがアクションを起こさない陳列されたナイフだとすると、彼女は一瞬でさやを抜く。彼女は、空っぽの空間なんか見ていなかった。彼女は、他の目を探していた。他の眼差しを。切り裂く視線で、すべてを丸裸にする。彼女は、モデルウォークより、それを楽しんでいるように見えた。

モデルたちがローテーションで登場する。彼女の出番を待ち望む客が一番多かった。皆、あの目に切り裂かれるために、自らを差し出すことを望んだ。

最後のローテーション。彼女は、ステージ裏へと消えた。

「ディーヴァ!」

呼ばれたモデルが振り向く。

「フランスが、一緒に前に出てほしいって」舞台監督が、そう言った。

「ニアと出るんじゃなかったの?」

「フランスの気が変わったんだって」

「最後の一瞬でいい?」

「そう、最後の一瞬」監督が頷く。ディーヴァにとっては、いつものことだった。ディーヴァはいつだって人に好かれることはなかった。それは、誰もが知っていた。彼女には「氷の女王」というニックネームが付いていた。親切でも意地悪でもないのだが、冷たかった。その冷たさは、恐ろしいほどだった。彼女が発する言葉は、サディストというほどではないが、逃げ場を奪うものだった。

とはいえ最終的には、すべての現実を味方へと逆転させる、マグネットのようでもあった。

ディーヴァは売れっ子で、トップクラスのモデルだ。大きなイベントや信頼のおける雑誌にしか登場しない。安いギャラでは動かない。慈善イベントになんて用はない。でもディーヴァは、本物のプロだった。愚痴を吐いたこともないし、時間を守った。柔軟性のあるポリマーのように、すぐに意図を理解して動いた。

その晩、他のモデルからの嫉妬《しっと》と疑問の入り混じった視線をまとい、ディーヴァはデザイナーと共に前へ進み出た。

正直に言えば、ディーヴァは、こういう場が好きになれなかった。彼女の美しく細い足にまとわりつく遠慮のない視線には、温かさもないし、気持ちのいいものでもなかった。同僚のモデルたちは皆、一日中狭い檻の中に捕らわれ、ようやく放たれた野獣のように敵意をむき出しにしていた。自由の扱い方を知らないのだ。

このような心の成長を阻害する汚れた考えの共鳴は、とどまることなく空気を汚染していく。ディーヴァは不快感を抱きながらも、それを気にすることさえ、うんざりしていた。大きなカバンを背負って、自身を燃やす炎の集合体のようにうごめく人込みを、突破した。

「ディーヴァ！」

リスティという名の事務所スタッフが、靴の入った袋を振り回しながら走ってくる。「ちょっと、靴！　本当にボケてるんだから！　まったく。忘れ物」

「ありがとう」

「報酬は明日取りに来てくれる？　お昼ごろでいい？」

「了解」

「どうやって帰るの？」

ディーヴァは肩を持ち上げた。「たぶん、タクシー。うちの運転手、今病気で。自分で運転するのも面倒だし」

「送っていこうか？」リスティは、社交辞令でそう言った。長時間ディーヴァに耐えられる者などいないのだ。「もし送ってほしいなら、ちょっと裏方の片付けをしないといけないから、待たせることになっちゃうけど」

「大丈夫。先に帰るわ」ディーヴァはほんの一瞬微笑むと、さっと後ろを向いて歩き出した。

「ディーヴァ！」リスティがもう一度呼び止める。「明日の昼、忘れないでね。悪いけど、上から直接そう言われてるの」上を指差しながら、そう言った。その笑顔は、満足そうだった。

ディーヴァは、確かにそれを見て取った。彼女は、事務所がスポンサーを務めるキッズ・ファッションコンテストの審査員という、皆がやりたがらない仕事を与えられるソフトターゲットだった。はめられた。抵抗する気にもならなかった。

会場から出ると同時に、携帯のアラームが鳴った。約束を思い出し、ディーヴァはため息をついた。リスティは正しい、やっぱりどうかしている。だからこそディーヴァには、時間というページのしおりになってくれるテクノロジーが必要なのだ。思い出したくもないけれど、どうしたってやらなければならないゴミのような予定を通知してくれるアラームが。

五分も経たずして、携帯が鳴った。男の声が聞こえてくる。

「もしもし、ディーヴァ？ 準備はできてる？ 何？ どこにいるの？ 迎えに行くね？ もう向かっているから、待っていてくれよ？」

十五分後、高級セダンが迎えに来た。

「お待たせ」

ニヤっとした笑みでディーヴァを迎えに来た男の名は、ダーラン。四十代前半で、キャリアの頂点にいる。高校のときから交際していたガールフレンドと結婚し、二人の子どもがいるのだが、人生の空虚さに襲われていて、それは何物とも定義しがたいものらしい。この男にとってディーヴァは、特効薬だった。

「どうも」ディーヴァは、短く答えた。

「ショーはどうだった？ 成功した？ 君は本当に綺麗だね。ショーの後に会えるなんてラッキーだ」

「ショー？　成功したわ。綺麗？　知ってる。ラッキー？　そうでもないと思うわ。正直、疲れてるし。約束も忘れてた。でも、安心して。あたしプロだから」ディーヴァは、髪を持ち上げながら、抑揚なくそう言った。髪をクリップで挟むと、首をあおいだ。

ダーランは、徐々に落ち着きを失い、車はぐんぐんスピードを上げた。

「ディーヴァ、今日はついてるよ。俺の会社が、ハイアットでイベントを開いてるんだ。いい物を見せてあげる」ダーランは、カード型のルームキーをちらつかせた。

「会社自慢だなんて、吐き気がする」

ダーランは、ゲラゲラ笑った。気を悪くした様子はまったくない。

「ディーヴァ、本当に会いたかったよ。君の料金は高すぎるのが玉にきずだけどね」

「高くても欲しがる人がいっぱいいるし、これでもあなたには安く設定してあげてる。あなたみたいな一般庶民で、普通の人間の相手をしなきゃいけないなんて、どれほど面倒か想像もつかないでしょう？」

ダーランの笑いは止まらない。「ああ、ディーヴァ！」

数時間前に激しくきしんでいたスプリングベッドは、今は静かだ。その後二人は、ただただ会話を続けていた。

タオル生地のガウンをまとって、ディーヴァが冷蔵庫へ水を取りに行く。ダーランは、腰から下をベッドシーツで覆い、横になっていた。

「想像して。マレーシアの自動車工場の労働者の給料一か月分は、イリノイ州の一日分。フランス人従業員一人は、ベトナム人四十七人分。アメリカの修理工一人は、中国の六十人分。これが人の価格の最新比較よ」水分補給しながら話すディーヴァの言葉は止まらない。「生産活動は、永遠に同じところを回り続ける。つまり、機械と人間、どっちの方が安いか？　答えは、今のところまだ人間。でも工場が日本にある場合は、機械。日本では、人間が高いから。一方で、なぜそんなに急いで機械へ巨額の資本を投資するのか？　誰が先に大きくなれるか競争しているからよ。要は、もっとも安く使える人間のストックを持っているのは誰かってこと。政策や協力者たちは、後からどうにでも調整がつく。今頃マルクスは、あの世で不満顔でいるに違いないわ」それを聞いてダーランは、声を上げて笑った。

「つまり君は、国家機関なんて、ただのアクセサリーだと言いたいんだね？」

「正確に言うと、もはやとるに足らない存在なのに、いぜんとして、自分はグランド・キャニオンだと勘違いしているってところね。資本主義が、民主主義のフォーマットを作り上げているというのに。まずは、国家から多国籍企業へ主権の移転が起こる。それに、『消費者から、消費者によって、消費者のために』という魔法の呪文を忘れちゃいけない。でもまあ国家は、気づかない国民たちの前では、まだ役割があるかのように見せかけなきゃならないし、気づいていない国民がこれからも気づかないように頑張らなければいけない。それがいつまでになるかは、わからないけれど」

「君は官僚に腹を立てているようだけど、君の客の中にはそういう人間だっているだろう？」ダーランは、からかい半分にそう訊いた。

「たくさんいるわ。でも、あたしが官僚に腹を立てるということは、つまり多国籍企業の人間であるあなたにも同じように腹が立つってことよ。いや、腹が立つとは、また違うかもしれない。もちろん好きでもない。何と言えばいいのかしら？ちょうどいい言葉が見つからない。けど、私たちはただ、ここでビジネスをしてるだけよ。あたしは、あなたたちみたいな人間と取引きしたいだけなの。あなたたちは、お金の言葉でしか話すことができないから、無料で何かを与えられるなんてことは、相応しくない。お金が、詩を生み出すことはないわ」

「それは、でたらめだろう。俺は、金さえ払えば今すぐに、イスマイル・マルズキ公園（ジャカルタにある施設で、芸術と文化の中心となっている）からだって、どこからだって、詩を作るために作家を呼ぶことができるぞ」

「ほら出た。早速、あなたが証明してくれた。あなたは、本当は売られていないものを、買えると思っている。そういうの妄想って言うのよ。でもあなたは現実だと思っている。だって、物理的にそれを実現することができるから」

ダーランは、さらに大きく笑う。「ディーヴァ、君は本当に人が悪い」

「答えて。あなたのアイデンティティはどこにあるの？　インドネシア？　それとも多国籍企業？」

「そりゃ、インドネシアだよ」

「本当？　じゃあ、あなたがこの国に与えたものって何？」

「そりゃ、たくさんあるさ。税金を払って、雇用の機会を作って、ここに住む人たちが使えるテクノロジーを提供して、彼らのニーズに応えてる」

ディーヴァは、面白おかしいといった様子で、ダーランを見ていた。「それって、あなたがもたらしたもの？　それとも会社？」

ダーランは、何も言えなくなった。

「もし、あなたが働くその会社が倒産して、この地球上から消えてしまったら、テクノロジー提供者であるダーランは、まだ存在する？　あなたはいったい何者なの？」ディーヴァはドアをノックするような仕草をしながら、からかい半分に言った。「コンコン。どなた様かいらっしゃいますか？」

つられてダーランまで笑い出した。というか、ディーヴァよりうけていた。

「『同一労働、同一賃金』、ヘルムート・コールの言葉だよ」

ディーヴァは、帰り支度をしながら答えた。「そんなの、あたしには当てはまらないわ」

「それでは、君は、何者なんだ?」

「その土地のしきたりに従う、世界市民よ。あたしの中では、国家とか国民とか、そういうつまらないことは、すでに博物館に貯蔵されてるの。それに、今あたしたちが見ているこの世界がすべてだと思うのはあまりに愚かすぎるわ」

「君は地球外生命の話をしているのかい?」

「あたしの言葉から、UFOや宇宙人を想像しているなら、大きな勘違いよ。それは、下水が大海原を見て驚くのと同じようなもの。どちらも同じ水同士なのに」ディーヴァはつき離すように言った。「あたしは、物理的な形式にはこだわらないの。あたしが言った生命というのは、生きるってこと。生命力よ。詰まった排水管でよどむようなことがない、純粋なエネルギー」

ダーランは、理解することができず眉を寄せた。「君の言うことは、なんだか難しいな」

「あなたは、頭が固いのね」

「ディーヴァ、」ダーランが優しく呼びかける。「君は、俺の会社のCEOより賢いんじゃないかと思うことがある。それなのに、なぜこんな仕事をしているんだい? それだけの頭があれば、俺なんかよりもっといい役職に就けるのに」

ディーヴァは、嘲笑した。「たしかにあたしは、あなたやそのCEOより賢いけれど、あなたたちみたいな仕事はしたくない。あたしたちの違いって何? 言ったでしょ、あたしたちはビジネスをしているだけだって。商品が違うだけじゃない。あたしに言わせれば、あなたが商売で扱ってるものは、売るべきものではない。あたしの思考は、自立していなければならないの。だから取引きだって、適当にやってるわけじゃ…」

「だから君の料金はドル建てなんだね？」ダーランが言葉を遮り、からかい混じりに尋ねた。そして、仕事カバンをたぐり寄せると、準備してあった封筒を取り出し、それをディーヴァに手渡した。

「『同一労働、非同一賃金』それが、あたしの法則」ディーヴァは軽快にそう言った。

「君は、わかってる？君とこういう会話がしたくて、高額な料金を支払ってるんだってこと」

「今さらかっこつけても無駄よ。会話じゃない方も楽しんだでしょ」ディーヴァの支度が終わった。「じゃあね」

「来週の、忘れないでくれよ！」

「あら、また予約されていました？」ディーヴァは額にしわを寄せ、携帯電話のアラームを確認する。「ああ、そうだった」そう呟くと、彼には再び触れることもなく帰っていった。

ディーヴァといると、何事もあっという間に通り過ぎていく。彼女には、独自の時間の次元があり、そこへ入らないかと皆をさっと撫でていくようだった。そしてダーランは今、のろのろと進む時間の原野へ投げ出され、元の世界へ戻ってきた。かろうじて、まだあの生命力を感じられることが救いだった。

タクシーの中から、ディーヴァは、外の様子をぼんやりと眺めていた。この街は一分だって止まらない。時計の振り子が、ノンストップで働くロボットへ拍車を掛ける。そしてあの手が——皆をベッドから起こし、汗を絞り上げる見えざる手が——、まだ街中を追いたてまわしている。その手が、再び彼らをベッドへといざない、安眠を邪魔する夢を置いていく。リズムに乗り遅れる者は皆、見えざる手に引っぱたかれる。

アダム・スミスは、その手を見た。ついには、学校でも教えられるようになった。

しかしディーヴァは、孤独を感じることがあった。ディーヴァには、その見えざる手が見えるし、その手と追いかけっこをしている。なぜなのだろう？ 他の人は、見えざる手によってこんなにも整然とすくい上げられ、機械的に働いているというのに。そして明日太陽が昇ったら、大胆にもまだ自分のことを人間だと言うというのに。

ディーヴァは、ふーっと息を吐いた。心底、疲れた。ディーヴァにとって世界は、汗まみれで息苦しく、枯れ果てていた。世界は、一度も交換されないまま錆びついた軸で回っているというのに、それ自身は、成長していると思い込んでいる。ここには、新しいものなんて何もない。皆、長い苦しみの下に笑い、皆、朽ち果てた笑いの下に泣いた。

ディーヴァは気づいていた。死んだことに気づいてもいない多くの死体の真ん中で、死にあらがって生きようと努力をすることが、どれほど大変かということを。


ショッピングモールの中に足を踏み入れた途端、喧噪に包まれた。ディーヴァは、週末のショッピングモールのこの空気に触れるといつも、体中に焼けるような感覚が走った。信じられないほどに、不快だ。まだ何もしていないというのに、帰りたくなった。

吹き抜け空間に、安物のタルトみたいに飾り付けられたステージがあった。ハウス・ミュージック風にアレンジされた童謡が鳴り響き、人間の声と追いかけっこしていた。その騒々しさといったら、ミツバチの巣の中にいるようだった。

「ディーヴァさん?」首から運営スタッフのカードを下げた女性に声を掛けられた。「お越しいただき、ありがとうございます。コンテストはまもなく始まります。こちらへどうぞ」

ディーヴァは、丁寧に笑みを浮かべると、用意されていた席に座った。

「はじめまして。ハリーです。審査員No.2です」突然、眼鏡を掛けた男性が現れ、手を差し出してきた。

「ディーヴァさん！『ビナ・チェリア・プロダクション』のテリーといいます。みんな、私が面倒みている子たちなんですよ。私も審査員No.3を務めます。あらまあ、ディーヴァさん、実物の方が綺麗だわ！」

「ありがとうございます。よくそう言われるんですよ」ディーヴァは冷めた様子でそう答えた。この日、審査員という役割は、大統領より大役なんじゃないかという気がしてきた。

ディーヴァは、幼い子どもたちの顔を眺めた。子どもたちの純粋さは、今日一番かわいくなるという野望に塗りつぶされていた。子どもたちの顔は、本来はそこにあるべきではない化粧で塗られていた。化粧は、女の子たちが醜くなっていく過程で、もっと正確に言えば醜くなったと感じた時点で、使いはじめるものだ。この子たちにではなく、そういう彼女たちにこそ、プラスの努力が必要なのだ。

小さな足が目に入った。だいたい皆、ヒールの高いブーツを履いていた。スーパーミニのスカートを履いて、タンクトップを着て、アニマル模様のジャケットを羽織っていた。こんなに小さいのに、殺し屋みたいな化粧を、もう学習している。

コンテストが開始されても、ディーヴァは、評価を記入するためのボールペンと用紙には触れもしなかった。腕を組んで椅子にもたれ、子どもたちを一人ずつつぶさに見ていった。スタッフたちは、ひそひそ声で彼女を疑いはじめた。テリーとハリーも互いに目線を交わし、何も書こうとしない審査員長に不安を感じていた。ディーヴァは、そんな状況をすべて理解した上で、一切無視していた。この人たちには、ディーヴァが何を心配しているのかなんてわかりっこないからだ。

子どもたちは、前に歩み出てくるりと回ると、わざとらしい笑みを浮かべてポーズを決めた。そして、何日も何日も練習したポーズや歩数を忘れやしないかと、子どもと同じように心配する親の方を横目でちらりと見るのだった。

この子たちは、十五歳には身長が止まり、十七歳になったらぽっちゃりしてくるだろう。今日優勝した子は、気が変わって、インドネシア科学院の研究者になるかもしれない。今日最下位だった子は、二十歳になる頃トップモデルになるかもしれない。あらゆる人生の可能性と不確実性は、優勝者を選ぶための理由にはならない。いったい何に勝つというのだろう？劣等感を背負って、自分が醜いと感じる子どもを生み出すため？親は、必死で子どもを慰め、また様々なコンテストへ送り出すだろう。今度はさらに完璧な「武器」を装備して。さらに計画的に。さらに作り込んで。

本来、この子たちにとって今日という日は、たくさんの同年代の友達に会うことができる楽しい日であるべきだ。本来、この子たちは、思うがままに裸で走り回っているべきだ。心から笑いながら。ルールになんて縛られずに、踊って。転んで。遊んで。

ディーヴァは、今目に映っているものが、本当に心配だった。

どこかのタワーみたいに高く髪をまとめた女の子が、プロのモデルに向かって歩いてくる。挑戦的な視線で審査員たちをじっと見つめ、自分の印象を残そうとした。蛍光ペンみたいに明るい色の服を着た彼女は、色っぽくファーを振り回す。しまいには、突然蛇のようにクネクネと揺らめいたかと思うと、皆にキスをするように、おしゃまなポーズを取った。

観客はどよめき、歓声を上げた。盛大な拍手が鳴り響く。

「今の子、すごいですね」ハリーが体を寄せて、そう呟いてきた。

ディーヴァは、ごくりと唾を飲み込んだ。このコンテストは、お腹に収まった昼食を吐き出すには、最高の方法だった。

コンテストの参加者は十七名。十七回分の下剤。もしこれ以上いたなら、胃の中身が根こそぎ掻き出されていたことは確実だ。

三人の審査員は、審査会議に入った。

「ハリーは、何番がいいと思う？ 私は、十一番の子がいいと思うわ。ディーヴァさんは、どう思う？」テリー氏は、まだ興奮しているように見えた。彼女は、自身のキッズ・クラブへ高いお金を払う親たちを満足させなければならない。

「私の評価は、後回しにしてください」ディーヴァは、冷静な様子でそう言った。

ハリーは、得点を計算するのに忙しそうだった。「テリーさん、僕の結果もテリーさんのと同じです」

「そう、それなら決まりですね」ディーヴァは、その紙をさっと取り上げて言った。「私が発表してもいいですか？」


ステージ上には、ディーヴァが立っている。「皆さん、こんにちは。ファッションショーの結果が出ました。結果は、私の手にあります。二部門ありますよ。さあ、いよいよ発表です」

呼ばれた入賞者が一人ずつステージに上がる。皆、光り輝いていた。入賞者が出そろうと、ディーヴァが再び話しはじめた。「かわいらしい子どもの皆さん、今前に出たこの子たちは、大人の真似をするのが上手だから、選ばれました。そして、あなたたちのパパとママが参加料を払って、高い服を買ったから、選ばれざるをえなかったのです。本当のことを言えば、勝った人も負けた人もいません。これから先、太ったり、ニキビができたりして自分の容姿をコンプレックスに思うようなことがあるかもしれない。それでも今現在、あなたたちはみんなかわいい。家に着いたら、ちゃんと遊ばないとだめよ。ヒールの靴なんて履く必要ないし、ママの口紅をつけるなんてやめておきなさい。おねえさんのことを信じて。あなたたちだって、いつか大人になるのがつまらなくなるから。

遊ぶことだけが、幸福よ。かわいくなりたいのなら、親に教えてもらうのを待っていちゃだめ。おねえさんは、魔法の呪文を知ってるの。どうするのかって言うとね、鏡の前でこう言うのよ。『私はかわいい、私はかわいい、私はかわいい』これだけ。あなたたちは、みんなかわいくなる。おねえさんが保証する。ずっと永遠に。みんな、わかった？」

さっきまでざわついていた会場が、一瞬でしんとなった。子どもたちは口をぽかんと開けたまま聞いていた。親たちは、手を握り合い、自分を保っていた。ステージ横にいるピエロは、動きを止めた。司会は、言葉を失った。審査員たちは、頭を垂れた。イベントは、崩壊した。

ディーヴァの顔色は一切変わらなかった。彼女の周りで発生しているものすごい混乱にも、少しも動じなかった。落ち着いたエレガントな足取りでステージから下りると、そのまま出口へ向かって行った。

「直接、自宅に向かっていいですか」運転手のアフマドが訊いた。

「ええ、お願い」

ディーヴァは、道中ずっと唇を噛んでいた。何か刺激的なことが起こると、こうするのが癖だった。ディーヴァは、さっきの子どもたちのことを考えていた。あの子たちは話を聞いていたし、たぶん理解してくれただろう。ディーヴァは、あの子たちの考え方の構造を修正できた。そうであってほしいと願った。

背が高く、貧弱だった、自分の体のことが頭をよぎった。思春期に入ると、友達の体はまだ四角いというのに、ディーヴァの体はすでに曲線を描いていた。ディーヴァのストレートの髪は単調で、友達の髪はハイビスカスのように広がっていた。細顔は、飢えに苦しむ人のようだった。足のサイズが大きすぎるせいで、孤児院に寄贈された箱の中に、ディーヴァに合う靴が入っていたことは一度もなかった。

皆がディーヴァの容姿をからかう中で、違うことを言っていたのはただ一人。自分自身だけだった。そして、今。これは、周囲から褒められた結果ではなく、自分自身が、自分はかわいいと知る努力をした結果だ。それ以外の努力はあまり必要ない。皆、自分で育つのだ。

「どうか、あの子たちが理解してくれますように」そう心の中で願った。ディーヴァは、家に入ってもまだ、唇を噛んでいた。

インドネシア国営ラジオのニュースが、野菜の価格を伝えている。バワン・メラ（赤わけぎ。インドネシア料理に多用される食材）の暴落に伴い、トウガラシがじりじりと上昇している。ジャガイモが急騰し、キャベツは供給過剰。ナスは花形商品となり、ショウガは価格の綱渡りを続けている。

これではまるで、農産品のサーカスだ。

土の中では、こんな風に作り上げられた動乱などなく、穏やかに過ごしていたというのに。トマト自身は、その実が虫に食われたって何とも思わないし、農薬が散布されたって動じない。トマトは、生き返るために喜んで死ぬのだ。一方、農民は、生きるために必死で耐える。

好きで植えたのが最後はいつだったか、覚えている者などいない。土の層を突き通る緑色の生命を、ただ世話する。大きく育てるのに成功した農民の誇りとともに市場に並んだ果物や野菜を、人々は十分な量、買うことができる。市場へ行けば、何だって簡単に手に入る。過剰供給は、その美しさを腐らせ、無駄にする以外の何物でもない。

家の電話が鳴った。ディーヴァは、ラジオの音量を下げた。

「もしもし」

「もしもし、ディーヴァ？」

客の一人であるナンダの声が聞こえ、ディーヴァは額にしわを寄せた。「予約入ってたかしら？」

前置きもなく、そう言った。

「今、予約してもいい？」

ディーヴァは笑って、体勢を変えた。「あなたは本当に浪費家ね。あたしの料金、これでもまだ安いのかしら。それとも、あたしにやみつき？」

ナンダも笑った。彼は、ディーヴァのサディスト的なユーモアが大好きなのだ。お世辞が広がる荒野の真ん中で、オアシスを得るようなものだった。

「ディーヴァ、俺はただ食事に誘いたいだけなんだ。それ以上のことは何もない。本当だよ」

「それ以上のことがあっても、別にいいけど。あなたにお金があればの話だけど」

ナンダの笑い声が、電話越しに聞こえてきた。

ディーヴァは携帯でスケジュールを確認した。「あなたはついてるわ。今日は何も予定が入っていない。八時に迎えに来てね。それじゃ」

◎

ミカンの木に間もなく最初の実がなりそうなことを思い出し、栄養剤が入ったスプレーボトルを持って、裏庭へと向かった。

ディーヴァがドアから出てくるのを見るなり、ナンダはそわそわした。ボディラインのはっきりとした黒い服も、サムライのように鋭い視線も、どちらも刺激的だった。

「空腹なの。あなたを生きたまま食べようかしら」ディーヴァの最初の一言は、淀みなく流れた。

それを聞いたナンダは、冷静を保つのに必死だった。いずれにせよ、ディーヴァは、プロだ。同意があるまでは、少しも体に触れてはいけないと、きっぱりそう宣言していた。表面上の会話を経なければ、少しもだ。ナンダは、焦ってそういう話をして、この時間を壊したくなかった。壊れたら最後、同じ夜はこないのだから。

ナンダは、別の意味でディーヴァを必要としていた。


このレストランでは、三十分前にラストオーダーを終了したらしい。十五分後には閉店するそうだ。店員は、その場を離れようとしない二人にじっと視線を送りながら、耐えられないといった様子で、そこに立ち続けていた。

「なんだって?! ディーヴァ、君は、頭がおかしくなったのか? 子どもたちの親の前でそんなことを言ったのかい?」ナンダの言葉が、笑い声の中に響く。

「都合がいいこと言うわね。あたしに向かって頭がおかしいだなんて言って笑っているあなたはどうなのよ？」

「俺は子どもをショッピングモールへ連れて行ったりはしない。まだ赤ちゃんだからね。妻は、しょっちゅうだよ。あちらの親と一緒にね」

「弁解する必要なんてないから、安心して。あたしは、それが罪だと言ってるわけじゃないの。ただ、週末のショッピングモールは、中流階級の幼児が見世物になり、あの子たちが消費主義へと陥っていく最初の学習機会になってることは確かよ。親世代が、バービー人形で遊んだのと同じことが実際に起こっている。つまり、その親世代が大人になって、昔バービーとケン人形でやっていたことを、今は本物の子どもを使ってやっているというわけ」

「それのいったいどこが間違っているって言うんだい？」ナンダがとげとげしく言った。

「別にどこも。親がそれを自覚していて、偽善者にならない限りは、何の問題もないわ。あたしはただ、『子どもをきちんと育てていますよ』という証拠や口実として、それを世間に見せびらかす親がムカつくだけ。そういう親に限って、本当は他の方法を知らないだけなのにね。自分たちの教育が完了しないうちに、教育する側に立ってしまった人たちよ。結果は見ての通り。もしかすると、バービー人形遊びは、育児をする上での煩わしさを疑似体験するものなのかもね」

「君は本当に恐ろしいな、ディーヴァ」ナンダは、ちっちっと舌を打った。

「あなたが無知すぎるのよ」ディーヴァは落ち着いた様子で答えた。「あなたたち夫婦は、どっちが子どもを欲しいと言い出したの？　正直に答えて」

「二人の同意の下さ。でも、親が、孫を見たいと言っていたのは確かだ。『あんまり後回しにすると授かれなくなる。仕事の方は、子どもが幸運を運んでくるから、なんとでもなる』と言っていたな」

ディーヴァは、笑い飛ばした。「ご両親は、あなたたち夫婦がまだ赤ちゃんみたいだってこと、知らなかったのね。それで、本物の赤ちゃんができちゃった」

「子どもの機嫌がいいときは、じいじとばあばが独占するんだけど、いざオムツ替えとなると、知らんぷりさ。まったく！」ナンダはそう言って、豪快に笑った。

「この話はもう終わり。疲れるわ」ディーヴァは体勢を整え、席を立とうとした。「さっきから話を聞いていると、あなたは、誰が誰をいたわるべきなのか、わかっていないようね」

店員たちのため息に囲まれ、二人は立ち上がった。

間もなくして高級車は、再び静かな道を走りはじめた。音楽や会話もなく、タイヤの音が響く。しんとしていた。タイヤの回転は、ホテルに近づくと、スローダウンした。

「本気？」ディーヴァは、横目でナンダを見た。「本当に食事だけかと思ってたのに」

車は、ホテルの駐車場へ入り、停車した。ナンダの顔が覚醒したように見えた。

「あたしの重荷にならないで。あなたの快楽のためだけに、なぜこうなるの」

それを聞いて、ナンダは沈んだ。

「あなたの人生は、どうなってるの？　さっき言ったでしょ。頭がおかしいのって、楽なのよ。だから、そんな顔をして、正気なふりをする必要はないわ」

ナンダは、少し顔を上げた。彼の中で何か沸き立つものがあるようだった。ディーヴァは、初めて見るその視線に少し驚いた。

「ディーヴァ、俺は快楽のために金を出すのであれば…、言わなくてもわかると思うけど、そういうことをするより、君と食事をするために金を使う方がいい。馬鹿みたいに聞こえるかもしれないけど、今晩は、君が俺を買ってくれないか。もちろん、俺たちは――」

ディーヴァは、ゆっくりと首を左右に振った。「ナンダ、あたしの精神状態は正常よ。あなたは、異常なようだけど。そして、あたしはこれからも異常になる予定はない。誠意って、それを売り買いしはじめた時点で、誠意ではなくなるの。あたしは商売をしているけれど、それはあなたも同じこと。ビジネスの世界でやっていくためには、そうあるべきなの。でも、ゴミで溢れかえった場所から、本来のあなたへ帰るための唯一の道を汚してはだめ。さっきの生きた視線は、あなたの中で暴れる誠意が目覚めさせたものよ。お金を徴収する娼婦のディーヴァを、うらめばいいわ」ディーヴァは、服の端を手でいじりながら、下を向いていた。

車のキーを抜く音で、静寂が破られた。ナンダが、思考の混乱を収めようと決めたのだ。「降りよう」ナンダは、ディーヴァの腕を引っ張った。

静かなホテルの部屋で、ナンダは、裸で横たわるディーヴァを優しく抱きしめた。抱きしめる権利があるうちに、そうしておきたかった。

ついさっき流れた熱い汗の蒸気は、少しも心に残らなかった。むしろすべてが悪夢のように思えた。ナンダは、母親か妹を強姦した夢を見たような感覚にいた。そうでなければ、封筒を渡すことなどできなかった。

ナンダは、ディーヴァの首元に、深く顔をうずめた。

彼にはもう耐えられなかった。まるで、山を引っ張れという無理難題を命じられた人のように、疲れていた。とてもゆっくりと、涙が流れた。この感情を表すことができる言葉を探すのに、疲れてしまった。彼が話す言葉は、ただの数字だという事実に、疲れてしまった。

この封筒の中身をラブレターに変えることができたら、どれほどいいだろうか。感謝の気持ちでいっぱいの手紙だ。そこに数字は一つも出てこない。

今晩のように面白くない日もしょっちゅうだが、ディーヴァの一日はあっという間に過ぎていく。

「美しいディーヴァよ、久しぶり」白髪混じりの男が、厚い眼鏡をはずしながら、ニヤリと笑った。彼の名は、マルゴノ。けれど、「マルゴと呼んでくれ」としつこい。若い頃のあだ名だそうだ。年齢は五十を超えた頃だろうか。ジャカルタのトップに君臨する大学で、社会学の教授をしている。

「ご無沙汰しています」ディーヴァは、落ち着いた口調で答える。「国民のために教鞭を取られる大先生は、お元気でした？」

男は、笑った。「私は、君のその嫌味がお気に入りなんだよ。君がもっとも恋しく思っているこの大先生は、君に会いたくてたまらなかった」

「幸運なことに先生は、稼ぎのよい大学院でも教えていらっしゃる。大学で教えているだけじゃ、あたしへの支払いなんてできないはずよ。それとも、他に何か儲かる教育プログラムができたのかしら？」

「今や、教育はビジネスだ。この世界では、あらゆるものの値段が上がっている。知識だって例外じゃない」

「とにかく、クラマット・トゥンガック（かつて北ジャカルタにあった売春街）へ戻るようなことがあってはダメよ」

「いとおしい、ディーヴァ。こんな年になっても、私はまだ理想が高いんだ。君じゃなければ、だめなんだ」

「そんな言葉であたしが喜ぶと思わないで」

「お願いしておいたGストリングはどこだ？ もう着用したのかい？」

ディーヴァは、小さく頷いた。「もし目の前で着けてほしいなら、追加料金を支払っていただくわ。今晩、先生が破産しなければいいんだけど」

男は手を揉んで、欲情に燃えた。勢いよくカバンを引き寄せると、薬瓶を取り出し、二錠飲んだ。

「ディーヴァ、バイアグラの競合品が出たらしいんだ。バイアグラは、その器官にしか効かないだろう？ 新商品は、脳に直接刺激を与えるそうだ。友人がボストンで開催されるシンポジウムに参加するんで、一瓶買ってきてくれと頼んでおいたよ。はっはっは」

目の前にいるこの男は、すでに埋没した角を磨こうと頑張る老いぼれのように見えた。ディーヴァは、鏡に映してその姿を見せてやりたかった。

マルゴノは、腕時計を見てこう言った。「十分待とう。この薬は、十分か、長くても十五分くらいで効いてくるらしい」

ディーヴァも腰を掛け、腕を組んだ。「『資本論』評論の共著の企画は、どこまで進んだの？」

「まあ、ぼちぼちってところだな。色々な意見がありすぎて、まとまらん。唯物論の歴史的な意義についての批評に重点を置きたいと言う者もいるし、オートノミーについて解明したいと言う者もいる。だから私は、みんな書きたいように書けばいいと言った。これから、編者として、原稿をまとめる人をもう一人探すつもりでいるよ」

「先生、それあたしがやりたい。まとめる人」ディーヴァは意気揚々と自分を売り込んだ。「あたしは、マルクスで始まって、マルクスで終わったりはしない。軽い気持ちで、ヘーゲル、フォイエルバッハ、カント、フィヒテの理論についてまとめてみたことがあるの。全部、マルクスの枠の中でね。あとは、マルクスの理論を、グラムシからネオグラミシアンまで、落とし込んでみたこともある。それから、ハーバーマスの批評も。解説を読んだことがあって、すごく面白かったから。社会を解放する要因に関係しているしね。でも、それより重要なのは、今現在の状況との関係性よ。マルクスのアイデアが生まれたきっかけは、彼が見た真実が……」

マルゴノが、「よしよし」とでも言うように微笑んで、それを遮った。

「かわいいディーヴァよ、私は、君があの教授たちよりも賢いことを知っている。でも…、君はいったい誰だ? すまん。侮辱するつもりはないんだ」

ディーヴァは、肩を軽く持ち上げた。

「私が言いたいのは、君には学歴がまったくないということだ。肩書もない。決して君にはできないと言っているんじゃないんだよ?」先生は、言葉を繕《つくろ》うのに忙しかった。

「あたしみたいに、ただ知識を楽しもうとする人は、認められないってことよね?」

「そうだ。認められるための条件は何だと思う? そりゃ、カリキュラムがあって、試験があって、最終課題に対する責任が伴わなければならん。肩書っていうのは、誰にでも適当に与えられるものではない」

「でも問題は、あたしは、先生が言うその教育システムを信用してないってことなの。みんな、全体的にではなく、部分的に考えるように教えられる。いびつにね。だから口を開けば勝手なことを言い、錯綜した決断をする。知識の偏重、宗教の偏重、文化の偏重。これらは全部、根本が部分的である教育のせいで引き起こされるものよ。一方で、重要なところには、目をつぶってしまう」熱くそう説明した。

「おぉ、わかった、わかった。それなら、金を払って、修了証書を手に入れればいい。そうすれば、大学教員にだってなれるさ。知り合いに、証書の担当がいるから、博士課程の修了証書だって手に入る」マルゴノは、ほとほと困り果て、流れるようにそう言った。

「もういいわ、先生」ディーヴァが言葉を遮った。「あたしが、自分で学校を設立するまで待ってて。単なる肩書じゃなくて、知識を授ける学校をね」

「いいね、この私も、君の学校で教えてもいいかな?」甘えるようにそう言った。

「いいわけないでしょ。みんな先生みたいになっちゃうじゃない。ここの国民は、いったいどうなってしまうんだか…」

「マルゴって呼んでくれと言ってるじゃないか、ディーヴァ」

ディーヴァの頭は、まだ回転し続けている。

マルゴノは、今か今かと、時計を確認していた。「ディーヴァ、もう十七分経過したんだが、なぜ何も起こらないんだ？」

「無理するもんじゃないわ、先生」ディーヴァは、軽くあしらうように言った。「あたし、もう帰ってもいいわよね？ 全額返金するわ」

「なぜだ？ たぶん、君が先に脱いでくれたら、いける！ それか、あれだ！ えーっと…」マルゴノは、慌てふためいた。

ディーヴァは、落ち着いた様子でそれに従い、一枚ずつ服を脱いでいった。

「ほらな」

マルゴノは、目をフクロウのように丸く見開き、自制心を失った様子で、「こっちにおいで！」とディーヴァを呼んだ。そして近づいたディーヴァに素早く覆いかぶさった。マルゴノが多大なる努力をしたことは、確かだ。

彼は、頑張って、頑張った。十五分経過。十九分。二十分。そして、何も生み出すことがなかった荒い呼吸とともに、疲労困憊で力尽き、諦めた。

「先生、ご友人がアメリカから買ってくる薬を待った方がいいかもしれないわ」ディーヴァは、体を起こしながらそう言った。そして素早く身支度をした。

マルゴノがうなだれたその姿は、彼のペニスとそっくりだった。もはや言葉は一言も出てこなかった。

ディーヴァは、封筒に歩み寄ると、半分だけ引き抜いた。

「これは、さっきあたしが裸になった代金よ、マルゴ」ドアへと向かいながら、さらに付け足した。「あと、あなたが破ったGストリングの弁償代」

そして、ドアは閉まった。

8

「世間はなんて狭いんだ！」

「まさかお前、彼女に恋してるわけじゃないよな？」レウベンは、原稿を胸に抱えて、それをポンポンと軽く叩きながら、そう言った。

ディマスは、素早く原稿を奪い返し、抵抗した。「幸い彼女は、架空の人物だ」

レウベンはニヤニヤしながら、さらに追及した。「わざとだろ？　なんだか流星は、俺と似てる気がするんだが」

「精神面が普通じゃないところでいえば、そうだね」

「俺に言わせれば、流星は、『女版レウベン』だな」

「どうぞご自由に」

「おいおい頼むよ、自分が生み出した登場人物に嫉妬だなんて勘弁してくれよ」

「嫉妬だって？　むしろ僕は、君が自分を流星と重ね合わせるのが気に入らない」

「それは面白い。存在しない女のせいで、俺たちが争うなんて！」レウベンは思わず笑い出した。

「しかも、僕らは同性カップルだし」二人は、声を上げて笑った。

「ここらで少し休憩しようか」

「そうだね」

二人はその場で体を伸ばすと、レウベンはコーヒーを淹れにキッチンへ向かった。

「君は、そんなにコーヒーばかり飲んで、心臓が爆発しちゃうかもしれないって、心配になることはないの？ いったい何杯飲んだのか、数えてごらんよ」

「何言ってんだ。俺たちはみんな死ぬんだ。そして俺は、カフェイン満載のこの体を誇りに思っている」キッチンからレウベンがそう答えた。

「君を弔った墓の土から、コーヒーが作れるだろうね。カップに土を入れてお湯を注げば、それだけでコーヒーの完成さ」

しばしの間、二人は現実に戻った。レウベンは、淹れたてのコーヒーを飲みながらつまめるものを探していた。

ディマスは、足を伸ばして、雑誌を眺めた。

「お前は、そういう大衆雑誌で、時間を無駄にしているとは思わないのか？」

「よく聞いて、レウベン。僕は、もっと世界のことを知りたいんだ」

「そうか、そうか。俺はどうせ真面目でつまらない人間ですよ」そう言うとレウベンもとなりに腰をかけた。「何か有名人の面白いニュースでもあったか？」

ディマスは、雑誌をパラパラとめくっていたが、ある記事で手を止めた。「うん、あったみたいだ」ゆっくりと、そう呟いた。

「どれどれ、世間知らずの俺にも見せてくれ」

「これ」ディマスは、ある男の写真がでかでかと紹介されている記事を差し出した。「この人のこと、覚えてる？」

レウベンは、目を凝らした。「フェレーか？」

「うん、バークレーの卒業生、フェレーだ。ＰＥＲＭＩＡＳ（米国にいるインドネシア人学生の組織）の集会で会ったことがあるよね。あれは、何年前だっけ？」

「ああ、覚えてる。俺たち同様、彼もあの集会に興味がなくて、それで一緒に話したんだ。フェレーは高校からアメリカにいたから、自分が留学生だという感覚などなかったんだろう」

「領事館の関係者だっけ？」

「いや、移民だ。あの集会に来たのは、友達に誘われたからだったと思う」

「その友達って、たしかミランダの弟だったよね？　なんて名前だったっけ…？」

「ラファエル！」

「そうだ、エルって呼ばれてたよね！　ミランダは、僕がクバヨラン・バル（南ジャカルタにある地域の名称）にいた頃、近所に住んでたんだ。小中学生のときは、家にもよく遊びに行った」

「世間はなんて狭いんだ！　エルは、バルチモアに来たての頃、俺のアパートにいたことがあるんだ。二週間くらいで出て行ったけど。バルチモアは、何にもないところだから肌に合わなかったらしい。結局エルは、サンフランシスコへ移って行った。一方で、その友は、今や有名人ってわけか。もしあのままアメリカにいたら、せいぜい荒野の真ん中の塵のようなキャリアを歩んでいただろうに。こんな風にはなれなかったはずだ」

「それは、言いすぎだよ。フェレーは、あの頃から賢かったよ。しかもハンサムだったし」

「まああってところだな」

ディマスは、その記事を真剣に読みはじめた。「ねぇ、知ってた？」

「彼もゲイか？」

「そうじゃなくて。フェレーって、騎士の特徴にピッタリ合致している」

「そうかね？」

「二十九歳で未婚。外資系企業の取締役！　完璧に同じだ」

「おい、忘れるな。彼は、移民だ。輸入品として入ってきた。海外から派遣されてきたようなもんだ。そんな奴がこの国で、そんな役職に就けるだなんて、変だと思わないか？」レウベンは、人差し指を左右に振りながら、そう言った。

「ちょっと、嫌味を言うのはその辺で止めてくれる？ 君にできるかどうかわからないけど」

9　愛にロープはいらない

レーの頭の中には、ある日の光景が浮かんでいた。貴重な日曜日の午後。曇りのち小雨の日。窓は水滴で少し曇っている。二人は、書斎のカーペットでのんびりしていた。ラナからもらった日本の漫画が無造作に置かれているのが目に入る。『かりあげクン』だ。

「このマンガ、まだ読んでる？」

「もちろん」ラナは、誇らしげにそう答えた。

「あなたは？」

「うん、読んでるよ」

「私があげたからって理由だけじゃないでしょ？」

「うん、それだけじゃないよ、姫」

しばらく返事がなかった。

「ラナ？」

愛する人の目は、戸惑いに満ち、悲しみをこらえていた。「あなたに『姫』と呼ばれるたびに、私の心は溶けてゆくの」ラナは、小さな声でそう言った。

「君の旦那さんは、かりあげクンに嫉妬したりしないの？」レーは、ラナの様子を気に留めることなく、そう返した。

「たまに。私が一人で笑ってるときとか」

「驚いた。僕はむしろ、君がマンガを読んでいるのを見るのが好きだけど」

ラナの目に、再び光が戻る。「なぜ？」

「君が自分の世界で楽しんでいるように見えるからさ。マンガの中に入り込み、現実を忘れ、額にしわを寄せて、最後は堪えきれず一人で笑い出すのが、かわいい」

「レー、あなたは私のことを、よく見て愛してくれているのね」

　僕は、心から君を愛しているよ、姫
　これでいいのかどうかなんて、気にしない
　君が、僕の存在の有無を認識しているかどうかなんて、気にしない
　君が、僕といるから幸せなのか、

それともただ単に脳細胞が幸せを感じているだけなのかなんて、気にしない
「これは、何だい?」鉛筆を手渡されたレーは、不思議そうに尋ねた。どこかのレストランの粗品であろう不細工な鉛筆は、ナイフで適当に削られていた。

「賭けをしない?」

「何の賭けだい? 姫」レーはお手上げだといった様子で、尋ねた。

「会いたくなったら、紙に線を書くの。そして、起きてから寝るまでの間にいくつ線を書いたか数えて、それを報告する。線の数が多かった方の勝ち。でも、嘘はダメよ。もし嘘をついたら…、覚悟しなさい」

レーは一瞬考えて、すぐに微笑んだ。「いいよ。何を賭けようか?」

「負けた人は、詩を書くなんてどう?」

「詩だって? それは不公平だ。君は、書くのが仕事だもの。君にとって、詩を書くのは簡単なことだろう?」

「それは違うわ。たしかに私は書くのが仕事だけど、それは仕事だからよ。詩を書くには、それ以上の実践が必要よ。前に私が言ったこと、覚えてる? インスピレーションが入り込む余地のある仕事のこと。詩人は、インスピレーションがドアをノックする音を聞き取るのではなく、壁を全部取っ

払うの。そうすればインスピレーションも、『お邪魔します』なんて言う必要がなくなるでしょ」

（インスピレーション）その言葉で、さらに過去の暗い小道に迷い込んだ。記憶が記憶を生む。

かつて僕は、詩人だった
僕の小さくかわいい体に迷い込んだ、詩人の魂
かつて僕は、かぐわしい真珠のような言葉を紡いでいた
そして真珠の存在は、川石の中で、浮いていた
僕の思考は、一つのマッチ箱の中に存在する、千の分岐点のよう
だから僕は、みんなとは違っていた

ラナは甘えた声で囁いた。「私が勝つに決まってるわ。あなたは、今から詩を考えておいた方がいいわよ」

レーは、鉛筆をいじりながら、ラナを見つめた。「君は、僕が詩を書くなんて無理だって、わかってる…？」

「ということは、私もあなたも負けられないってことね」ラナは、レーの手を取り、優しくそう言った。

そして、小雨の音が、その声に取って代わった。

この賭けには勝ったようなものだ
むしろ、公平そのものだ
君が紙と鉛筆を渡してくるより、ずっと前からね
僕の恋しい気持ちは、小雨の粒ほどたくさん、はじけている
紙なんていらない
線なんて書く必要はない
僕の心臓を掴んで、鼓動を数えてみて
姫、僕はその鼓動の数だけ、君を思っている

「レー？」

「何だい？」

「私の勝ちよ」

「なぜそうなる」

「私の方が先に、会いたいと思ったから」

「君は、テレパシーの存在を信じる？」

「突然、何よ？」

「僕もちょうど同じことを考えていた」

「アイ・ラブ・ユー」ラナは、握った手に、力を込めた。

「僕もだよ、姫」


経理スタッフとの会議の最中だというのに、レーの思考は、花火のように打ち上がっていた。甘美な記憶のロティ・ラピス（生地が層状に重なったパンのこと）へと迷い込んでいた。ラナがくれた鉛筆。これがレーの意識を運んでいく乗り物だ。いつもポケットに忍ばせている。

左手で、静かに、いくつもの線を刻んでいった。ほぼ二分に一度のペースだ。

そうか、だから、愛を表すには、ハートという言葉を使うんだね
空をマッサージするみたいに、優しく風を押し出す
はぐらかし続ける泡みたいに、素早く鼓動する
愛にとっての血液は、空気だ
恋しい魂と共に、胸に宿るんだ

会議に出席する社員たちは、上司が度々ため息をこぼすことに気づきはじめていた。そのため息は、太極拳をしている人が、息をフーッと吐き出す様子にそっくりだった。

また日曜日がやってきた。最も辛い日だ。会社では、たいていいつも今日のことを空想しながら過ごすのだが、いざ今日になり、また空想を始めると、どうも行き止まりに突き当たってしまう。しかも、気をそらすことができる仕事もない。

向かいの家にシルバーのセダンが帰ってきたのを見て、丸一日、一歩も外に出なかったことに気がついた。現実逃避ができる『かりあげクン』も、もはや面白く感じられなかった。興味が向かう先は、ただ一つだけ。電話だ。出るにしても、掛けるにしても、電話の相手は、はっきりとラナだけに限定で。

テレパシーなんて戯言《たわごと》だ
大嘘だ

だからアレクサンダー・グラハム・ベルが、
電話発明者としての運命を担ったのだ

レーは再び窓の外に目をやった。タウンハウス型の高級住宅が、整然と並んでいる。独身成功者にとって理想の住宅だ。それなのに、運命に揺さぶられていると、突然、この家はひどく静かで、自分は独身の負け犬なのだという思いに駆られた。そして五分が経過する頃、レーは、まったく無駄な時間を過ごしていたということに気がついた。効率的・効果的に時間を使うことで知られているレーが、何の意味もなさないことに半日も費やしてしまった。前に進むことなく、その場で駆け足をしていた。数週間前のレーは、すべてを否定しようと頑張っていた。しかしそれも馬鹿げた行為だった。結局レーは、何も覆い隠すことなどできなかったのだから。


エルと食事に出ていたある晩、携帯電話が鳴った。その場ですぐに電話を取ったのは、これが初めてだった。

「もしもし、ラナ？ 本当に？ もう出版されたんだね？ うんうん！ いつ読めるのかな？」レーは、エルのことを完全に無視し、座ったまま後ろへ振り向いた。

「ラナってあの記者のこと？」レーが元の位置に戻るや否や、エルが尋ねた。

「そう」

「もしやお前、その子のことが好きなんだな」

「なんだそりゃ」

「火を見るよりも明らかだ」

「馬鹿言うな。彼女は、結婚してる」レーは、自己防衛に走った。

「だから？『好き』は、『好き』だろ。お前、いつから言葉を選んで使うようになった？」

レーは、それを聞いて笑った。「レー、俺たちはもう若くない。俺は、あと数か月で三十になる。そして、五十になってもまったく大人にならない女たらしをたくさん知っている。悪いが俺は、そうはならない」

そこでまたレーの携帯が鳴った。

「もしもし？」相手を探るように、電話を取った。

「おぉ！」そして、明るくエネルギッシュな声で、偽りのない清々しい返答をする。レーは、反射的に立ち上がり、会話を続けながら歩いて行った。

取り残されたエルは、一人顔をゆるめた。五分後、友は戻ってきた。

「またラナか？」

「あぁ」レーは短く答える。

「お前、本当に彼女のことが好きなんだな」

「いい加減なことを言うな」

食事が運ばれてきた。

「レー」もぐもぐしながら、エルが話しかける。「ここの照明暗くないか？　さっきお前が立ってたところなんて、さらに暗い。それなのに、お前の顔がまぶしすぎて、ここにいる全員が照らされている」

「黙れ」レーが、落ち着いた様子で釘を刺した。猫背になり、頭が皿に近づいていた。

誰しも皆、自分の中に太陽を持っている
昇るものもあれば、沈むものもある
僕の太陽は、二十四時間、輝きっぱなしだ
まだ乾いていない洗濯物はあるかな？
燃やしたいゴミはあるかな？
それなら、ほら、僕の顔に近づけたらいいよ

二十四時間燃え上がるというのは、レーにとっては、進歩だ。エルにとっては、大きな後退だ。

そしてレーは、あれこれ言われるのは、もうたくさんだった。こうしてまた無駄な時間を過ごしたとバレたら、また何か言われるのだろう。

レーは、ちらりと時計を見た。やるせなかった。

姫よ、僕の時間の馬が走り出して、意味を持つように、
鞭を打ってくれないか?

レーは、ふと物思いにふけった。たぶん、こんなものなんだろう。愛は、自由など与えてくれない。そんな考えは、ユートピア的だ。愛は、独裁だ。レーは、愛に束縛され、犠牲という名の長い廊下へ向かって誘導されていった。

やっとわかった。ゴールドの名声も、プラチナの経歴も、愛の前では何の意味も成さないのだと。まるで壮大な宮殿のような、愛という名の重度の中毒を前に、皆、力なくひざまずくのだ。そして自分はものすごくちっぽけで、意味などない存在なのだと感じるのだ。

ラナ

アルウィンは、生理周期を正確に把握していた。そしてラナは、それがとても嫌だった。ラナは、寝たふりをしたり、体の調子が悪いと言ったり、ありとあらゆる手段を試みた。そして、ついに万策尽きた。

そんな状態が続けば続くほど、むしろ夫は腹を空かせたライオンのように、チャンスさえあれば襲ってくるのだということに気がついた。そして何より注意しなければならないのは、そんなことを続けていると疑われてしまうということだ。しかも、二人の間には、今年中に子どもをつくるという合意があった。そのために、このタイミングで集中的に行為をするのは、自然なことだった。

ラナにとっては拷問だ。

浴室から出てきたアルウィンが近づいてくる。

ラナは、夫を見つめ、彼が何を欲しているのか、その表情から正確に読み取った。そして、ずぶ濡れの捨て猫のように、ベッドの左隅に身をかがめた。

「避妊用のピルは、もう飲んでないよね？」

「飲んでないわ」ラナは、唾を飲み込んだ。（本当は、毎日飲んでるの。マイクロジノンは、昼食よりも大切よ。飲み忘れたことなんて一度もない。これだけは絶対に忘れない）

電気が消えた。

ラナは、とっさに体の向きを変え、何度もあくびをした。大袈裟に。そして、目をぎゅっとつむると、耳をそばだてた。シーツが擦れる音がするたびに、鼓動が早くなる。アルウィンの手が、後ろからゆっくりと抱きしめてくるのを感じ取った。生温い息が首筋にかかり、誘いかけるように肌を撫でていく。

「ラナ」アルウィンが囁く。「手が氷のように冷たいじゃないか」

「そうかしら?」ラナは、もごもごと答えた。声が震えてしまう。

「大丈夫? まさか病気なんてことはないよね?」

「そういえばちょっと体調が悪いかも。風邪でも引いたかな」

(お願いだから、このままやり過ごして。お願い)

「僕が、治してあげようか?」アルウィンが誘惑する。アルウィンの誘惑はいつも成功していたし、今晩もいつも通り成功しなければならなかった。もう長いことしていなかったのだから…。

ラナが顔をゆがめ、困り果てていたことは、壁と天井のみが知っている。

降参したラナは、静かな叫び声をあげていた。(レー、助けて。私、犯される)

ディマス＆レウベン

「騎士と姫は、元気かい？」レウベンは、熱心にキーボードを叩き続けるディマスの肩に手を乗せた。

「不幸だ。さらに不幸になっている」

「いったいどれだけ不幸なんだ？」

「君が今いるのは牢獄で、君のベッドは地獄だったら…、そんなの想像できる？　世界が突然、めちゃくちゃシンプルになるんだ。電話から聞こえる『もしもし』だけで、もしくは喧噪の中で聞こえる『ハーイ』だけで満たされて、他に何も必要なくなるんだ」それを聞いたレウベンは、声を上げて笑った。

ディマスは手を止めると、座ったまま振り向き、レウベンを見つめた。「この物語を書いていて、気づいた。僕はとても運がいいってね」真剣な眼差しでそう言った。「レウベン、君のおかげで、僕は僕のままでいいんだって自信を持てたよ。君は、この関係にビジョンを与えてくれた。そして僕たちは、現実から逃げない。僕たちは、人々が思うような性欲に身を任せたゲイカップルではない。親友だ。人生のパートナーだ」

「独立。それが鍵だ」レウベンがゆっくりとそう言った。

「俺たち、誓いを立てたことなんてないだろ？　愛を縛りつけるためのロープはいらない。愛は、自由だ。何のために流れに反して、互いを占領し合わなければならない？」

遅れてディマスも微笑むと、最愛の人の手を取り、ぎゅっと握った。

―**スーパーノヴァ**―

メールの受信箱をクリックし、届いたメールを次々に読んでいく。

＞スーパーノヴァ、私はお葬式に行くのが嫌になってしまいました。

＞本来喜ぶべきことに悲しむ人々を見ると、気持ちが沈むのです。

よくわかります。私もあなたと同じ理由で、お葬式へ行くのは嫌です。でも、残されたと感じている人たちのために、行った方がよいでしょう。泣いている人たちは、まだ夢から覚めていないから泣いているのだと思いましょう。一方で、亡くなった方は？　それで終わりです。私は、結婚式に行くのも同じように嫌です。結婚式に参列する人の多くは、自分が何をしているのか自覚していません。そして、幸せな気持ちに便乗するのです。ただし、ここで確実に言えるのは、祈りが必要とされているということでしょう。それも、たくさんの祈りです。祈るために、行きましょう。

〈送信〉

＞スーパーノヴァ、私は、あなたの記事を読むのが好きです。

＞特に、ポップカルチャーとポストモダニズムの記事が大好きです。

＞今までの記事を読むと、あなたはポスト構造主義者のようです。

＞そのことに、あなた自身は気づいていますか？　あなたは、あらゆる構造を拒否していますよね？

私は、あなたが去年、昨日、そして今過ぎ去っていったばかりの瞬間手にしていたすべてのものに対する「ポスト」です。我々は、進化の途中です。あなたが分類することを止めれば、進化のプロセスを早めることができるでしょう。どうか私にお構いなく。

〈送信〉

＞スーパーノヴァ、僕の両親に対する嫌悪感と恐怖は、もはやどうにもなりません。

＞どうしたらよいのか、わからないのです。

>僕は、無知だということに、最近気がつきました。目標がないのです。夢もありません。
>何年も育ててきてもらったというのに、僕はただ酸素を消費するばかりです。
>両親が僕の頭に詰め込んだものは、いったい何だったのでしょうか？
>もしかすると、僕の頭には、役に立たないガスしか入っていないのかもしれません。
>僕がドラッグを好むからといって、どうか責めないでください。
>両親が怒るのは、ドラッグを吸ったときの快感を知らないからです。
>両親にできることは、僕を薬物更生施設へ入れることだけ。
>スーパーノヴァ、あなたに会いに行ってもいいですか？
>あなたのためになら、何でもできる。あなたの役に立ちたい。

薬物更生施設では、あなたの体から毒が抜けるでしょう。まずはじめに、嫌悪感と恐怖をデトックスしなくてはなりません。これは、あなたの両親に対してではなく、あなた自身に対する嫌悪感と恐怖のことです。あなたが唯一教わっていないことは、「自分自身を知る」ということです。だからあなたは、人生に対して嫌悪感を抱き、恐怖を感じている。ドラッグがもたらす唯一の利点を挙げるとしたら、それは一握りの脳細胞と引き換えに、一瞬の天国を味わわせてくれるということでしょう。これは、まったく釣り合わない取り引きです。実に破壊的な解決方法です。あなたが何を考えるのか、つまり考えたいことを考えることで、あなたの脳は、その機能を壊すことなく、天国へ行くことができます。スーパーノヴァの為にあなたが唯一できることは、一緒に爆発することです。あなたの思考を爆発させなさい。人生を停滞させるウイルスから、脳を解放しなさい。スーパーノヴァは、どこにでも存在します。私・あなた・私たちは、あなたが考えているよりも、ずっと広い。だから信じて。あなたがここに存在することは、最高に価値があることだと。たとえ、私たちが顔を合わせることはないとしても。

〈送信〉

＞スーパーノヴァ、お前はウイルスだ！

そうです。やっと気がつきましたか？

〈送信〉

＞スーパーノヴァ、私は、あなたの「学びの園庭」の熱狂的なファンです。

∨でも、気をつけてください。あなたの活動をよく思わない人も、一定数いるようです。

∨そういう人に言わせれば、この「蜘蛛の巣」にある知識は、危険だそうです。

∨ルールやイデオロギーに反すると。

∨そして、世間に溢れている、私たちが認知しているものとも異なると言うのです。

∨私は、この「学びの園庭」が発禁になるのではないかと、心配しています。


お気遣いくださり、ありがとうございます。しかし、私が今まで何か違反を犯したことはありましたか？ 私はただ、新しい物の見方を提案しているにすぎません。私なりの結論を、あなた方へ向けてまとめているだけです。そこから先どうするかを決めるのは、あなた自身です。あなたや多くの人が信じるルール、規範、文化、イデオロギー等と、この知識が合致するかどうかなどということは、私にとってはまったく関係のないことです。私の目的は、比較することではないのです。この世界がよりよくなるよう、あなたの反省に生かすことのできる類似点を提供するだけです。それだけです。あなたの人生を破壊するようなものはありましたか？ 逆に、よくなったと感じますか？ どうぞ、ご自身に対して、回答してみてください。

〈送信〉

10　永遠はカオスだ

夜、八時近く。レーは、再び息を吹き返し、彼女のために活動を始めた。ワシのように注意深く周囲を警戒しながら、ラナの取材場所へと迎えに行く。

「レー、私あまり時間がないの。夜明けまでには戻らなくちゃ」

レーは、素早く頷いた。

二人が固く手をつなぐと、時間が体を削っていく。時間が二人を走らせ、急かす。気が焦る。

アドレナリンで洪水の夜。

牢獄のドアが開かれたとき、狂おしい愛で熱い夜が始まる。束の間の自由。

ジャカルタに流れる時の中では、誰もがとてつもないスピードで年老いていってしまう。

―フェレー―

言葉なんていらないと感じる瞬間がある。心地よいレーのベッドで、二人は窓を眺めていた。ただ余韻にひたっていた。

世界は、こんなにも憂鬱であると同時に美しい。芝生を激しく打つ雨粒が見える。レーはなんだか鏡を見ているようだった。

僕は、広い自分の中で、こんなにもちっぽけな存在なんだということを感じている
君の小さくかわいい雫が、巨大な染みを作っていく
冷たく包み込まれていく
そして、君に近づくほど、この世界は燃え上がる
何百万回も君が降り注いできたおかげで、僕はすっかり水浸しになってしまったよ
でも僕はこれからも、氾濫したりはしないよ、姫
君を吸収するために、もっと深くまで掘り下げて、一粒残らず取り入れるからね

「ラナ、帰らないで」

ラナは無言だった。けれど、その体はいつものように震えていた。

「ラナ、泣かないで」

「無理なことをふたつも連続で言ったわね」

「無理だなんて、言わないでくれ。そんな言葉を聞くと、怖くなる」

「でも、私たちにできることって、いったい何かしら？」

ラナを抱いていた手がゆっくりとほどけていく。「それは、僕ではなく、君自身へ問うべきことだよ、姫」

「あなたは、やっぱりわかってないのね。できることなんて、何もないわ」

レーは、ぎゅっと口を閉じた。危うく不毛な議論へ足を突っ込むところだった。レーはそれを避けたかった。

「私には、たくさんの制約があるの。結婚は二人だけの問題じゃなくて、私はあちらの家族とも結婚したのよ。私に、あなたのような自由はないの。あなたとは比較できないくらい……」

レーは、言葉の途中で、ラナの体をこっちへ向け、真っ直ぐに見つめた。「僕は比較なんてしたくない。比較なんてしても、僕たちにとってよいことは何もないと知ってるからだ。でも、僕には、君は突破する力を持っているように見える。自分自身を解放してごらんよ」

「突破するって、何を？　モラルを？　社会規範を？　私たちは、モラルや社会規範の中で生きているのよ。私はただ現実を…」

「君は、そういう位置に自分を置いて、自らを傷つけているんじゃないのかな？ 僕が君を必死に愛することは、そんなに悪いこと？ この感情は、そんなにモラルに反するものなんだろうか？」

ラナは、またいつもと同じジレンマに陥った。もう疲れていた。

「私、帰った方がよさそうね」ラナは、努めて穏やかにそう言った。

「そうだね、そうした方がいい」レーも体を起こした。

幸福と不幸は、互いのことが気になって仕方がない亡霊のように、追いかけっこをしていた。レーとラナは、亡霊たちが行ったり来たり通過していくのに疲れていたが、それでもその場を動かなかった。時間は、一秒だって延長を許さない振り子を握り、黙って監視を続ける番人のようだった。

ディマス&レウベン

ディマスはさすがに腰が痛くなり、椅子から立ち上がった。マッサージ用のローラーを手に取ると、大きなバネで体をほぐしはじめた。

レウベンは、そんなパートナーの動作をつぶさに観察していた。何やら考え事をしながら。

「何だよ、じろじろ見て」

「アインシュタインは、時間について、何と言ったか知ってるか？」

「時間も腰をほぐしてくれるとか？」ディマスは適当に答えた。

「まさに」

「へ？」

「時間は、ただ秒針が過ぎていくだけのものではない。考えてみれば、秒ってなんだ？　時間ってなんだ？　日ってなんだ？　結局のところ、明るい空と暗い空を区別するために使われる用語にすぎないだろう？」

「脱構築主義者ぶらないでよ。君は、秒や時間がなくなった世界を想像できる？」

「ただ単位がなくなるだけだろう？　そもそも時間とは、それ自体はいったい何だと思う？」

「そんなの自分で考えてよ！　君が質問してきたというのに、なぜ僕が答えなきゃならないんだ。まったく」

「レトリックな質問さ。そんなに熱くなるな」

「もう、何でもいいさ」

「二十四時間、三百六十五日。これはただの単位にすぎない。世界に複数存在する暦のシステムの一部だ。でも、もう少し時間とお近づきになってみようじゃないか。機械的な側面のみを見るのではなく、もっとプライベートな面を見てみよう。アインシュタインの言葉を借りれば、時間とはゴムのようなものだ。伸び縮みするんだ。例えば、俺にとって、お前の実家にいるときの一秒は、十億年にも感じられる。でもバーンズ・アンド・ノーブル（アメリカの書店の名称）にいるときは、『地球が回らなければいいのに』とさえ思う」レウベンはそう説明した。

「僕の両親を侮辱したね。他にまだ言いたいことはある？」

「まぁまぁ、そう言わずに。ここでは、三つの観点が存在する」レウベンは、意気揚々と手の平をこすり合わせた。「まず第一に、機械的な意味での時間。壁でカチカチと鳴る時計だ。第二に、相対的な時間…」

「僕の実家での時間と、バーンズ・アンド・ノーブルでの時間のことだね？」ディマスがイライラした様子で、言葉を遮った。

「その通りだ。第三の時間は、幻想的な時間だ。本当は時間なんて存在しないという仮定を基本とするものだ」

「それが、このマッサージ用ローラーと、何の関係があるって言うのさ？」

「そのバネのように伸縮するただのぜんまいではない。むしろぜんまいなんて存在しない」

「じゃあ、昨日は幻想で、去年も幻想で、今日だってただの幻想だということ？」

「俺たちの脳は、二極性の発電機だ。何かがインプットされると、直ちに二つの道へと区分される。一つ目の道は、大脳皮質だ。大脳皮質の機能は、ある刺激を限定的なアトラクターのサイクルの中へ落とし込むこと。言い換えれば、簡易的な形に変えて、分類できる情報へと変換することだ。例えば、香りや感覚なんかだな。つまり、大脳皮質は、カオスを形成する。一方、二つ目の道は？インプットされた情報は、一種のランダムな発電機に貯められる。具体的でなく、構造的でもないものがここにインプットされる。あるいは複雑すぎて、解釈できる情報がない場合だ。この問題について研究を行ったフィンランドのマッティ・ベルグストロムは、我々がこのランダムな発電機を感じることができるのは、空っぽで何も覚えていない、睡眠から目覚めたその瞬間だけだと言っている。大脳皮質は、再び情報で埋め尽くされていくからな。自分は何という名前を持ち、どんな人生を生きてきて、宝物は何か、恋人は…などなど」

「たしかに、僕はその空っぽの瞬間のこと、わかるよ。本当にあっという間だ。たぶん、一秒もないんじゃないかな」ディマスが口を挟んだ。

「時間は、大脳皮質が解釈を加えた結果生み出された概念だ。そして、我々の脳は、これを無意識にやっている。ウイルスみたいなものだな。我々に、真のカオスを理解する準備は整っていないのだから」

「つまり？」

「永遠だ。永遠は、カオスだ。だから大脳皮質は、それを過去・現在・未来として解釈する」

「でも、それって何のために？」

「何のため？」レウベンは吹き出した。「それは、我々が、成長したり発展したりする感覚を知るためさ。革命だ。生も死も、経験のゲート。それ以上のものではない。我々は、受精卵となった瞬間に、生も死も経験することを選択したんだ。忘れるな、大切なのは、その両端ではなく、真ん中にある過程だ。人生においては、我々の身体も様々なリズムの遷移を経ている。つまり、体の成長や、絶え間なく変化する細胞なんかだ。そして、同じ遷移のリズムは、この宇宙の全生命体に起こっている。時間は、自然の遷移を補足するものだ」

「でも面白いのは、時間の概念って、人間の思考によって出現したものだよね？身体的なものではなく、思考で。細胞自体には、時間の概念なんてないだろう？細胞はただ、自身を再生するだけだ。秒なんかに捕らわれず、絶え間なくね。人間が、時間を直線にして、それに従うことに同意したのではないの？」

「ビンゴ、その通り！時間の概念は、人間の基本的欲求から生まれたものだ。生活をコントロールし、自分自身を管理するために。現在・過去・未来。本当は、たった一つの単一の動きだ。永遠だ」

「仮に、未来が単なる幻想なのだとしたら、予言や透視、星占いなんかはどうなるのさ？」

「永遠の中には、すべてが含まれる。制限のないマトリックスの領域には、あらゆる可能性と見込みが含まれるんだ。本質的には、予言だってみんな『そうなるかもしれない』という可能性のレベルの話だ。お前の趣向は、ある特定の可能性を明示するだろう。絶対なんてありえない。要は、明示された可能性も、そうでない可能性も、その価値は同等だということだ。どちらかがどちらかに勝ることはない。これが永遠のすごいところさ」

「ということは、現実を理解することにおいては、二つの側面があるということだね？　一つ目は、経験的な器官である脳と関係する、ローカルな側面。二つ目は、グローバルな側面。つまり、脳を持っているという経験そのものを含む、すべての経験をカバーする意識だ」

「素晴らしい分析だ。俺は、本当に感心したよ。お前は、ますます俺に似てきたな」レウベンは、満足そうに、ちっちっと舌をならした。

「それで、過去についてはどうなるの？　僕たちが昨日したことは、足跡を残すよね？」

レウベンは軽く胸を持ち上げた。「ディマス、お前は、いらない物を集めるのが好きだよな？」

「僕は真面目に話してるんだよ。いつも量子物質のところで、よくわからなくなるんだ。例えば、あの月…」ディマスは、窓の外を指さした。「月は、僕が見ようと思って見たときにだけ見ることができる量子物質なんだよね？　そんな理解で正しいかい？」

「その通りだ」

「だから、僕が月に背を向けると、月は、そこに存在するかもしれないし、存在しないかもしれない。でも現実には、月はいつも変わらずそこに存在するということを、世界中の人が知っている。たとえ僕が寝たとしても、気絶したとしても、月の存在の有無には関係ない」

「つまり、脳や身体、それから二つの側面を持つ他のあらゆる物体にも共通することさ。それを量子物質にならしめる非局地的な要素を持っている一方で、それは質量のある典型的な物質でもある。そして量子の波及は、遅滞する傾向にある。その遅滞こそが、物質の質量の中心軌道の推測を可能にする一因であり、これが最終的に一種の連続性のオーラを生み出す。これは『コンセンサス』と呼ばれるものだ。お前や俺が背を向けていたって、月は定位置に存在する。巨大な物体の複雑性を理解するためには、長時間の再生が必要だ。これが記憶を形成する」

「つまり、記憶とは、ただの残存物ってこと?」

「まぁそんなところだな。考えてもみろ。一つの脳は、平均して一日に一万四千回、思考する。一年で五百万回。一生の間に三千五百万回だ。正気でいるために、その思考の大部分は、リピートまたは反響という形で構成される。物理学者の視点から言わせてもらえば、宇宙とは、量子のスープだ。我々の五感には、量子のスープから毎分数十億にも及ぶデータが投下される。これほど大量のデータは、カオスだ。だから、制御可能な数字に整理しなければならない。ここで脳が活躍するというわけだ。七つの基本的な反応をもって、脳は正常な状態を保つだけではなく、全世界を自身に映し出すことができるのだ」

「七つ?」

レウベンは、息を吸い込んだ。「覚悟しろ、これは長くなるぞ」

「できるだけ短くお願い。よろしく」

「第一に、生死の反応だ。もっとも基本的な反応だな。アタマジラミにさえあるものだ。この反応を通すと、人生は戦いのジャングルとして映し出される。目的はただ一つ、生き抜くことだ。第二に、後発的な反応。これは、アイデンティティを創造するための脳による反応だ。第一の段階を越えると、より複雑なニーズが出現する。つまり、自我だ。ここで我々は、権力・規則・法という概念と初めて接点を持つこととなる。第三に、緩和の反応だ。喧噪的な物質的社会で常に働き続ける脳は、平穏を求める。外の世界がすべての根源ではないという確信を持ちたくなる。そして自身の内側に意識を向けるようになると、第四の反応が現れる。直観的な反応だ。脳が、外部からも内部からも情報を得ようとする。外部からの知識は客観的なもので、内部からの情報は直観的なものだ。この段階に到達した者は、自分自身の内面にあるものを当てにするようになる。そして第五、創造的な反応だ。人間は、創造し、真実を探求することができるようになる。この能力は、なんとも不思議な瞬間に降って湧いてくる。我々はそれをインスピレーションと呼ぶ。我々は、創造主を鏡に映し、その反射を通じて、クリエイターとしての自身の役割を味わう。第六は、先見性の反応だ。脳には、物質世界では未だかつて発見されたことのない純粋な意識と、直接繋がる能力がある。このレベルに達すると、奇跡や魔法みたいな現象が発生する。そして第七は、純粋な反応だ。我々の脳は、脳の機能など持たない一つの細胞から始まっている。脳は、一つの欠片から始まっているんだ。これを何物かに分類することは不可能だ。複雑な神経回路や、脳と交信する数十億もの神経細胞が存在するが、脳それ自体は、純粋というその根から離れることはない。考える必要はないが、たしかに存在する何かだ。人間は、この七つの反応を通して、目の前に広がる世界を見ている。そして、その人物に見えるものは、その者がどの反応を通して世界を見ているかによって変わってくる。脳とは、我々が人生をプレーするために与えられたツールってわけさ。一人でプレーするゲームだとしても、それはその人次第だな」

「スピリチュアリストたちが言う『この瞬間』の意味がようやく理解できたよ。彼らは、過去や未来というのは非現実の抽象的な精神世界へ僕らを引きずり込むものだと言っていた。今現在より重要なものなんて存在しないんだ」

「そうさ、ポテンシャルが発現する瞬間だからな。我々は、今この瞬間にしか、過去を感じることはできないし、未来を創造することもできない。今この瞬間に、自分自身を際限なく更新し続けている。しかし直線の時間に捕らわれた途端、一生、表面的な人生を漂うことになる」

「となると、過去を悔いたり、未来を心配する意味なんてないよね？」

「その通り、皆無だ！」

「でも、十年後、君がハゲて不細工で、物忘れがひどいハチャメチャな教授になっていたらどうしよう？」

「それ以上言うな」

「ごめん」

「ディマス、ここでお前に質問だ。生きるのも死ぬのもただの経験にすぎないとなると、そのどちらの状態にもないとき、我々はいったいどこにいると思う？」

「生きることも、死ぬこともない者と共にいる」

レウベンは、満面の笑みでこう言った。「今日聞いた中で一番美しい響きの文句だ」

11　自然を愛する者

キッズ・ファッションショーでの一件で、ディーヴァは丸一か月間モデルとして舞台に上がることを禁じられた。当人はむしろ、そんな状況を喜んでいた。小さな庭で過ごす時間が取れるからだ。経済的な心配は、少しもなかった。アラームが鳴りやむことはなく、ディーヴァの元には相変わらず次から次へとドル札が舞い込んできた。

日常生活にも変化はなかった。いつも通りにヨガをして、ランニングマシーンでトレーニングする。筋肉をほぐしつつ、ジュースを二杯飲む。シャワーを浴びながら、全身をスクラブで丁寧に磨く。髪を洗ってビタミン剤を馴染ませたら、ローションで肌を保湿する。

仕事上、体はいつも完璧な状態で、最高の容姿でいる必要があるのだ。しかしディーヴァは、この一連の動作を、ただ単に肉体をメンテナンスするための義務だと思ってやっていた。肉体は、人生に立ち向かうための乗り物だ。そしてその乗り物は、ボロではいけない。だから丁寧に扱わなければならなかった。ディーヴァにとって肉体は、頭からつま先まで、驚くほどに素晴らしいツールなのだ。

その晩は、アラームが鳴る前に、支度が終わっていた。こんなことは滅多になかった。

今日の約束の相手は、クライアントではない。友達のような存在なのだが、唯一、ディーヴァの唇にキスをすることを許されている人物だ。さらに彼は、唯一、客間まで立ち入ることが許されていた。ディーヴァは、自宅で商売はしないことにしている。彼と金銭のやり取りをすることはないという確信はあったが、それでも客間より先へは入れなかった。

間もなくして、車のエンジン音が聞こえてきた。ディーヴァは、椅子からさっと立ち上がり、外へ飛び出して行った。

「ギオ！元気だった？」声が弾む。

「会いたかったよ、ハニー」ポルトガル語で挨拶を交わした。

そして二人は温かいキスをした。

「また綺麗になったね。幸せそうでよかった」ギオは、優しく頬を撫でた。

「悲しそうなあたしなんて、見たことないくせに」

「そうだね。君は相変わらず、太陽のままだ。僕のかわいい太陽」そう言うと、精一杯の気持ちを込めて、ディーヴァの額にキスをした。

ギオは、中国系とポルトガルのハーフで、信じられないほどのハンサムだ。ジャカルタからリオデジャネイロへと引っ越してしまったのだが、やっとアンデス山脈から戻ってきた。以前と変わらず、その肌は光り輝き、体はますます逞しくなったように見えた。

「まずは、何か食べに行く？」ディーヴァが尋ねた。「でも正直に言えば、どんなご馳走より、あなたの方が魅力的だわ」

「ディーヴァ、君の口から出たその言葉は、僕にとって最高の誉め言葉だよ」

「変ね、一年ぶりに再会したせいかしら？もし、あなたが今でもジャカルタでぶらぶらしていたら、たぶんあたしは一人でだって夕食に行く方を選ぶのに」

それを聞いて、ギオは笑った。「やっぱり、君は少しも変わらないや」

「ということは…」ディーヴァは、ギオの腰に手を回すと、体を預けた。二人は、壁に倒れ掛かる。「何か食べる？それともあたしの方がいい？」

「両方でもいい？」

二人は再びキスをした。より長く、より深く。ディーヴァは一秒も逃さず、その瞬間を楽しんだ。そして、長い間そうしていなかったことに気がついた。たぶん、これこそディーヴァがもっとも待ち望んでいた時間だった。

「今すぐに君と愛し合えるよ。今、ここで。この瞬間にも」ギオが囁いた。

「残念。それは無理なの」ディーヴァも囁き返した。

「いざ、出発！」ディーヴァは、ギオの手を引いて続けた。「あたしの車で行きましょ。運転手がいるから、さっきの続きができるでしょ？」

ギオは吹き出した。心に秘めていた太陽を、そして愛を、やっとその目に映すことができた。

──**ディマス&レウベン**──

「はー、どうしたらいいんだ！」

ディマスの叫び声を聞きつけたレウベンは、慌てて書斎へと入った。「どうした？パソコンがいかれたか？保存してなかったのか？」半ばパニックでそう尋ねた。

「これ、読んでみて」ディマスは、プリンターから出てきたばかりの原稿を差し出した。

レウベンは、一気に読み終えると、感想を述べた。「さては、即興で書き上げたな？」

「君は反対するだろうって、わかってる」

「俺は、ロマンティックなスパイスが入ってもいいと思ってる。ただし、その目的がはっきりしている場合に限って」

「もちろん、目的ははっきりしてるよ！」ディマスの返答は早かった。「もう一度読んでみて」レウベンは、注意深く再び読みはじめた。「お前は、流星の知られざる一面を描こうとしているんだな？ 厳しさの裏には、実は感情があり、情熱があり…ってところだろう？ それで？」

「かっ…彼の方だ！ 彼は自然愛好家なんだ！ 僕はこの部分を採用したいと思ってるけど…、でも消した方がいいかな？」ディマスは、もじもじとそう言った。

レウベンは、迷った挙句、答えを出した。「非常に残念ではあるが、これは不採用だ」

「そうは言っても、この部分をこのまま消してしまうのは、もったいないよ」

「愛は、空間と時間を卓越するってことについて、話したばかりじゃないか。だから、俺たちだって、感情に捕らわれたり、長きにわたり続くロマン主義へ傾倒するべきではない」

「ほんの少しだけでいいんだ。放浪旅から戻ってきた彼が、最後に流星へプロポーズする。真の愛を持っててね」

「インクの無駄だ」

「まったく君は頑固だね！ ロマンティックの欠片もない」

「ロマン主義なんて、ただのメタファーだ。そしてメタファーは、真実の核心を覆うベールだ」

「君のその意見には賛成できない。ロマン主義は、愛の重要な側面だ」

「愛って、どんな愛だ？」

「君は、神はロマンティストだとは思わないの？」

「なんで神を例にする？　神は、全能だ。つまり、ロマンティストでもある」

「その通り。僕が言いたいのは、それだ」

12　夜の太陽―― Un sol em noite ――

ギオは、ディーヴァと出会って以来、夜に対するイメージが変わった。ディーヴァが日中大地を焦がす太陽だとすると、暗闇に包まれる夜、彼女がどこかへ行ってしまうのかというと、そうではない。むしろ太陽が空を焼き焦がしたから、空は暗くなるのだ。炭のように真っ黒に。

腕に抱かれたディーヴァは、ギオの頭の中を読み取るように、少し顔を持ち上げた。「今晩は、美しい夜になるわ。あたしにはわかる」囁いたその声は、優しく、ピュアだった。

ギオは息を呑んだ。心に一筋のセンチメンタルな感情が差し込み、かつての思い出が蘇ってきた。

「ディーヴァ、僕らが初めて過ごした夜のこと、覚えてる？」

「結婚初夜みたいな言い方しないでよ」伸びをしながら、ディーヴァがそう返した。

「僕にとっては、それと同じくらい重要だ」

「まだ、あの鍵持ってる？」

「もちろんだよ、ハニー。君はきっと笑うだろうけど、僕はそんなの気にしない」

ディーヴァは黙ったまま、あの夜のことを思い出していた。ディーヴァの記憶に残るほどの出来事はほんのわずかだというのに、あの夜のことは覚えている。つまり、ギオは幸運だ。

あのとき、ギオは若かった。実際にはディーヴァと同じ年頃だが、ギオの方が幼かった。ハンサムな顔からは、隠すことのできない純真さが溢れ出ていた。いったいどこでディーヴァの話を聞きつけたのかはわからなかったが、どんな話を聞いたのかは大体想像がついた。いずれにせよギオは、自分の貯金を崩してまでディーヴァのところへやって来た。

当初ディーヴァは、金持ちのお坊ちゃんが友達に自慢するために、経験を増やしにやって来たのだろうくらいに思っていた。

「これは、僕の全貯金です。だから、がっかりするような夜にはしたくない」あの晩ギオは、恐る恐るそう言った。

ディーヴァは、笑った。「あなたを一目見たときから、あなたはあたしのクライアントの中で一番のハンサムに殿堂入りしたわ。そして、もっとも面白いクライアントとしても、ノミネートさせてもらうわね。そのお金は、本を買うなり、旅行するなり、彼女に指輪を買ってあげるなりした方がいいんじゃない？」

ギオは消え入りそうな声で言った。「彼女なんていない」

「こんなに素敵なのに、恋人がいないの？」ディーヴァは、驚いて目を見開いた。

「真剣な関係になったことがないんだ。つまり、ほとんどいたこともない」ギオの声はますます弱々しくなっていった。

「そうなのね？　なぜ？」ディーヴァは、足を組んだ姿勢で、リラックスして座っていた。

「時間がないんだ」

「仕事で？」

「探検さ。山に登るんだ。ラフティングもね。少しでも時間が空けば、ハイキングに行く」

「冒険ね」ディーヴァは、胸が高鳴り、姿勢を伸ばした。「今までに、どんなところへ行ったの？」

ギオの目の色が変わった。彼の心が刺激されたのだ。そしてギオは、今までの体験を生き生きと語りはじめた。初めは、国内の登山と川下りだった。パプアニューギニアにあるユアット、ワトゥット、ワギという三つの川を渡った。それ以来ギオは、ほとんど家に帰らなくなった。広大な地球を前に、黙っていられなくなったのだ。中国の虎跳峡《こちょうきょう》を手はじめに、チベットの氷河へも行き、冒険に必要なプロ意識を身に付けた。ギオは、川を制する者となり、山を制する者となり、人間が自然に残すことができるギリギリの地点へ足跡を残すことを楽しんだ。ついには、ソベックという国際探検組織にも加入した。

ディーヴァは、驚きで言葉も出ず、ギオの話をじっと聞いていた。「あたしも冒険に出てみたい。

山に登って、ラフティングして…」想像を巡らせながら、そう呟いた。心は、この部屋から遥か遠くへ飛び出していた。ギオの靴底に張り付いて、話に出てきた驚くような場所で、砂や石を感じていた。

「行けるさ。ただ、君の脚はニンジンみたいに細いから、少し心配だけど」

ディーヴァは、吹き出した。脚については、毎日聞き飽きるほど褒められているが、ニンジンに例えられたのは初めてだった。「ギオ、あなたって面白い人ね。生き生きしている人と会うと、楽しくなるわ」

「君だって、生き生きしているように見えるけど」ギオの言葉に偽りはなかった。「君と話していたら、タットシェンシーニ川のことを思い出したよ」

「アラスカの？行ったことがあるのね？」ディーヴァは、また驚いた。

「つい二週間前にね」ギオは、純真無垢な笑顔を浮かべた。「アラスカは今、ちょうど夏なんだ。だから夜でも明るいんだよ。僕は崖に立ってタットシェンシーニ川を見下ろしたんだけど、びっしりと生えた松の木の丘を、川が真っ二つに分断していた。あんなにたくさんの松の木は見たことがなかった。空は絶えず変化していたよ。今さっき青かったと思えば、雲が現れ、そのうち全面がオレンジに変わっていった。まるで炎を見ているようだった。そして、崖の下にある川の流れは…」

ギオは、まるで今現在もそこにいるような調子だった。感嘆した様子で、頭を左右に振った。「…黄金色だった。最高に光り輝く金色だ。荒々しく揉まれる白い泡と見事に融合していた。想像できる？沸き立っているのに、落ち着いているんだ。なぜだかわからないけれど、君からも同じような印象を受ける」

ディーヴァは、すっかり流れに飲み込まれた。心を奪われると同時に、落ち着かなかった。ふと、果たさなければならない使命が頭をよぎり、唇を噛んだ。「あなたは、この時間を楽しいものにしてくれた」

ギオは思っていた以上にピュアで、その表情は、言葉では表現できないものだった。その晩二度目の驚きだった。

「大丈夫？」震えるギオの体に触れてみると、とてもなめらかで、冷たい汗が噴き出していた。ギオは、放心状態だった。

なんと表現したらいいのだろう？何も身にまとわず、ただ髪を下ろして、彼の前に座るディーヴァは、今までに見たものの中で、もっとも美しかった。その晩ギオは、春に花が一斉に咲くように、体の全細胞が開花していく魔力を感じた。これまででもっとも心地よく美しい経験を、五感で享受した。ギオは、真の男になったのだ。ディーヴァは、タットシェンシーニ川に沈む太陽のようだ。夜の太陽— Un sol em noite —。

太陽は、起き上がり、水を持ってきてくれた。

「ほら、飲んで」ディーヴァは、心から心配していた。

しばらくギオは、口をきくこともできなかった。「僕は大丈夫だよ。ただ、その…僕にとっては、初めての経験だったから」

ディーヴァには、それを受け止めるだけの準備ができていた。ギオのその言葉がすべてだった。その言葉が、すべての驚きに答えてくれた。

ディーヴァは、反射的に、ギオを優しく引き寄せた。暖かい毛布の中に入れ、抱きしめた。長い間、そうしていた。「あなたは、こんなことするべきじゃなかったわ」

「僕は後悔していない。これから先も後悔することはない。絶対に」ギオは、穏やかにそう答えた。（君はわかってる？　僕はやっと太陽を見つけたんだ）

ディーヴァは、恐くなった。その言葉の真剣さが恐かった。そして、真に生きているものと対峙することに、いかに慣れていないか気づかされた。反射的に、また唇を噛んだ。

それを見てギオが耳元で言った。「やめろ、そんなことしちゃダメだ」

ゆっくり優しく、ディーヴァのあごに手を伸ばし、唇を噛むのを止めさせると、優しくキスをした。数時間前オドオドしていた彼ではなくなっていた。完全なる変容を遂げていた。

ディーヴァは、唇にキスをさせたことなんてなかった。でもあの晩は、それでよかったと思っている。彼の唇をそのままにしておいた。未知の経験に、自分自身を甘えさせることにした。二つの唇が出逢ったとき、何百万もの末端神経で透明な電気がスパークするのを感じた。

ディーヴァは、一秒一秒を大切に過ごした。ギオのお金には、一切触れなかった。

二人はそれぞれに思い出を持ち帰った。ディーヴァは、初めてのキスの思い出を。ギオは、ホテルの部屋の鍵を。


「ディーヴァ？」

ギオの声で、記憶の渦から引き戻された。

「君は、今でも『五千ドルの女』なの？」

「今のレートで？ ちなみに最新のレートは千五百だけど」ディーヴァは、くすっと笑った。「あたしがあんな家や、運転手付きの高級車を所有できるなんて、どうしてだと思う？」冗談めかして、そう付け加えた。

ギオは何も言わなかった。でもディーヴァは、彼から発される不満の波動を、察知した。

「落ち着いて聞いて。あたしは誰にも束縛されないし、誰かに頼るつもりもない。あたしを養う人なんていないし、あたしは誰かのペットではない。もちろんどこかの会社のペットにもならない。あたしは、純粋なエンターテイナーなの」

「僕と一緒になろう、ディーヴァ」ギオは、ディーヴァをきつく抱きしめた。「僕が君の自由を奪うことなどありえないって、君にはわかるだろう？　何も変わらないよ」

ディーヴァは、体を包み込むギオの腕にキスをした。「そしてあなたは、あたしの答えを知っている」

ギオは、目を閉じた。やるせなかった。「僕は、君を愛してる」やっとの思いで、そう囁いた。「あのときから変わらず、愛している。君が何を望もうとも」

それを聞いて、ディーヴァは、さっと振り向いた。「あたしが何かを望むことなんてないわ。この瞬間は、この瞬間だから意味があるの。あたしたちは、この瞬間が美しいからといって、減速させることはできない。通り過ぎていくからこそ、意味があるのよ。あるがままに。ギオ、あなたは生ある人間よ。生きている人間は知っているの。我慢ができないと、不自然に未来を計画するようになってしまう。通り過ぎた価値ある瞬間を枯らし、その荒廃したものを飾り立てるために人生を使わざるをえなくなり、ボロ布のようになってしまうのよ。最悪だってわかっているのに、そこを立ち去るのは難しい。あなたはそんな呪縛の中で生きていくなんて嫌でしょう？」

「君はなんでそう悲観的なんだ」

「あたしは、悲観的なんかじゃないわ。悲観と正直って、まったく異なるものよ。あたしはただ正直に話しただけ。それ以上でも、それ以下でもない」

ギオはすべてを受け入れた。ただ、この腕をほどいて、この夜を終わらせてしまうのは、嫌だった。

「あたしは信じてるの。人間は、何かに縛られるために創造されたのではないって。自由を恐れてはダメよ。ごまかすのも、ダメ」

「僕の太陽…」ギオはゆっくりと体勢を変え、太陽と向かい合わせになった。「僕は、君と一つになりたい。精一杯努力する」

「あたしの空…」ディーヴァも囁いた。「太陽は、昼も夜も燃えている。太陽にとっては、昼も夜も関係ない。あるのはただ『存在する』ということだけ。私たちが離れようが、それは変わらないの」

13　ロマンティックではない全能の神

偶然、二人ともバンドゥン（首都ジャカルタから約二百㎞に位置し、避暑地として知られる高原都市）に来ていた。そしてラナは、どこで、何時頃であればレーと落ち合うことができるか、仕事の合間になんとか二人で過ごす時間をねじ込もうと必死だった。

携帯の呼び出し音が鳴る。

「もしもし？」

「どう？」

ラナは、この最初のやり取りが嫌いだ。これではまるで、大麻の取引きでもしているようではないか。

「たぶん行ける。一時間後でいい？」小声で囁くように言った。

「一時間？　もう向かっているところなんだけど」

「じゃあ三十分後でどう？ 遅くても四十五分後には会えるようにする」

「今日は、六時までしか時間がないんだ」レーは、半分は確認で、半分は強制するような言い方をした。

「頑張るけど…」ラナは、感情を抑えて答えた。（これじゃ不公平だわ）文句を言える立場かどうかは別として、いつも時間のサーカスをやってのけ、少しの譲歩も許されぬほどぎっしりと詰まったレーのスケジュールと繋ぎ合わせているのは、ラナだった。（それなら、別に会わなくてもいいんじゃない？）

「じゃああとでね、姫」

「レー」

「何？」

「このあいだの場所には、迎えに来ないで。あの場所は、夫の旧友が出入りしているらしいの。できれば、裏の広場の方にしてくれる？」

「そうか」レーは、気が進まないといった様子だった。（それなら、別に会わなくてもいいんじゃない？）

不満は、徐々に、水面下で沸騰しはじめていた。何かが違う。そもそも、なぜ、いつも怯えていなければならないのだろう？ 一度くらいは会わずにこの機会を余裕でやり過ごすことが、なぜできないのだろう？　なぜ、証券取引所の仲買人みたいにせわしないのだろう？　そんな必要、ある？

フェレー

二人が顔を合わせた途端、先ほどの緊張感は、すっかりきれいに溶けていった。かくれんぼ遊びの疲労感は、もはや感じられなかった。

貴重な三時間。

「次の取材は、七時からなのに？」ラナは、レーの髪を撫でながら、不満そうに呟いた。

「それはそうなんだけど、今晩のディナー・ミーティングには、どうしても参加しないといけないんだ」

「もしあなたと結婚したら、私はしょっちゅう家に置いてけぼりね」

「でも、作戦を立てなくとも二人でいられるし、後ろや左右を確認する必要だってなくなる」

ラナは、「しまった」という思いで、うつむいた。

携帯が鳴る。二人とも、ビクッとした。ラナの方の携帯だった。

「ごめん、切り忘れてた」ラナは、起き上がろうと体をねじった。

「出なくたっていいでしょ」レーがふてくされて、そう言った。

しかし二人は、画面に表示された名前を見てしまった。

「ごめん」ラナの声は消え入りそうなほど、小さかった。

レーは、小さく頷いた。表情は変えないように努めた。ラナは慌てた様子で浴室の方へ向かい、扉を閉めた。反響する声がぼんやりと漏れてくる。

レーは、息を吐いた。(姫、嫌でも耳に入ってきてしまうよ。なぜ僕は、Back to Nature なんてコンセプトを掲げるホテルを選んでしまったんだ。そのせいで、テレビもないじゃないか)

悶々として落ち着かず、浴室から漏れる音を打ち消すことができる何かを探そうと辺りを見回したが、何もなかった。

ラナの笑い声。ラナが何かをアドバイスする声。ラナが相槌を打つ声。レーは、自分が所有するものをすべて放棄したい気分だった。何も残さず、すっかり全部。その代わりに、すべてを手放してでも、世界一優秀な耳栓が欲しかった。声はもちろん、超低周波、超音波、それから自分の心の声までブロックできる耳栓を。

あぁ姫よ、僕の耳なんか聞こえなくなってしまえばいいのに
文字で形成された軍隊が、僕を攻撃してくるんだ

僕のプライドを、挽き肉みたいにバラバラになるまで刻むんだ
黙っていることしかできないのかって、奴らは僕をバカにする
無視されてるのに、それを受け入れるのかって、罵ってくる

しばらくして、浴室の扉が開いた。ちょうどよかった。レーは、今にも耳を切り落とすところだった。

レーは、何も気にしてないとでもいうように涼しい顔をしていたが、ラナは自分の過ちを挽回しようと必死だった。二人は、その晩また会う約束をした。ラナは、同僚に、ありとあらゆる嘘を駆使していた。今回は、「急遽、いとこのところに泊まらなければならなくなった」を使った。二人で過ごすために。愛する人が仕事から帰って来るのを迎えるために。就寝前の歯磨きを見守るために。

「歯磨きしている姿が、かっこいい」

レーの口から白い泡が吹き出た。「何だって？」笑って、泡をブクブクさせたまま答えた。「ラナ、君は本当に変わってる！　僕に向かってそんなことを言う人は、世界中を探し回ったって、君以外に

いないよ」

ラナは、ケラケラ笑った。「何て言ってるのか、全然わかんない! でも、やっぱりかっこいい」そこで突然、また携帯が鳴った。「ちょっと待っててね、たぶんギタからだと思う」小走りしながら、そう言った。

レーは、まだ笑っていた。歯磨き粉の泡がそこら中に飛んでいた。

「やだ…」ラナの声が聞こえてきた。「もしもし? うん、今出発するところよ。みんなで夕飯を食べにね。あなたは? もう帰宅したの?」ラナは、レーに背を向けて、できるだけ遠く離れた。

瞬時に、レーも笑うのを止めた。慎重に、ゆっくりと、浴室の扉を閉めた。一晩で二回だ。まるで、計画された通りに、毒を飲まされるようなものだった。

水を出し、口をすすいだ。大きな音を立てて、すすいだ。(何も聞きたくない)鏡や洗面台に飛び散った歯磨き粉の泡を拭き取っているところで、ばかばかしくなった。(姫、助けて。僕の頭が、また悪口を言ってくるんだ)

レーは、シャワーからトイレまで、すべての蛇口から水を出した。小さな浴室に、水が流れる音が響く。それでも、自分自身の声をかき消すためには、もっともっと大きな音が必要だった。

ディマス&レウベン

　レウベンは、まだ負けまいと頑張っていた。「しかし、神は全能ってことは、神はロマンティックでもないってことだ」

「わかった、わかったよ。妥協点を作ろう。『ロマン主義は、単なる表現の形態である』ってことでどう？」ディマスが言った。

「よし」レウベンは、親指を立てた。「俺は、愛とは過ちによって促進されるものだと考えている。山積みにされた様々なカタログの中の一アイテムだ。無駄が多い。存在するのはむしろ、愛とは何かってことに関して勘違いしている人々だ」

　ディマスは、思いを巡らせた。「そうだね。恋人に対する愛、親に対する愛、祖国に対する愛だって存在する」

「エロス、フィリア、ストルゲー、アガペー」

「それらをまとめると、つまり愛って何なんだろう？」

「先に、神の方を終わらせよう」レウベンは、真っ直ぐ座りなおした。「不完全なデータから予め結論を導くことに捕らわれないようにしよう」

「データっていったい何のこと？」ディマスは、半分不満そうにそう言った。軽いお喋りのつもりで始めた会話だったのに、本格的な議論になりそうだ。

「実践レベルではなく、実体レベルでの愛について、話を進めるぞ。恋人、友達、猫、ネズミなどの愛は、先祖から受け継いだフォーマットで形成されている。とすると、どれだけ多くのフォーマットを検証しなければならないことになる？　実際には、愛って色々な形で現れるものだろう？」

「愛のせいで憎しみ合う者もいる」

「愛のせいで殺し合う者だっている」

「愛という名の下に起こる戦争だね」

「狂ってる。そうなると、愛とは、いったい何なのだろうか？　俺が思うに、愛とは、ただ一つの基本的なエネルギーだ。憎しみだって、飽和の過程を経て、同じエネルギーから発生している」レウベンは、説明を続けた。「そして愛は、ある一つの同じ汚染物質がどれほど含有されているのかによって、分類される。その汚染物質とは、我々の思考で創造されるものさ。つまり、分類することを止めたら、そこに唯一存在するのは…」

「経験だ」ディマスは、そう言って、ハッとした。

（経験？）レウベンは考え込んだ。

「愛とは経験することだ」ディマスが、確信を持って繰り返した。

「それがすべての中核じゃないの？　僕たちは、なぜ生きて、なぜ死んで、なぜ恋に落ちて、なぜ家族を持ち、なぜ子孫を残し…なぜなぜだらけだ。すべては経験だ。経験したいと願うことは、最も基本的な欲求だ」

しばし二人は黙り込んだ。

そしてディマスがゆっくりと口を開いた。「崇高で実体的な何かは、経験したかったから、すべてがこうなった。その何かは、僕らみんなを通じて経験するんだ」

「ストレンジ・アトラクターか。フィードバックは、自分自身に取り巻くストレンジ・アトラクターから逆流してきたもの。自分自身を問うものだ」

「存在する唯一の問いだね」

14　愛そのものと同じ大きさ

今日、ラナは誕生日を迎えた。スラバヤで大型モスクのプロジェクトが進行中のため、夫は不在だった。しかしレーは、その不在を喜ぶべき出来事としてとらえることはできなかった。むしろその逆だった。頭の中がこんがらがっていた。

レーは、今晩ラナの自宅で開かれるパーティーに招待されていた。丁重に、しかしきっぱりとお断りした。

「レー、ただの誕生日パーティーよ。何十人も来る予定だし。いったい何が問題だっていうの？」

ラナは、自分が哀れだというように、そう尋ねた。

「問題は何もないよ、姫。ただ僕は、どうしても行けないんだ」

「この機会に、私たちは友達だってところを、あらためてみんなに見せておきたいの。だからそんなに被害妄想する必要はないわ」ラナは諦めずに説得を試みた。

「僕は、被害妄想しているわけじゃないんだ」

「一人で来るのが恥ずかしいなら、エルを誘えばいいじゃない」

「そういう問題じゃないよ」レーは苦笑いを浮かべた。レーがラナの家に行くなどと言ったら、エルは、レーを電柱に縛り付けるだろう。

「あなたは、私の家に入ることはおろか、家まで送ってくれたことだってないじゃない。私はあなたの家を知っているというのに、あなたは私がどんなところで暮らしているか気にならないの？」

ラナは、甘えてふくれた。

「姫、君と僕は違うだろ」優しく、とげとげしい言い方だった。

「なぜ来てくれないの？　あなたは、考えすぎよ。来てね？」

レーは黙り込んだ。

「お願い」

「努力はするけど、約束はできない。努力はするよ」


一台の車が不自然な格好で道路に停止している。曲がるのか曲がらないのか曖昧な位置に止まっているだけでなく、三十分もその位置にいた。

車中には、レーがいた。落ち着かない様子で、道の名が記されたプレートを見つめる。パーティーに参加したくないのは、些細な理由によるものだということを知ったら、ラナはきっと怒るだろう。レーは、ハンドルに頭を落とした。(単なる嫉妬だ)この妙な嫉妬心は、本人以外には理解し難いものだろう。

レーは目線を上げて、辺りの様子を覗き見た。車が続々と集まりはじめていた。どうやら、ラナの家がこの通りにあるのは間違いなさそうだ。愛する人は、幻想の世界などではなく、現実にこんなにも近くにいるのだ。二、三十歩進めばそこにたどり着くというのに、レーは一インチも動くことができなかった。

あっちへ足を動かすものか
彼女をこの目に映すものか
きっと僕は、君たち夫婦の幻像に取り憑かれてしまう
君たちが、一緒に食事する様子や、愛を育む様子
数えきれないほどの幻像に
君は、そこにいるべき人ではないというのに

　どうか許してほしい
　僕は、この拷問に耐えられそうにない

レーは、エンジンを掛けると、それ以上迷うことなく、その場を去った。

　所有の意識は、細胞のように生きている
　一つの細胞が分裂して、千になる
　姫、僕は、すこぶる健康な細胞を持っているようだ
　愛そのものが制御できないところで、どんどん分裂していく
　増え続けて、破滅する
　それは、僕らが互いに愛し合うようになったときからずっと、
　僕らに付いて回って生きている
　僕の意向なんておかまいなしに

レーは、ラナが理解してくれることを願うしかなかった。

―アルウィン―

明るい色調の模様が、カフェの壁面を飾っている。しかし、ひとたびアルウィンの心が発した薄暗いオーラに掛かると、それもくすんでいった。

友人は知ってしまった。そして、同情した。でも他に道はなかった。「実は、あの二人を見かけたのは、これが初めてじゃないんだ。アルウィン、決めつけたりせず、奥さんの行動をちゃんと確認してみた方がいい」

すべてが腑に落ちた。ラナが無口になり、冷たくなり、距離を取るようになった。忙しすぎる仕事を理由に、家族の行事を避けるようになった。ぼーっとして、暗く、悲しそうに見えた。そして、声を押し殺して泣いていた。カミソリが肌に触れるようにそっと、静かに泣いていた。アルウィンと体を重ねた後は、なおさらだった。

「実は、相手のことも知っているんだけど…、彼の名前はフェレーだ。バークレーで、俺のいとこと同学年だったらしい」

アルウィンは、重苦しく息を吐いた。「その名前は、ラナから聞いたことがあるよ。その人についてのプロフィールを作成中だって言ってた」できる限りの平静を装ってそう言った。

「その記事は、もう何か月も前にリリースされてるじゃないか。俺が、あの二人を目撃したのは、つい三日前だぞ。先週の月曜日にも、シャングリラ・ホテルで見かけた。デシも、ラナをバンドゥンで見かけたって言ってる。チェディってホテルで、ディナーしてたって。相手は、フェレーの特徴にぴったり当てはまる男だ」

「そうは言っても、ラナは、その人といい友達なんだと思う。僕は信じる。お前だって、ラナのこと知ってるだろう？　そんなの、ありえないよ」

アルウィンの表情はこわばっていた。

友人は、それ以上のことも知っていたが、アルウィンをこれ以上落ち込ませたくなかった。「そうだな、きっといい友達なんだ」うんうんと頷いた。「ごめん、疑いすぎだよな。嫌な気分にさせてしまって、悪かった。俺の考えすぎだ」

アルウィンは、今すぐビルの屋上まで駆け上り、飛び降りてしまいたかった。

ディマス&レウベン

アクション映画を観ているかのような緊張を感じながら、二人はこのクライマックスを見守っていた。

「なぜ、わざわざバラすんだ？」レウベンは、腹立たしくてそう言った。

「そりゃそうさ。そうでなきゃ、この物語は、読み手に何の教訓を与えることもなく、ただ過ぎ去っていってしまうじゃないか。みんなで分かち合えるようにしなきゃ。でも、彼にできることって何だと思う？　不幸な男だ。彼は、妻のことをとても愛しているんだ」

「そうだな。すべての出来事は、所詮ただの出来事だ。それが、悲劇となるか、ハッピーエンドとなるか。それは、俺たちに掛かっている。そうだろう？　自分のことを犠牲者と見るか、それともその逆か。すべてが相対的な宇宙に立っているということに、彼自身が気づくことを祈るばかりだ」

「彼は、どんな終わりを選ぶと思う？」ディマスが尋ねた。その手は、キーボードの上に置かれている。スタンバイ完了だ。

フェレー

ラナが取材に出る日には、お喋りができる。せいぜい十分くらいなのだが、レーが笑顔のまま朝までぐっすり眠れる効能があった。

「どうだった？　有名人とたくさんと会えて、嬉しいんじゃない？」レーは冷やかし混じりに言った。

「からかわないでよ。私にとっては、こういう表彰式のイベント取材を頼まれるのが一番面倒だって、わかってるでしょ？　でも、今回は違うの」

「そうなの？　魅力的な誰かに出会った？」冷やかしがエスカレートした。

「それについての答えは『ノー』に決まってる」ラナは、甘えた声で言った。「でも、こういうイベントだと、観客としてリラックスしていられるし、こうしてあなたと電話できるから」

その言葉は、レーに突き刺さった。愛する人とする就寝前の電話が、どうしてこんなに希少で複雑な時間になってしまっているのだろう。盛大なイベントが開催されるのを待って、さらに編集者会議の賛成を得て初めて実現する電話だなんて。プライドが、また傷ついた。苦しさが、ヘビの毒のようにじわじわと効いてきた。


……………こんなのひどすぎる！　なぜここまでしなけりゃならないんだ。

ラナにこだわる必要は？

僕にこだわる必要だってないだろう？　この感情はなんだ？

邪道だ。道理を外れた感情だ！　毒だ！

レーは、こんな思いが漏れてしまわないよう、必死に耐えた。いままでも常に胸に秘めてはいたが、ただラナを傷つけたくなくて、耐えてきた。でも、もう十分に苦しんだじゃないか。

……………………そうだ、「苦しんだ」。彼女は、すべてを持っている。
社会的地位を維持するために別れずにいる夫も、
彼女を死ぬほど愛する愛人も。

……………………足は痛むけれど立派で見栄えのする靴と、
快適で忠誠な古い靴。

……………………古い靴よ、お前は、どんな気分だ？
滅多に開かれない暗い靴箱の中で、待機するのは楽しいか？
用があるときにだけ様子をうかがいに来られるのは、嬉しいか？

レーは、この鋭い刀をさやに納める方法を知らなかった。脳内テロリストだ。そうしている間にも、ラナは明るい声で喋り続けている。「さっきあなたと電話してる様子を見て、周りのみんなは電話の相手が夫だと思ったみたい。私の声がはずんでいたから、そう確信したって言ってたわ」ラナは、楽しそうに笑った。

どうか僕に教えてくれ、どうしたらそんなに無邪気になれるんだい？
君みたいに笑っていられるほど、無邪気に
まるで僕ら二人が一緒にいられる世界で幸福を感じているかのように、無邪気に
現実世界では、色々な瞬間が関係を持ちはじめたものだから、
僕は耐えられないほどの痛みを感じている
そうでなければ、嘘つきになる方法を教えてくれ
実は君も、その笑い声の裏では、同じ痛みを感じているのなら

「全然面白くないよ、姫」レーは、冷たく返した。
ラナの笑い声は、一瞬で固まった。「レー、私、本当の相手はあなただって、叫んでしまいたかっ

たわ。夫ではなく、あなただって…」声が次第に小さくなっていった。そして、「あなただって…」という言葉が、心の中に響いた。

レーは、黙っていることしかできなかった。自分にまとわりつく多くの制約を恨んだ。運命、宿命、巡り合わせ。あまりにも、酷すぎる。

姫、僕は疲れてしまったよ

その晩、笑顔で眠りにつくことはできなかった。眠れずに、書斎で、積もった紙を眺めていた。バラバラになった愛をかき集めた。ラナと過ごした至福の時を思い出そうと試みた。そして、理不尽な不屈さで、自分自身を慰めた。

レーは、幻影の中にいた。心が重なり合う、最後の砦に。

アルウィン

プラタラン・ホテル。午後一時半。

　向き合う二人はまるで、他人など目に入らぬというように、互いに集中していた。アルウィンは、ばれてしまわぬようじっと息を潜めていが、それとは対照的に、あの二人は目立っていた。本人たちは気づきもしないだろう。（そりゃそうさ、あの二人は気づくはずもない。愛し合ってるんだ。狂おしいほどに）

　車中でアルウィンは、放心状態だった。宙を眺めていた。一方で思考は、一点に集中したスペクトラムのように、空虚な光線の中で、何かしらの結論を、解決法を、取るべき行動を探さなければと、必死だった。しかし、何も見つからなかった。アルウィンは、アルウィンのままだった。

　彼が見たものは、誰の目にも明らかだった。まるで血中のインスリンが上昇しているみたいに、幸せそうでかわいらしい妻の顔。アルウィンは、糖尿病患者のようにそんなラナを見つめた。アルウィンは、…幸せだった。

　心の中をどう掘り起こしても、ラナを憎む感情は出てこなかった。相手の男に対しても同じだった。あるのはただ、自分自身に対する憎しみだけだった。

（僕はやっぱり、ラナの横に並ぶには相応しくない男だったんだ。何年も前から気づいていたのに、黙っていた。自分のことしか考えていなかった。僕には、一秒だって、ラナをあんなに幸せそうに輝かせることはできなかった。僕はてっきり、彼女を完璧に愛していると思い込んでいた。実際は、彼女の幸せを邪魔する障壁となっていただけなのに。ラナ、どうか僕を許してくれ。僕にできることは、たった一つだけだ。もっとたくさんのことをしてあげられたらよかったのに…）

ディマス&レウベン

「驚いた。まさか彼がそんな風に考えるだなんて、思いもよらなかった」レウベンが言った。

「彼は、妻のことを心から愛しているんだ。愛がある点まで達すると、自我はぼやけてくる。彼女の幸せは、彼の幸せとなる。同様に、彼女の苦しみは、彼の苦しみとなる」

「彼は、ここで責任を取ったってわけだな」

「そう。たいていの人は、他人を非難することしかできないけれど、彼は違った」

「愛って、こんなにも偉大なものなんだな?」レウベンがちっちっと舌を鳴らした。「俺は、理論については永遠と語ることができるが、自分が彼の立場だったらと考えると、こんなに大きな心を持っていられないと思う。妻が他の男に対して抱いている愛を受け止めることができるほど、広い心を」

「ということは、この宇宙全体にあるすべての愛を受け止めることができる心って、どれくらいの大きさか想像できる？」

「愛そのものと同じ大きさだな」

15　彼は今、恋愛中

ディーヴァには、毎朝行う習慣がある。まず初めに、昔ながらの市場へ行く。小さな袋を下げて帰路につくのだが、袋の中身はせいぜいお菓子や卵数個といったところだ。ディーヴァが楽しみにしているのは、果物や野菜が山積みされている光景を眺めることなのだ。市場の片隅で静かに、ただ眺める。一人微笑みながら。

市場の後は、幼稚園を見に行く。ディーヴァは、子どもたちが室内から出てきて外で遊びはじめる時間を、正確に把握している。フェンスの外にあるベンチに腰掛けて、その様子を眺める。一人微笑みながら。

帰宅前、最後に立ち寄るのは、道端にある植物販売所だ。顔見知りのおばさんが何人かいて、ここに座っていきなさい、と言ってくれる。植物の苗を一つ買ったり、肥料を何袋か買ったりする日もあるが、何も買わないことだってある。ディーヴァは、ただそこにいたいだけなのだ。一人微笑みながら。

今朝も、朝食後にいつもの一連の習慣を行うべく、支度を始めた。ホットミルクを飲みながら、窓の外に目をやり、静かな朝を楽しんでいた。街中の喧噪からは、かけ離れていた。

そこで、ふと向かいの家から一人の男が出てくるのが見えた。ディーヴァは、不満そうに口をとがらせた。まだ八時半だというのに、彼は、もう耳に携帯電話を当てている。早口で呪文を唱えるかのように、口がごにょごにょと動く。彼の襟には、これから結ばれるであろうネクタイがぶら下がっている。一本の紐がそこにあるかのようにアイロンの線がぴっしりとついたズボンを履いていた。仕事用のカバンは黒皮で、遠い山頂から見下ろしたとしてもはっきりわかるほどの高級品だった。

ディーヴァは、こういうタイプの男をよく知っている。上司に向かって変なあだ名を付けて昼休憩時に笑い、会社へ戻った途端、ミミズを探す鶏のように度々頭を下げるタイプの人間だ。ディーヴァがほぼ毎晩相手にするタイプの人間だ。

「うんざり」ディーヴァは、目線をそらした。これはもはや公害だ。目に悪い。

しかし、ちょっとした変化があった。

ふいに男がせわしない動きを止めると、小難しそうにしていた表情がパーっと明るくなった。劇的に。男の口はゆっくりと動き、その様子はまるで、発する言葉一つ一つから真珠の粒がこぼれ落ちてくるかのようだった。目線は、適当な方向を見ている。何も見ていないように見えるが、そうではない。彼は、愛を見ているのだ。目線がどこを向いていようが関係ない、彼はただ愛だけを見ている。

ディーヴァに笑顔が広がった。あの男は、今、恋愛中なのだ。本物の恋愛だ。まるで、彼が、恋愛そのものになってしまったかのように見えた。笑顔も、輝く表情も、携帯電話を握る手も、その動作の一つ一つに、ディーヴァは息を呑んだ。思考の次元は、停止した時間で溢れかえる。そして、雫がポタポタと垂れる。

一粒一粒、一粒…一粒…、ひとつぶ…ひとつぶ…、ひ…と…つ…ぶ…ひ…と…つ…ぶ…

まるで、スローモーションの場面みたいに、すべてが減速した。

彼女が祈りを捧げようと突き動かされるのは、こんな瞬間だけだった。スローダウンした動きの中に自分自身の反射を見ることができる瞬間が存在するよう、祈りを捧げるのだ。きっと、すべてが厳かで意味を持つものとなるだろう。

筋肉を揺らして走る脚…、優しく絡んでキスをする舌…、愛する人の手を触れるときに震える指…、風に揺れる一束の髪…、秒の狭間に変化する唇の角度…。

顔のしわ一つ一つだって、意味を持つだろう。遅れた言葉が姿を現すだろう。誠実の光を、より長く享受できるだろう。そして、嘘つき顔は、自分を恥ずかしく思うだろう。

スローダウンした動きほど美しいものはない。ディーヴァの指が、窓を触れた。その光景に触れようとした。（恋愛中のそこのあなた。行かないで。そこにいて）そうお願いするように。

しかし、見えざる者の手が、時間の堰を開いてしまった。携帯電話を閉じると、男の顔は、再びビジネスマンへと戻った。せわしない様子で車に乗り込み、あっという間に行ってしまった。レールに戻っていった。

ディーヴァは、しばしの間、寂しさを感じていた。


―― フェレー ――


土曜の夜。

レーの負けだった。家で一人忙しいふりをするのに飽きてきて、エルとそのガールフレンドであるララと三人で、出掛けることにしたのだ。三人で夕飯を食べ、三人で映画を観た。

チケットを求める列は、バロンサイ（獅子舞のようなもの）を担ぐ人の列のように長かった。

「僕が並ぶから、二人はあっちで座ってて。どこかへブラブラしてきてもいいよ」レーは、そう申し出た。

「悪いわ、一緒に並びましょ」ララはすぐにそう言ったが、エルが反論する。

「遠慮しなくていいんだよ。それでこそ、一緒に来た意味があるんじゃないか。レーが並んでくれている間に、デートしよう。そうじゃなきゃ、俺たちにとってのメリットがないだろう？」

「うるさい、早く行ってしまえ」レーは笑った。

エルも楽しそうに笑い、二人はどこかへ向かって行った。

レーは、遠ざかっていく二人の様子を見ていた。エルが彼女の腰に手を回し、彼女が頭を肩に預ける様子を。二人は、その体勢のまま、足を少し引きずるようにして歩いて行った。二人の足元は濃厚な愛でぬかるんでいて、きっと歩きづらいのだろう。

目線を変えると、手をつなぐ若者がいた。その手は、まるで糊でくっついているかのように離れない。恋人を後ろから抱きしめたままチケットに並ぶ男もいる。タイムクライシスのゲームに夢中な彼氏に、シュークリームを食べさせてあげる彼女もいる。トイレ付近で忠犬のように待っていた男は、恋人が出て来ると、まるで天界の蓮の中から生まれ出た女神を見たかのように、目を輝かせた。

もし仮に、レーとラナが何もうしろめたいことのないカップルだったなら、二人は今晩、誰よりもお似合いだったはずだ。二人の前には、愛が溢れて洪水が起き、困り果てていたはずだ。キューピッドだって、恋の矢の先端にしこむ愛を拾うため、二人の足元に座り込むに違いない。

「君と、三年と四十三日前に出会うことができて、僕は本当に幸運だった」

そう言うことができたら、よかったのに

帰り道、まだ同じことが頭の中を回っていた。「エル、お前が今までつき合ってきた数ある女性の中で、一度も映画に誘ったことがない子っていたか?」レーが訊いた。

「映画に行くなんて、一番初めにすることだろう? 前菜みたいなもんだ」エルは、軽くあしらった。「アンケートでも取ってみろ。この国のほぼ全カップルが、二人で映画館に行ってるさ。俺はそう確信している」

「考えてみれば、僕はさっきみたいなことをしたことがないんだ。土曜の夜に、彼女を映画に誘って、チケットに並ぶ間、彼女の肩を抱き寄せて。肩を抱かないにしろ、手をつないで。僕は、たったそれだけのことで、十分に満足できる人間だ。後ろに誰かいるんじゃないかとハラハラすることもなく、左右を見回すこともなく、知り合いがいたらサッと離れる必要もない。たったそれだけでいいんだ」話している間に、声のトーンがどんどん沈んでいった。

エルも、やっとレーが言いたいことを理解した。「レー、お前…」

「おい、同情はやめてくれよ!」間髪入れず、レーが明るく言った。

「同情なんかするもんか。お前が馬鹿なだけだろ」エルが続ける。「俺は同情なんかしない。ましてや可哀そうだなんて思わない。そこは心配するな。ただ、俺は不安だ。お前は、俺が知る中で、もっとも冷静な判断ができる人間だ。それなのに、なんでそんな非合理的なことに苦しむ? 俺にはわかる、もうじき終わりだ! 終了! わかったか?」

レーは、何も言えなかった。友の言葉が正しいと、気づきはじめていた。

僕は、統計を信じる人間だ
姫、僕らの統計値は、思わしくない
僕は、認められなければ生きていけない人間だ
僕らのことを認める人は、きっと一人も現れないだろう

エルが迎えにやって来たときのことが、ふと頭をよぎった。エルが来る前、レーは、ドラマが始まったのではないかと気になり、テレビをつけた。二番目の男が主役のドラマだ。明日の晩は、二番目の女のドラマがある。このドラマに、はまる人が続出していた。登場人物たちは、選択に迷っていた。レーは、どちらのドラマも、まばたきを忘れるほど真剣に見ていた。

ソファの上には、付せんで印のついた雑誌がたくさん置いてある。記事や短編の読み物、相談コーナー等、すべて、第三者の出現により結婚に悩む内容についてだった。

以前だったら、こんなものに用はなかった。人生を脚色するために自らが作為したものにすぎないし、悲劇を求めるこの世の人間による禁断症状だ。そう思っていた。しかし、ばかばかしいと思っていた雑誌に載っているような話を、今では身近に感じるようになっていた。

そして、エルから浴びせられた叱責の言葉も含めて、レーが読み、聞き、見るものすべてが、彼の負けを告げていた。勝者となったところで常に申し訳ない気持ちが付きまとい、レーには永遠に、敵対者というレッテルを貼られることとなるだろう。「一瞬の気の迷い」、「飽き飽きした夫婦関係からの逃避」、「結婚生活の間奏」、何だって構わない。

家の呼び鈴がなると、レーは山積みになった雑誌をクッションで隠し、玄関へ急いだ。しかし、何かを思い出して引き返すと、リモコンを手に取り、テレビのチャンネルを変えた。一方、外にいたエルは、苛立ちはじめていた。

「おーい、レー。早く開けろ！」

レーが戸を開けると、エルは満面の笑みでそこに立っていた。「お前、いつからドラマなんか観るようになった？」

「なんのことだ？」素早く反撃した。

「今はCNNになってるが、さっきドラマを観てただろ」エルは、そう言って笑った。「俺は、ここで五分も待ってたんだぞ。お前、重症だな。これは深刻だ。こりゃ、今すぐに救急搬送した方がいい」

「ドラマをほんの十分観たからって、何だ。深い意味はないさ」レーは、落ち着いた口ぶりで、ごまかした。そして、小声で付け加えた。「何のためにドラマなんか観るって言うんだ」（何のために？）

人生は、映画みたいなものだね、姫
いや、映画よりも恐ろしいものかもしれない
血は血だし、涙は涙だ
君の痛みを代わりに担ってくれる俳優なんかいないもの

レーは、心の声をかき消し、この瞬間に戻ってきた。そして、ちらりと道の方へ視線をやった。信号が赤だ。

左の方から、バイクが道に沿って走ってくる。七〇年代のものだと思しき緑色のバイクだった。ヘッドライトは、道端のワルン（大衆的な食堂のこと）に下がるランタンの光にも負けていた。口ひげをたくわ

え、優しい目をした平凡な男が、ボロボロのヘルメットをかぶって運転している。後ろには女が乗っていた。長い髪を一つに束ね、小花柄の服を着たその女もまた、平凡だった。彼女は、一目で男物だとわかるぶかぶかの上着を羽織っていた。そして二人の表情は、温かかった。愛の暖炉で火が安定しはじめたからこそのものだろう。静かで、もう大きな炎にはならない。もしかするとあの二人は、今年子どもを持つ気でいるのかもしれない。

レーの意識が、また違う方へ向かう。

道の反対側にも、一組のカップルがいた。残り一、二本となったバスを待っている。あのカップルは、何の乗り物も持っていない。（それなのに…、あの彼女の顔が見えるか？）レーは言葉を失った。その女はただ男の腕をぎゅっと掴んでいる。どれほど強く彼のことを信頼しているかが、彼女の表情に見て取れた。腕をぎゅっと掴みながら、夜の風に耐え、なかなか来ないバスを待っている。

いったいこれは何なんだ？　愛が並ぶ夜市か？
愛のバーゲンセールか？　在庫整理か？
僕が望む愛は、シンプルだ
アンティークの複雑な模様なんかがついているものなんかではなく

そうは言ってもレーは、プライドの高い人間だ。安売りセールに飛び込んだって、指を噛むような人間だ。レーがもっとも望む物にまみれる人々を、隅に座って見物するような人間だ。「見てもいいけど、手は触れないで」こんな文句を掲げながら。

16　彼女は泣いている

「ワン、ツー、スリー、フォー、ロール！　ほらほら、ワンダ、ヘニー、遅れてる。

　ワン、ツー、ポーズ！」

全身を揺らしながら忙しく指示を送る振付師のアディを横目に、ディーヴァは舞台袖に座り、疲れたかかとを揉んでいた。

すると突然、別のモデルが目の前で転んだ。心配する声と同じくらい、笑い声も聞こえた。ディーヴァはもちろん、笑った方だった。そして素早くそのモデルを助けた。

「たった十センチのヒールだって、それなりに痛いわよね？　でも恥ずかしさの方が上回るかしら？」屈託なく、そう言った。

助けられたモデルは、言い返すべきなのか、感謝を述べるべきなのか、わからなかった。

「そんなこと言うなんて、本当に気が利かない人ね。可哀そうじゃない」となりにいたモデル仲間からそんな声が聞こえてきて、ディーヴァは振り向いた。「じゃあ、なんであんたが一番初めに助けなかったのよ」

瞬時に、彼女の顔色が変わった。「まったくその言葉遣いは、いつになったら直るんだか。それなら、十二センチのヒールで転ぶならいいって言うの？」イラついた様子だった。

ディーヴァは、驚きで彼女を見つめた。「さっき一番先に笑ったのは、あんただったよね？しかも一番大きな声で」

「いつも問題を起こすけど、いったい何を抱えてるわけ？」ヒートアップした彼女は、すっと立ち上がると、どこかへ消えて行った。

「ディーヴァが抱える問題はただ一つ。情けがないということ」また別のモデルが口を挟むと、周りからクスクスと笑い声が聞こえた。

確かにディーヴァには、少しも可哀そうだなんて感情は湧かなかった。ヒールには、最大高がある。ディーヴァが可哀そうだと思うに値するのは、偽善の上につま先で立とうと努力する人々だ。拍手喝采を欲する者には、意味がない。美しい体や綺麗な顔立ちに自らの誇りを見出すが、死んでいく者。四十階建てのビルや、銀行ローンの融資可能額や、他人を見下す肩書なんかに、自分のアイデンティティを頼る者。それから、尽き果てぬ欲望を持つ者。そんな不毛な脳みそでキャリアの木を繁殖させる会社員たちには、どんな運命が待ち受けているのだろう？そんな高さから踏み外すのは、どんな気分なのだろう？　笑えないはずだ。

ディーヴァは、こめかみを揉んだ。くたくただった。

なぜこんなにたくさんの荒廃を目にしなければならないの？　なぜ一人ぼっちなの？　なぜ私だけが生きたいの？　ディーヴァは、そんなことを疑問に思っていた。

そして疲れていた。小さな庭へ帰りたかった。

「ディーヴァ、もう一度、一曲目から始めよう。ほら、やるよ！」アディが甲高い声で促した。

「アディ、ちょっと体調が優れないの。帰ってもいいかしら？　明日の夜、本番で会いましょう」

アディは少し驚いたようだった。（この子、本当に具合が悪いに違いないわ）そう思ったようだ。才能あるモデルにとっては、練習を一度飛ばしたところで大した問題ではないのだが、ディーヴァは今まで一度たりともそうしたことがなかった。アディは、迷うことなく、ディーヴァを帰らせた。


ディーヴァは、本当に具合が悪かった。この疲労感は、風邪や水疱瘡なんかにかかるより、はっきりと感じられるものだった。耐えられなくなることもあった。そんなときディーヴァは、すべての人々へ悪口を言うと同時に、すべての人々を抱きしめたくなる。悲しみと同時に、深い愛を示すのだ。

「アフマドさん、直帰でお願いね」

「かしこまりました」

お抱え運転手のアフマドは、バックミラー越しにちらりと後ろを確認した。美しい顔が、少し暗く見えた。いつもとは違った。

アフマドは、ディーヴァの下で働いて、四年になる。彼の目に入ってくる情報は、わずかだ。ディーヴァは、この車や、ましてや家に誰かを連れて来ることなど滅多になかった。車内にいるときは、携帯電話で話すか、そうでなければ外を眺める。ただ静かに何も言わず。そして時々唇を噛む。

ディーヴァは、話を振ってきたり、ジョークを言ったりするような、特別愛想のよいタイプの人間ではない。でも、アフマドは知っている。とても親身に、気に掛けてくれていることを。レバランの服や、犠牲祭の動物をもらったことはない。しかし、三人の子どもたちの学費だけではなく、様々な習い事のレッスン料まで支払ってくれている。それだけではない。いつも、溢れるほどたくさんの本をくれる。妻まで裁縫を習わせてもらい、近隣の人々も利用できる図書室を開くよう言われている。もちろん、費用はすべてディーヴァの負担で。

この寛大な女性は、以前こんなことを言っていた。「あたしが、アフマドさんへの給料しか払わなければ、それは山羊を飼うのと同じことよ。バケツ一杯の干し草を与えるだけじゃ、奥さんが料理をすることも、子どもが宿題をすることもできないでしょ。あたしが貧乏になって、あなたへ給料を支払うことができなくなったら、あなたは職を失い、他の雇い手を探すことになる。たとえあたしがいなくても、生きていけるようになってほしいの。あたしだけでなく、他に誰も雇い手がいないとしてもね。だからあたしは、アフマドさんがアレコレと支払いに頭を悩ませる姿を見たくないのよ。子どもは、お腹が空いたままじゃクラスで一番になれないでしょ？本も、筆記用具も必要よ。家はいつも清潔にして、植物をたくさん置いてね。それから、飲み水は、よく煮沸してね」

ディーヴァは、変わっていると思う。彼女は、小さなことを気に掛ける。とても親身になってくれる。彼女のために働けるのは、神からの恵みのように感じていた。

意を決して、再び静かにバックミラーを見た。ディーヴァは、泣いていた。音もなく、泣いていた。ただただ、涙がこぼれ落ちていくのが見えた。両目から、絶え間なく。すすり泣く声もなく、ただ涙が落ちていく。

アフマドの胸まで苦しくなった。でも、運転を続ける以外に、できることが見つからなかった。

部屋に着くと、ディーヴァは、白いTシャツに短パン姿で外を眺めた。小さなクッションを抱いて座り込み、まだ泣き続けていた。すべてを投げ出してしまいたかった。疲れていた。すべてを引き受けることはできないと、体が合図を出していた。それでディーヴァは、泣いていた。

この苦痛は、突き刺さるように鋭かった。しゃくりあげ、息苦しくなった。それでもディーヴァは、これが通り過ぎ、クリアな状態へと戻るのを待つしかなかった。

ディーヴァは、古くなったものの受け皿となるゴミ箱になるために、創造されたのではないのだから。


―**フェレー**―


家に到着してもなお、頭の中がグルグルと回転していた。いざ寝ようにも、姿勢よくピンと座り、考え事をしていた。「レーとラナはやっぱり違う」と確信を持たせてくれるものは、果たして存在するのだろうか？

帰り道に見かけた男は、すべてを持っていた。彼女はバイクに乗らないのだから、雨に降られる心配もない。バスを待つのだから、危険なジャカルタの夜を歩く必要もない。あの落ち着きと安定感は、レーとラナにはないものだった。

ふいに風に撫でられ、驚いた。ぴゅーっという口笛のような音とともに、過ぎ去っていった。さっと立ち上がり、窓を閉めた。この家に住んで三年になるが、こんな風が入ってきたことはなかった。ましてや、口笛だって吹いていなかった。

（なんだろう？）なんだか妙だった。風は跡形もなく、過ぎ去っていった。レーは、外の木の葉をじっと見た。葉は、ほとんど動かなかった。さっきの妙な風は、今見ている方向へ吹いていって、向かいの家の窓にぶつかったはずだ。

向かいの家には人影が見えた。若い女性が膝を抱き、うつむき加減で座っている。綺麗だ。満天の星空のフレームの中にいる彼女は、非現実的で、絵画のように見えた。全体が調和したその一枚の絵に強く惹かれ、しばし見とれていた。

時間が刻々と過ぎていく。知らぬ間に、随分長い時間そこにいたようだ。それでも、レーはまだその場を動かず、その絵画も止まったままだった。

ふいに、絵の中の彼女が、顔を持ち上げた。空を眺めたかったようだ。街灯が、美しい顔にスポットライトを当てていた。整然と流れる涙が加わり、その絵はさらに完璧なものとなった。彼女の目線を追うと、そこに何かを見ているようだった。

レーもつられて、ゆっくりと空を見上げた。絵画は、星空に変わった。レーは、驚いて思わず声を上げた。突然目に映った光景が信じられなかったのだ。

空を見上げたことは何千回とあったけれど、そしてその名を聞いたことも何千回とあったけれど、本物を見たのはこれが初めてだった。（流れ星）息を呑むような美しさで、さっと消え去ってしまった。レーは、すっかり心を奪われた。

ハッとして美しい彼女の絵の方へ戻ると、すでにカーテンが閉められていた。残念で、胸が苦しくなった。

今目撃した様々なイメージを抱いたまま、ゆっくりと窓辺から離れた。これまで探して求めてきた敵が、まさかこんなに美しいだなんて、想像もしていなかった。

ディマス&レウベン

ディマスの感情は波打っていた。二人の登場人物を生かすために、自分の命を半分掛けているかのようだった。

「二人がついに出会ったよ」息が荒かった。

「これから二人をどうするつもりだ？」コーヒーをすすりながら背後に立っていたレウベンも、この先の展開が気になった。

「それなんだけど、僕にもまだわからないんだ！」ディマスは、勢いよくそう答えた。

17　二十一世紀に名を残す二人の愚か者

随分と長い間、ラナは、自分の母親と会話をしていなかった。「元気?」、「妊娠は?　まだ?」、「いつマクロへ買い物に行く?」、「メトロで大バーゲンがあるんだけど、送ってくれない?」、「バンドゥンへ行くんだけど、一緒にどう?　輸出品のアウトレットとか、ムルデカのブラウニーやシュークリームをお土産に買って、あちらのご両親に差し上げなさいよ。お好きでしょ?」などという、お決まりのフレーズではなく、本物の会話だ。

「ラナ、何かあったの?」ラナが明後日の方向をじっと見つめているのに気づいた母が、そう尋ねた。

「お母さんに話したいことがあるの。私とアルウィンのことよ」ラナは、ごくりと喉を鳴らした。

「あなたたち、何か問題でもあった?　赤ちゃんのことじゃないでしょ?」

「違うわ。でも、もしかするとそれも関係あるのかもしれない。わからない」ラナは自問自答していた。すぐには答えられなかった。

「喧嘩でもしたの？　アルウィンに何かされた？」母も、慎重に質問をした。

「これはちょっと聞いてみたいだけなんだけど、」ラナは、細心の注意を払って言葉を選びながら続けた。「お父さんと結婚して、一度でも、もう飽きちゃったなって感じたことある？　それか、なんか違うな、なんか足りないな、なんて思ったことある？」

「なんだ、そういうことね」母が言葉を遮った。顔から緊張の色が消えていった。「飽きるなんて、結婚したら当然よ。みんなそう感じてるわ。大切なのは、あなたたち二人が、どうやって雰囲気をリフレッシュさせるかということ。それだけよ」

ラナは、母が本意を理解してくれているとは思えなかった。

「飽きたっていうのは、お母さんが言うようなそれとはまた違うの。どっちかと言うと…なんか違う、なんか足りないっていう感じ。本当は起こるべきでないことが起こったような…」今度はより強調して、説明した。

「あなた、アルウィンと結婚したことを後悔しているの？　そうなの？」

「お母さんは、お父さんと結婚したこと、一度も後悔したことない？」

「アルウィンに足りないものって何？　優しいし、責任感もあるじゃない。信心深いし、仕事も申し分ない。家柄だっていいし…」

「お母さん、私が言いたいのは、そういうことじゃないのよ」

今度は、母が黙る番だった。ラナの質問を理解し、落ち着いた口調で答えを述べるまで、相当な時間がかかった。

「他のことにも共通するけれど、結婚生活には浮き沈みがあるものよ。でも他のこととは違って、結婚生活だけは、簡単に手放すことができないし、あなたにとって不快なことがあっても、それを避けることはできない。妻として覚えておかなければならないのは、あなたの夫は完璧な人間ではないということ。あなたたちは、日々お互いのことを知り、許し合わなければならないの。大切なのは、コミュニケーションね。何かを決めるときは、冷静な頭で判断しないとね」

母と話していても別次元で話をしているようで、これでは平行線のままだと感じた。そんなことを聞きたかったんじゃない。そんなのは、雑誌の相談コーナーに載ってるのを嫌というほど見てきた。各家庭に必須の救急箱みたいに、結婚生活に応急処置を施すための標準マニュアルだ。そうじゃない。これは、もはや救急箱で処置できるレベルではない。ラナは、ＩＣＵにも入りたいほど苦しんでいた。

「お母さんは、幸せ？　今も、昔も」もう一度質問してみた。

「もちろん、幸せよ。いったい何を言うんだか。私はね、あなたや、お姉ちゃんたちが、立派な大人になったのを見て、すごく幸せ。みんな結婚したしね。私にとって、これ以上の幸せはないわ」

そう断言した。

ラナはそれでも納得がいかない。

「そうじゃなくて、私が聞きたいのは、子どもたちの成長以外でのこと。お母さんは、一人の人間として、一人の個人として、本当に結婚生活に幸せを感じてる？」ラナは、一単語ずつ区切って、強調するように強く尋ねた。

母は、曖昧な笑みを浮かべると、「やっとあなたの言いたいことがわかった」優しくそう言った。

「十年か十五年、結婚生活を続けたら、きっとわかるわ。その頃になれば、今あなたが言っている幸せについて、疑問に思うこともなくなる。あなた個人の幸せが、あまり重要な意味を持たなくなるときがそのうち来るのよ。わかる？」

（それそれ！）ラナは、心の中で叫んだ。向かうべき方向は、そっちだ。これまでは、自分自身を代表するとは言い難い変異体に蝕まれていた。目の前にいる女性は、もはやラナの母ではなかった。そこにいるのは、一人の妻だった。一人の夫人だった。Aちゃん、Bちゃん、Cちゃんのお母さんだった。

（私が掴みたいこの幸せは、他の幸せに変異するのだろう。新たなアイデンティティへ私自身が溶け込む瞬間がきっとやって来る。みんな、私でさえ、今日のラナを忘れる日がやって来る。私が生かしたいラナは、どんなラナ？　まだ間に合うよね？）

ラナは、次々に色々な表情を見せた母の顔をじっと見つめた。心臓が縮むような感じがした。そして、すでに自分自身に変異が起こりはじめていることを感じ取っていた。チェーンはほどけることなく、再び一つに繋がった。彼を手放すことはできるのか？ 果たして本当に手放さなければならないのか？ それって正しい？ それとも間違ってる？ ラナの胸がまた苦しくなった。

フェレー

詩人だって黙るときがある。詩を詠むのが好きな頭の中のホムンクルスが、時々ボイコットするのだ。そんなときは、エルが犠牲者となる。

「僕は、古典的でたわいもないようなことに憧れるんだ」レーは、演説原稿のように陳腐な文句を並べて、思いの丈をエルにぶつけた。「お洒落なレストランでディナーして、二人用のダイニングテーブルを選んで、誕生日にはカードを送るような、そんな何でもないようなことにね。それなのに、僕は、彼女の家に入ることさえできない」

エルは、詩人のように上品ではない。むしろ、さらなる批判をボーナスとして追加せずにはいられないような性格だった。

「少しは気持ちが軽くなったか？　自分が恋に落ちたと認めた時点で、少なくとも一オンスは軽くなったはずだ。俺に言わせれば、誕生会に向かおうと考えたこと自体、馬鹿だ。自分で自分を苦しめてる。正真正銘の愚か者だ」非難が止まらない。

「彼女は、エルも誘えばいいじゃないって、言ってたよ」レーは小さく笑った。

「勘弁してくれよ」エルは、冷ややかに笑った。「俺らが二人揃って登場してみろ。フェレーとエルは二十一世紀に名を残す愚か者として、二人まとめて出席者全員に公認されることになってたぞ！」

「どうぞ、エル様、公式認定記念のリボンをお切りください」

「馬鹿野郎！」

二人は、手をたたき、腹を抱えて笑い転げた。大人の体という檻から、ひと時解き放たれた二人の少年が、そこにいた。

窓際に立っていたエルが、ふと、カーテンを少し開けた。「ほら、あの子のためにならなら、俺は馬鹿になってもいいけどな」外を眺めながらそう言った。

つられてレーも窓を覗いた。シルバーのセダンにエンジンがかかり、出発するところだった。一人の女性が、後部座席に座り込むのが見える。

「たしかに、ラナは、キャンディみたいに甘くてかわいい子だ。それは俺も認める。でも、なぜわざわざ遠くまで行く必要がある？　目の前に砂糖工場があるというのに、お前には見えないのか？」

「たしかに。変だよな？」レーは質問で返した。エルは笑った。

「お前、本当にここに住んでる？」

そう聞かれて、レーは、考え込んだ。たぶん、エルは正しい。こんなに素晴らしい家があるのに、本当の意味ではここに住んでいなかった。

エルのため息が聞こえた。「俺に彼女がいなくて、すぐにでも手放すことができる何千万ドルという金を持っていたら…」

「どういう意味？」

エルは、驚いた顔で、レーに目線をやった。

「お前、向かいの子のこと、本当に知らないのか？」

「お前は知ってるのか？」

「あぁ、天国のお父さん、どうかお許しください。私の友は、本当に時代遅れなのです！」エルは大げさに悲しむ素振りをした。「彼女は、モデルだ。ディーヴァという名のトップモデルだ。千五百ドルから二千ドル、いやもっとかもしれないが、それくらいの金を払えば、寝ることもできる」

「それ、本当の話か？」

「俺だって詳しいことは知らないよ。ショートタイムの料金なのか、ロングタイムなのか。はたまた一時間なのか、一ラウンドか、二十四時間か。確かなのは、彼女は昔からドルで料金を設定している。通貨危機が発生してからは、レートの調整をしたって話だ。以前は、五、六千ドルもしたらしいぞ」

「エル、お前なんでそんなこと知ってるんだ？」

「なんでって、俺は、世間知らずのお前とは違うからさ。お前、仕事のことしか頭にないだろ」エルは満面の笑みで付け加えた。「しかも、いざ真剣な恋に落ちたと思ったら、人妻だもんな」

「黙れ」

「レー」エルの声が真剣なトーンに変わった。「俺は、ラナのことについてだけは、いつまでも反対し続ける。でも、いつまでも、お前を応援し続けるということは信じてほしい。たとえお前がどんなに馬鹿な結論を出したとしてもな」

「二十一世紀に名を残す二人の愚か者だ」レーは微笑んだ。

「二人じゃなくて、一人だ」エルが訂正した。「でも、お前のためなら、馬鹿になってやるか」

その瞬間レーは、これこそが愛と呼ぶに相応しいものなのではないかと思った。本当は、エルと結婚するべきではないのか？　何の制限も条件もなく、互いの人生を邪魔することもない一途な気持ち。一つ屋根の下に暮らす必要もなければ、共同の買い物リストを毎月確認する必要もない。レーは、エルとの友情は、時間が経っても壊れないだろうと、確信を持っていた。

とすると、人々が抱える愛とはいったい何者なのだろう？　結婚という名を掲げる威厳ある制度を確約するものは、何なのだろう？　なぜ、なわばりを奪い合う路上生活者のように、互いを支配しようとするのだろう？　なぜ、各々の所有権を示す門を立てるために、自制心を失って張り合うのだろう？　人生において崇高な意味を持つ愛を、そんな風に区画分けすることはできるのだろうか？　そうすることに、いったいどんな意味がある？　結婚は、愛し合うことを法的に認めるためだけに存在するもの？　ベッド上の行為を許可するための免許証？　国勢調査に利用するため？　国を統制するための形態？　誓いって何だ？　誓約って何だ？

レーは、そんなことがおかしくなって、頭を振った。

「どうした？」エルが驚いて尋ねる。

「僕のことを変人だと呼んでもいい。なんだかお前にプロポーズしたい気分になってきた」

「お前、本当に狂ったな」エルは確信を持って頷いた。「速攻で帰った方がよさそうだ。それじゃ！」

エルは、大慌てで、扉の向こうへ消えて行った。

「ディマス、お前は察知してるか？」レウベンは、心配になって尋ねた。

「うん。君が言ってた分岐のゲートが近づいてきてる。あと数回、乱流が起こるだろうけど」

「彼らは、量子跳躍が気に入るに違いない。お気に入りのスポーツをするようにね」レウベンはそう言うと笑った。

しばし二人は休憩に入った。

「まさか、またコーヒーを淹れるんじゃないだろうね」レウベンの落ち着かない様子を見て、ディマスが口を出した。

「お前こそ、またその雑誌を読み出すんじゃないだろうな」レウベンも負けなかった。

「読んだら何だって言うんだよ。この家には、気楽に読めるものがこれしかないじゃないか。まったく。そのうち、内容を全部覚えちゃうよ」ディマスは、ページをぱらぱらとめくりながら、口を尖らせた。

「それなら試してみようじゃないか。一〇七ページには、何が載ってる？」レウベンがふざけ半分に聞いた。

「勘弁してよ。まったく暇なんだから」ディマスは、ぶっきらぼうに言った。

「わかった、わかった。質問を変えよう。さっきのは、難しすぎた」まだ続けるつもりだ。レウベンは、ディマスをからかっているときが、一番楽しいのだ。「よし、これがいい。表紙のモデルの名前は何だ？」

「それなら、わかる。彼女の名は、ディーヴァだ！　そんなの誰でも知ってるよ。君はもちろん知らないだろうけどね」

「放っておいてくれ。大統領じゃあるまいし」レウベンは、気にしないとでも言うように肩を少し持ち上げたが、心の中では、自分はそれほど世間知らずなのかと、自問していた。

「この子、かわいいよね」

それを聞いたレウベンは、派手に笑った。「もし彼女から交際を申し込まれたら、お前は異性愛者になるか？」

「たぶんね。君ならどうする？」ディマスは、ニヤニヤしていた。

「俺は、断る」そう言いつつ、迷いが見えた。

「本当に？」

「うーん、もし彼女が、流星と同じくらい聡明な場合には、考える」レウベンは、恥ずかしそうに答えた。

「これは緊急事態だ。僕たち、ゲイを引退することになるかもしれないよ」

――ラナ――

ギタは、友の不安そうな顔を見つめていた。ラナとは高校時代からのつき合いになるが、ラナがこんな風になってしまったのは、この一件があってからだ。以前のラナは、しっかり者で、いつも明るかった。ここのところは、会うたびに目を真っ赤に腫らし、止まることのない鼻水をすする。別れ際は、いつもそんな状態で終わっていた。

「また胸が苦しいの」ラナが不満をこぼした。

「それは、ストレスが原因ね。今恋愛をするということは、リスクが伴うってことを自覚しておくべきだったわ」

ラナは、空っぽの笑みを浮かべた。「私に決定権があったらいいのにな」

「ラナ、離婚って、そんなに簡単なことじゃないわよ」

「でも私は、アルウィンに何も求めるつもりはないわ。この体一つだけあれば、それでいい」ラナは、またすすり泣いた。

「金銭面については、フェレーさんだったら何の心配もないと思う。でもあなたは、本当に準備ができてる? 自分の家族や、相手の家族、職場の人たちにだって、説明しなきゃならなくなるのよ。フェレーさんは有名人だし。そのことを忘れないで」ギタは、これでもかというほど、注意をした。

「それにアルウィンの家族だって、由緒あるご一家よ。彼の一家にとって、世間体は何よりも大切なはず」

それを聞いて、ラナも相槌を打った。

「レーだって同じ。彼は、一度だって面倒な問題を起こしたことがないの。だから私も、うっかり彼の名を傷つけるようなことがないように気をつけてる」

「あなた自身の家族の気持ちはどうなるの？」ギタが、チェックリストへラナの家族を追加した。チェックリストには、ここで協議したところで何の結果も望めない議題が満載だった。

ラナは、どんどん追い詰められていった。そして、宙を見ながら、こう言った。「どこか、遠くへ消えてしまいたい」

「どこへ？ ティンブクトゥ（西アフリカのマリ共和国にある地域で、「遠い土地」の比喩として使われる）？」

「もっと遠く」

惑星があったらいいのに。小さくてもいい。ギリ・トラワガン（ロンボク島北西岸にある小島の一つ）くらいの大きさがあれば十分。カレンダー写真みたいに綺麗なビーチがあって、雪山があって。広い熱帯植物園があって、川と滝がある。どこにいても温かな愛を感じることができて、ラナとレーが退屈しないくらいの大きさの家が一つあれば、それで十分。小芝居は、もういらない。その他大勢の意向も関係ない。自由を邪魔する伝統習慣だって存在しない。

これぞ、ニルヴァーナ。長いこと記憶の奥にしまい込まれていたけれど、フェレーという名の存在が、ふと思い出させてくれた。フェレーは、ある日突然空から舞い降りてきた、宇宙人みたいなものだ。彼は、ラナが住むこの星が、いかに閉塞的でつまらないところかを気づかせてくれた。それなのにラナは、他人があれこれと心配するのを聞いて、彼の星へ移り住むことを決断できずにいる。とはいえ、夢の世界の行き詰まった道へ後戻りするのも、うんざりだった。

ギタは、今こそ動き出すべきときだと思った。指が落ち着きなく動いた。そして、慎重にラナの名を呼んだ。「ラナ、私、あなたに渡したいものがあるの」

ラナは少し顔を持ち上げると、ギタが前触れもなく紙とボールペンを取り出すのを見て、驚いた。何かを書いている。

「ギタ、私、精神科へは行かないわ…。相談所とか、とにかくそういう類のところにも行きたくないの」

「違う。そういうのを書いてるんじゃないの。まあ見てて」ギタは、頭を左右に振りながら、そう言った。「実は、私も名前は知らないの。自分で見てみた方が早いと思う。たぶん、助けになってくれる。この人が、あなたを救ってくれる」

「この人って、誰?」

「スーパーノヴァ」

18　サイバー・アヴァターラ

二人はあおむけに寝転んで、じっと部屋の天井を見つめていた。どれくらいの間、そうしていただろう？　もやもやとしていた。

「レウベン、そろそろ、あれを登場させた方がいいと思うんだ」

「そうだな」

解決策は見つからないままだった。

「コーヒーを飲めば、アイデアが浮かぶかもしれない」レウベンはそう言って、起き上がろうとした。

「ちょっと待って！」ディマスが引き留める。「ちゃんと二人で考えて結果を出してからじゃないと、他のことをするのは認められない」

「ディマス、俺はお手上げだ。これは一番難しい局面だぞ。俺たちは行き詰まってるってことを、自覚しないと。行き詰まりを自覚して初めて、アイデアが湧いてくるってもんだ」

それを聞いてディマスは諦め、レウベンが第二の恋人カフェインを求めてキッチンへ逃げて行くのを眺めていた。

「アヴァターラを創造するのは、並大抵のことじゃない。他の登場人物を創り出すのとはわけが違う」遠くから、レウベンの声が聞こえてくる。

「そりゃ歯抜けのおばあちゃんだって知ってることさ」ディマスが優しい口調で毒づいた。

「二十一世紀のアヴァターラは、ロバに乗るようなイメージじゃない。アラジンみたいに裾の長い白装束に特徴的な靴を履いて、ウエストまで届くような顎鬚をたくわえているのも、違う。そうではなくて、周囲に溶け込み、映画館でハリウッド映画を観たり、テレビを見たり、パソコンを持っていたり…」

「マクドナルドで食べたり？」

「ショッピングモールへ行ったり」

「ゲームセンターでシューティングゲームをしたり」

「それはちょっと極端だな」

「とにかく、森の奥に閉じ込もるのではなく、現代で修行するアヴァターラだね」

「そう。人生の半分をじっと動かないまま過ごすような修行僧ではない」レウベンは、いよいよ口にする準備が整ったコーヒーを最後に一度かき混ぜると、ふいに立ち止まり、カップの中にできた渦を見つめた。その瞬間、非局所的な信号に頭の電球がはじかれた。アイデアだ！

「わかったぞ！」キッチンでレウベンが大声を上げる。飛ぶ勢いで書斎へ戻ると、そこには、驚き顔で上半身を起こしたディマスがいた。

レウベンの表情は、ハロゲンランプより明るく輝いていた。そして、静かに力強く言った。「サイバー・アヴァターラだ」

――**スーパーノヴァ**――

再びパソコンの電源が入った。キーボードの上に手が踊りだす。様々な思考が流れていく。

スーパーノヴァ

――生きることを希望するあなたへ――

ようこそ。

今日は、「レクト・ヴェルソ」についてお話ししたいと思います。

レクト・ヴェルソとは、表と裏を互いに補足し合うイメージのことです。我々が日常生活で目にするレクト・ヴェルソの例としては、紙幣の表裏に描かれた花の模様が挙げられるでしょう。そこには、中心点の周囲に五つの花弁が規則的に並ぶ、輪の形をした完璧なレクト・ヴェルソが存在します。

紙の一方の面にあるのは、三つの花弁を持つ輪です。そしてもう一方の面には、二つの花弁を持つ輪が描かれています。二つの裏面を一つに合わせると、中心点の周囲に五つの花弁が規則的に並ぶ、輪の形をした完璧なレクト・ヴェルソが現れるのです。

部分的なものの見方をしているようでは、私たちも実はレクト・ヴェルソであるということに気づくことはないでしょう。自分には何か足りないものがあるのだが、それが何なのかわからないと言わんばかりの空虚な感情の中で、一生を過ごす人間のなんと多いことか。そして彼らは、その足りないものを探し続けるのです。自分の中核を抜け出し、彷徨います。彼らなりの様々な方法で汗を流し、足りない「何か」を定義しようと脳を回転させます。たいていの人間は、その「何か」は、「外」にあるものと考えるのです。

人間は、一つのミッションを遂行するために設計されているようにも見えます。ミッションとはつまり、起源を探し求めることです。「壮大な万物の中に存在する自分は、ちっぽけで独りぼっちである」という感情を打ち消し、万物との一体性を再び感じるために。

今まで私たちが足りないと考えてきたものが、実は単なるレクト・ヴェルソだったとしたら、どうでしょう？　つまり、私たちは、どこへ行く必要もないのです。そうなると、「私たちに足りないものはない」と感じるためには、ただものの見方を変えるだけでよいということになります。思考の中の狭間を破壊する細胞から距離を取ることに成功すると、レクト・ヴェルソが現れます。つまり、あなたの探し物は、外にはないということです。逆に言えば、とても近いところにある。あなたの「つまみ」を見つけましょう。そしてそれを回してみましょう。

さてここで、他の方法についてもご紹介いたします。

空虚だと感じるのをやめましょう。足りない何かを補完してほしいと、求めることをやめましょう。外にある何かに向かって叫ぶのはやめましょう。池の中にいてもなお水を探す魚のように振る舞うことはやめましょう。あなたが必要とするものはすべて、完璧に揃っているのですから。

すでに完璧なものに、何かを補完することができる人なんて、存在しないでしょう。すでに満杯のところに、何かを注ぐことなんてできないでしょう。別れ合うことができるものなんて、一つもないでしょう。

あとは、あなたがそれを意識するかどうかにかかっています。あなたのつまみを見つけましょう。

そしてそれを回してみましょう。

それでは、また次の銀の糸の結び目でお会いしましょう。

〈送信〉

ディマス&レウベン

「つまり、僕らのアヴァターラは、インターネット上で説法を説くということ？」

「説法だって？　そんなもんじゃないさ。いつでもどこからでもアクセス可能な、乱流だ。アヴァターラは、ヒエラルキーも、慣例も、教義も超えて、人々の認識系統を増幅させる。まさに非線形だ！　インターネット上では、領地争いなんてないだろう？　ぴったりの技術じゃないか」

「『アクエリアン革命』と名づけられたネットワークに基づく作業系統を、僕らのアヴァターラが実践するということだね」

「その通り。未来においては、ネイスビッツとトフラーが予言していたことが、もっとも効率のよいシステムとなるだろう」自分の発言に納得するように、レウベンは何度も頷いた。システムの中には重要でない要素など存在しないので、カオス理論は初めから、予言やヒエラルキーを通じて、はるばる遠いところから信号を送っていたのだ。互いに関係し合ってはいるけれど、それぞれが個々に発展するポテンシャルを持っていると。

「人間の神経系統の働き方を説明するぞ。まず、細胞接着分子に導かれて形成された、不規則な神経線維の集まりがある。これは、フィードバックの過程を通じて、互いに関係のあるものが近づいてペアを組むよう、細胞接着分子が神経線維を導いた結果できたものだ。面白いのは、結びつきが完全に同じペアは存在しないということなんだ。それ自身を組織する別個のものでありながら、一つのネットワークに縛られている。同じような意識が、社会経済レベルでも発生している。カオスを好意的に見ることは、未来をマネージメントするための鍵だ。活動においては、非線形の環境を作り上げることで、すべての線上にいるすべての人が役割を果たし、創造的な突破口を実現するようになる。アムネスティ・インターナショナルやグリーンピースは、国境や社会的ヒエラルキーに捕らわれることなく成果を上げるグローバルなネットワークの例だ。未来の行政は、多次元ネットワークを構築するという見方をする者も多い。その結果、各人に選択肢が増えるがゆえ、各人がそれぞれの役割や能力を通じて、世界をコントロールする一端を担うことができるようになる」レウベンが詳細に説明した。

「レウベン、そうなると、アヴァタープもバーチャルだということ?」

「俺にはわからない。お前はどう思う?」レウベンは、聞き返した。

「僕は、実在の人物がいいと思う」ディマスが威勢よく答える。今回は、ディマスの頭に電球が光った。

「各登場人物の日常生活に直接触れることができる人物として描きたい。そうすることで無意識に、みんながみんなを映し出すんだ」

ラナ

ここ何週間か、ラナは、毎晩パソコンの前に座っていた。記事を待っていた。そこに力を探し求めて。

最初は、サイコパスが好んで読む類の配信記事かと思った。すべての裏側にいる人はたぶん、すべてを逆転させることができる驚異の能力を持ったサイコパスなのだろう。だからラナが突然精神病の世界へ迷い込むこととなり、逆にその人物が唯一正気な人となったのではないか、とそんな風に考えていた。

ところがしばらくすると、その記事が心のオアシスとなっていった。記事を読むとリフレッシュできた。笑えるようになった。ヒリヒリした痛みで顔を歪めることもできるようになった。日を追うごとに、確実に違う世界が見えるようになっていった。

でも、少々疲れてきているのも事実だった。ラナは何度も質問を送っているのだが、まだ一度も返信がない。ラナの理解が足りていないから、返事が来ないのかもしれない。スーパーノヴァが質問として認め、回答をくれるのは、いったいどんな質問なのだろう？

最初に送ったメールは、これだ。

スーパーノヴァ、私はあなたの記事すべてに、心から感動しました。

自己紹介させてください。私は二十八歳の女性です。

夫は、優しいし、社会的にも成功しています。一見、私の家庭に足りないものなどありません。

しかし数カ月前、私は別の男性と知り合いました。そして、お互い恋に落ちてしまいました。

彼は、私がこれまでに出会った誰よりも素晴らしい人物です。

それだけではありません。彼ほど、ぴたりと合う人はいないのです。私が言いたいことが伝わるとよいのですが…。

彼は完璧ではありません。私も、夫だって完璧ではありません。

しかし彼は、私のぽっかりと空いた穴に、ぴたりとはまる欠片のような人なのです。


私たちは、一緒になりたいと思っています。つまり、夫とは離婚するということです。

しかし、重すぎる決断をできずにいます。

第一に、夫の家族は、古くは貴族の出身です。その名声は、これまで非常に厳しく守られてきました。社会的地位のある彼らにとって、私たちの離婚は恥となるでしょう。

第二に…


ラナは、六つのポイントを体系的に綴った。しかし、返信はなかった。

スーパーノヴァ、私はあなたの記事にとても感激しました。私は、ちょっとした問題を抱えています。そして、あなたならきっと力になってくれるだろうと確信しています。

その問題というのは、結婚しているのに、他の男性を愛してしまったということです。とても愛しています。これって間違っていますか？

スーパーノヴァ、あなたの考えをお聞かせください。私からのお願いは、ただそれだけです。

やはり返信はなかった。

スーパーノヴァ、例えばあなたが結婚しているとします。

ある日、他の男性（または女性）に出会い、恋に落ちてしまった。深い深い愛です。

そうなったときあなたは、新しい相手のために、夫（または妻）の元を去ることができますか？

馬鹿馬鹿しい質問だ。送るのはやめた。そんな状況、スーパーノヴァに起こるはずがない。スーパーノヴァは、こんなレベルの問題に対峙することなどないだろう。

スーパーノヴァ、私は、本当の自分を知らない状態で、今までに何度も重大な決断を下してきました。

今の私は、本当の自分を知っています。私は、すべてを一掃するべきでしょうか？

たとえ、たくさんの人を失望させることになったとしても、すべての代償や責任や、私が以前に立てた誓いをも放棄して、新たな理想を手に入れるべきでしょうか？

それとも私は、これも自分の人生の一部であると認識し、すべてに耐え、すべてを受け入れるべきでしょうか？

返信なし。

スーパーノヴァ、私は過去に戻りたいです。過ちを、なかったことにしたいのです。運命を変えたいのです。

今まで、勇気を持って人生に立ち向かったことはありませんでした。そのことを後悔しています。

私は、もう一度自分自身のことを知りたい。自由に愛したい。どうか助けてください。

返信なし。

スーパーノヴァ、私のメールに一度も返事をくれないですが、あなたは本当に存在するのですか？

それでも、返信はなかった。

ラナは、やるせなくて悶々としていた。気に留められてすらいないのだろう。魅力的なフレーズの裏で、このサイコパスは、人権、グローバル経済、生態系等といった大きな問題にしか興味を示さず、ラナが送ったような小さな問題には、目もくれないのだろう。（嘘つき）不満が口を突いて出た。このサイコパスはきっと、雲の上に立ち、世界の過ちをアレコレと指さして非難する、横柄な哲学者なのだろう。リアルな心の叫びは、届かないのだと悟った。

スーパーノヴァ。あなたの正体が誰だとしても、あなたは傲慢の塊だ。
無関心の塊だ。立派なことを口先で並べ立てることしかできないくせに。
私の問題なんて、お菓子の食べかすくらいにしか思ってないんでしょう。
その間にも、あなたは、しっかりと大きなお菓子を食べている。
この偽善者！　あなたが度々非難してきた人々や組織と同じくらい、ひどい偽善です。

いったい、自分を何者だと思っているんですか？　そして、話を聞いてもらえないほど、私に足りてないものは何なんでしょう？

やはり、返信はない。
そして、昨晩、ラナは最後のメールを送った。題名なしのメールだ。自分でも、もはやこれ以上何を書いたらいいのか、わからなかった。

私は疲れてしまいました。こんなことにいったい何の意味があるのでしょうか？
私がここで、自分の愚行をあなたに尋ねる意味は何なのでしょう？
あなたがそこで、私の話を聞かない意味は何なのでしょう？

その晩、驚くべきことに、一通のメールが届いた。

From：スーパーノヴァ
私は、ここにいます。あなたからのメールは、すべて拝読しました。あなたが問い続けるよう、こうして返信しています。あなたが、存在する質問一つ一つを問うようになるまで、待っています。

ようこそ。

19　心の津波

昼の十一時。電話が鳴った。レーは額にしわを寄せた。

「もしもし？ 後でかけなおしてくれないか？ もうすぐ会議が始まるんだ」

「レー？」弱々しいラナの声がした。小さく、囁くような声だった。「私、入院したの」

一瞬で、レーの顔色が変わる。

「まさか心臓じゃないだろ？」緊張した様子で尋ねる。

「それが、心臓なのよ」か細い声が、ますます悲しい。

ラナの胸には、手術の跡がある。レーはその傷跡に触れては、よくこう話しかけていた。「この心臓に何かあったら、僕は喜んで君のために息をするよ」そんな言葉が現実になってしまっただなんて。信じたくなかった。

「何があった？ 医者は何て言ってるんだい？ また手術になるのかい？」

「お医者様が言うには、私は恋に落ちてるらしいの。とても深い愛なんだって」ラナが小さく笑うのが聞こえた。

「姫、ふざけないでくれ…」

突然、声色が変わり、少し慌てている様子が伝わってきた。「レー、私、もう電話できなくなるの。私の携帯電話は、アルウィンに預けるから。無事を祈っててね」

そこで切れた。レーは、心の津波の中に取り残された。


ずいぶん長い間、病院の出口で立ちすくんでいた。落ち着いていられず、ダメだとわかっているのに、ここまで来てしまった。こんな苦しみは今までに経験したことがなかった。レーは携帯電話を取り出すと、おぼつかない手つきで、エルに電話をかけた。繋がらない。そして、心の中で、独り呟いた。

（エル、僕を助けてくれ。五分しか彼女に会うことができなかった。しかもその場には、僕の他に九人もいたんだ。僕はあのとき、「あなたはいったい誰？」と言わんばかりの人々の目線に耐えられなかった。たったの五分だ。横になっている彼女を抱きしめることもできず、ただ見つめることしかできなかった。ベッドの遠い端っこから、「早く元気になって」なんて声を掛けることしかできなかった。本当は、あそこで一晩中ずっとつき添ってやりたかった。でも現実は…、なぜ僕は怪しまれなければならないんだ？　なぜ僕は不自然に見えてしまうんだ？　なぜ僕はここにいてはならないんだ？　エル、助けてくれ…）

「フェレーさん、まだ帰らないんですか？　誰かお友達を待っているとか？」突然話しかけられ、驚いた。ラナの同僚のレポーターが、ゴシップに飢えた目でレーを見ていた。

「ちょうど今帰るところです。たまたまＤ病棟に知人が入院しているので、見舞いに行ってきたところなんです」淡々と答えた。レーはどんな危機に瀕しても、堂々としている。絶対に、仮面は外さない。

一時間後、通りがかった二人に、再び同じことを聞かれた。

三時間後、看護師たちが怪しむ目でこちらを見ながら、通り過ぎて行った。時折ラナの親戚もやってきたが、やはり変な目で見ていった。まるで病院の警備員かのように居座るレーを見て、ミステリアスな雰囲気をまとったラナの見舞客の一人として、認識されたのだろう。

ついに四時間目に突入した頃、アルウィンが前を通り過ぎて行った。彼が自分の存在を察知しているのかどうかは、わからなかった。確かなことは、その表情が疲れ切っていたということだけだった。

それを見てレーは、自分の顔の方がもっと酷いことになっているに違いないと、ふと我に返った。少なくとも、夫という立場にいる彼にとっての試練は、妻の病気以外にないのだ。

僕は、あなたのことをよく知りません
僕たちは、友達でもありません
でも僕は、神に誓って、あなたを傷つけたくありません
今あなたの手にあるものは、僕が欲しくてたまらないものです
あなたにも、理解できるでしょう？
僕たちは、強力な磁気に引っ張られ、一つの星の周りを公転する惑星です
この軌道以外に、僕が進む道はありません
だからどうか、彼女を共有することをお許しください

我慢の限界だった。

「もしもし、エル？　実はまだ病院にいるんだ。ラナは、今晩手術するらしい。もう、頭が爆発してしまいそうなんだ」

「そんなところで、何やってるんだ⁉ いいから、早く帰れ！」

「でも…」

「お前の居場所は、そこじゃない」

「帰るなんてできない。病室で横たわってるのは、他の誰でもなく、ラナなんだ…」

「おい、お前がもっとも愛するそのラナの名字を教えてやろうか？ 早く目を覚ませ！」

叫び出してしまいたかった。「二度と口出しするな…！」

「口出しだと？ これは、お前が自分で選んだ現実だろ？ お前は、間違った相手を愛してるんだ」

レーは、開いた口が塞がらなかった。

「その言葉は訂正させてもらう。相手が間違ってるんじゃない。問題なのは相手ではなく、この状況だ」そして、ついに耐え切れなくなった。

「もう、うんざりだ！」荒々しく電話を切った。（状況だ、状況が悪いだけだ。わからない奴め）

すぐに電話が鳴った。エルからだった。エルは、友の頭に理性を取り戻すため、全力で頑張った。

レーも疲労困憊で、今回は黙っていた。エルが無駄口を叩くのを、聞き流した。

「じゃあ、今すぐ帰るって約束してくれるだろ？」

「約束はできない」

「まったく！ お前はいったい何がしたいんだ？」

もう黙ったままでいるのは嫌だ
ありとあらゆる隙間を抜けて、ありとあらゆる穴も通り抜けて、
みんなの鼓膜へ響くよう、声高に叫びたい
彼女を愛している、と

ふとレーの目に、アルウィンの姿が映った。外の壁にもたれかかって立っている。震える手に、一本の煙草があった。煙が出ている。怯えているようにも見えた。誰が見ても、ひどく物悲しい光景だった。

「今、帰るよ」まったく気が進まなかったが、ついに決断した。

こんなときに何だけど、聞いてみてもいいかい？
君にとって、僕って何だろう？
君の指にかわいらしくはまっている指輪と同じくらいの価値が、
僕にもあるかい？
僕といると、履いている感覚がないほど快適な古い靴と同じくらい、

居心地よく感じるかい？
君の命と同じくらい、僕の命を大切に思ってくれるかい？
それとも、僕の名は、何秒かチカチカと光って終わるだけ？
光った後は、天国に吸い込まれる魂のように、昇華していくのだろうか？
姫、僕が言いたいこと、わかってくれる？
君がいるから、僕は現実に生きたいと思うんだ

レーは、その場を去る前に、もう一度辺りを見渡した。冷たく静まり返った病院の様子が、自分の運命と重なり合った。とてもむなしかった。

20　思考の狭間で

向かいの男が、いつもの部屋にいるのが見えた。機嫌が悪いようだ。荒れ狂う波にもまれて、今にも転覆しそうな船みたいに見える。眉間にしわを寄せ、目つきも悪く、表情は硬い。気分が沈むような光景ではあったが、万物はいつも通り美しかった。

そして、不規則なリズムで手を動かしはじめた。インスピレーションの流れは、勢いよく流れ出るときもあれば、ぽたぽたと雫が滴るだけというときもある。その流れに、ただ身をゆだねた。流れには、逆らわない。なぜ絵を描くのか、キャンバスに何を描いたのか、画家はそんな疑問を抱かない。それと同じだ。

ディーヴァは、手を伸ばして窓に触れた。（ねぇ、愛に溺れるそこのあなた、あなたががぶ飲みしているものを、あたしに一口分けてくれませんか？　いつかあなたが倒れるようなことがあれば、あたしはどん底に落ちることなく、不安定な気持ちってどんなものなのか、知ることができるでしょう？）

そして、ゆっくりと唇を噛んだ。嵐を越えたところにディーヴァが見ているものを理解する者は、誰もいない。

――**アルウィン**――

妻が眠るベッドの横で、アルウィンは静かに座っていた。遠ざかっていく彼の背中が、脳裏にはっきりと焼き付いていた。あの男は、重い足取りで帰って行った。深く刺さった錨を抜くのは難しいということは、十分にわかっている。二人を引き離すことはできない。

ラナの心は、しっかりと彼に固定されている。アルウィンは、ベッドから遠いところに立つフェレーを見つめる妻の眼差しを目の当たりにしたとき、そう直感した。彼以上に重要なものなど、何もないのだろう。一方の自分は、一番先に払ってしまいたい埃だ。

（ラナ、約束するよ。君が回復したらすぐに、君を世界で一番幸せな女性にしてあげる。僕が唯一できることは、たぶんもうそれしかないんだ。約束する）

フェレー

僕は、弱い人間じゃない
もし弱い人間だったなら、とっくに谷底へ身を隠しているだろう
僕は、強い人間だ
上を見上げ、正直をしっかりと掴む
でも、亡霊になる以外に何もできなかったら…、僕にもどうなるかわからない

レーは、顔を歪ませた。そして、泣いた。目から涙が落ちたのは、いつぶりだろうか？「泣けるのは、強いからだ」と言う人もいるけれど、レーが今感じている感情は、むしろその逆だった。自分がとても弱く感じられた。

ピンポン玉。そう、まさにピンポン玉だった。何の決断もできないまま、行ったり来たりしていた。

―ディーヴァ―


まだ同じ位置にいた。すべてを目撃していた。目が離せなかった。

（恋愛中のそこのあなた、まさかもう倒れてしまったの？　あたしは、あなたの谷底であなたを待っているわ。そこで、あなたは逆転し、真に愛を知る者となるの）


―フェレー―


なんとなく誰かに見られているような気がして、顔を上げて辺りを見回した。

レーの視線は、窓で止まる。彼女は、ゆっくりと立ち上がった。木枠で囲まれた窓ガラスと、植物のテラリウムを挟んで、二人は互いの姿を捕らえた。二人の間に存在する空間を吸い込んでしまうような視線だった。意味深く動く時間の次元にある視線だった。

そして、世界は二人のものではなくなった。世界は、消えてなくなった。大地そのものがなくなり、二人は置き去りにされた。

（流星）レーは、心の声が囁くのを聞いた。クリスタルのように透き通った声だった。

（こんにちは、恋愛に夢中なようね）ディーヴァも挨拶した。

ディマス＆レウベン

「もう耐えられない！」ディマスは自分の髪を引っ張った。

「おいおい、お前が強くならなくてどうする。意気地なしはやめてくれ」レウベンが荒っぽく言った。

「小説の作者は、誰かの味方になってもいいと思う？」

「科学的な実験でさえ、傾向に基づいて行われるじゃないか。研究者の主観が、研究結果に影響を及ぼすんだから、小説なら当たり前だ。誰かに肩入れすることだってあるだろう」

「それなら、僕は…」

「あらゆることに共通するが、俺たちには使命がある。この使命は、ある特定の登場人物のロマンスを理由に、妥協することはできない」

「君みたいに、割り切れたらいいんだけど」ディマスはため息をついた。

「お前が俺みたいになったら、小説を書くことなんてできないだろう？　浮かれるようにロマンティックな物語から科学を導き出すなんて、できなくなってしまう」

「じゃあ、僕が弱虫になればいいってこと？」

「そうじゃなくて、」レウベンが素早く訂正に入る。「お前は、俺が知る中でもっとも繊細な人間だ」

「素敵な言葉に直してくれて、ありがとう」皮肉気味にディマスが返した。

「意気地なし、弱虫、繊細。この三つは、ただ表現が違うだけで、すべて同じ意味だ。信じてくれ」そこでやめることなく、レウベンは、こう続けた。「真面目な話、お前は、影のある人間だ。お前の想像力は、マンデルブロの図の無限領域のフラクタルなんじゃないかと思うほどに素晴らしい」

ディマスは額にしわを寄せた。「いったいどういうこと？」

「そうだな…、思考の狭間にある影だよ。大脳皮質に触れないフラクタルな部分だ。この世界はすべて、影のポテンシャルで満ちている。それなのに我々の意識は、論理的に分類することや区分することに占有されている。その結果、美しさをないがしろにする。本当は、世界でもっとも優れた発見となる偉大なテーマは、この影から生まれるというのに。例えばアインシュタインは、五歳のときに連続性の影を把握していたのだけど、これが相対性理論の端緒となるインスピレーションとなった。別の言い方をすると…、影というのは、我々と他の領域の間に存在する、とてもプライベートな性質のものだ」レウベンは、言葉に詰まりながらも、そう説明した。

「君が何を言いたいのか、さっぱりわからない」ディマスは頭を左右に振った。

「お前は立派な人間だよ、ディマス」結局、最後に口をついて出た言葉は、これだった。「お前のいない俺なんか、舌のない口のようなものだ。俺の頭にあるアイデアだって、何の意味も持たなくなってしまう。お前は、俺の頭の中の影を、人々が理解することができる形に直して飛ばしてくれる、飛行機みたいなものだ」レウベンは、ごくりと喉を鳴らした。

「そして、俺と一緒にいるのに耐えられる人は、そう多くはないと自覚している。それなのにお前は、こんなにも優しく忍耐強い。本当にすまなかった。今まで無礼な態度を取ったり、非情な言葉を浴びせてしまったこともあると思う。申し訳ない」

ディマスは、何も言えなくなってしまった。目には、涙が浮かんでいた。そして、精一杯涙をこらえた声で、突然こう叫んだ。「まったくその通りだ！　謝るために、物理の理論を持ち出すクレイジーは、君だけだ！　それに、もしそんな人と一緒にいることを願う人がいるならば、そいつはもっと重度に違いない！」

レウベンは、顔を青くして驚いていた。

「つまり僕は、君より重度のクレイジーだということ」ディマスがそっと付け足した。

21　分岐点

許された時間は、たったの三十分間だった。

レーの方が彼女に都合を合わせたのは、これが初めてだった。会社に捧げる十数時間の中からどうにかやりくりをして、与えられた三十分に向けて、すべてを調整した。

このチャンスに、二人は抱きしめ合った。とても長い間そうしていた。ラナにとって、レーの腕の中に勝るものはない。どんな薬や点滴よりも効果的だった。

「ここにいて、私の脳になって」ラナが囁いた。ロマンティックな台詞にますます愛が燃え上がる一方で、レーはまたいつものパラドクスを感じていた。

……………もちろんさ、姫。いつだって、君の脳になるよ。

君が飲み込んだり、咀嚼したり、口に含んだりすることができるよう、喜んで僕を差し出すよ。

僕の人生最大の計画である「戦略的事業開発計画」は、変更することにするよ。一晩中、君を守っていられるようにね。

今の僕にとっては、君と二十四時間一緒にいられることが、一番重要なんだ。


僕にはまだ覚悟が足りないのだろうか？

僕はいつでも、君の準備が整うのを待っているよ。

でも君は、準備をしてくれたことなんてないじゃないか。

いつだって、「こうなったらいいな」って話で止まってしまうよね？

何一つ、実現していないよね？


「ラナ、こんなことはもう続けられない」

ラナは、その時が来たことを察知した。分岐だ。

「君がこんな風に病気になったり、他にも万が一何かが起こったとき、僕は何もしてやることができない。それがすごく苦しいんだ」

「わかるわ、とってもよくわかる」今にも涙がこぼれ落ちそうだった。

「泣かないでくれ。僕が言ったことを、負担に思わないでくれ。そういう意味じゃないんだ。ただ、この状況が…」レーも弱り切っていた。

「あなたは、どうしたい？」ラナが、まっすぐと目を見て、そう尋ねた。（私はただ、あの言葉を待っているのよ、レー。この状況を突破するための力が欲しいの。お願い、言って）

レーにとってこの質問は、今年一番の難問だった。皮肉なことに、こんな風に強く促されると、適切な言葉が何一つ出てこなかった。


……………………「離婚してほしい」


……………………違う、そうじゃないだろ。

それじゃあまりに直接的で、正直すぎるだろ？

少なくとも、そんな言葉じゃ嬉しくないだろうな。

「そんな質問をして僕に熱いボールを投げるのではなく、
君が自分で決めてほしい」

さっきよりはマシだけど、言葉が悪すぎる。

愛が亡霊のように偽りに生きるのは、妥当なのだろうか?
矢の羽みたいに宙を漂う亡霊のように…
僕は疲れないよう、地に足をつけていたい
手に入れたい
認められたい

「僕は、君が欲しい」ついに、そんな言葉が口を出た。
「アルウィンと別れてほしいってこと?」
また同じパラドクスに、直球のパンチを食らった。吐き気がした。

「それって、『1＋1＝2？』って質問するのと同じことだよ。僕たちは、もう100,000,500×4035. いくつくらいまで進んでしまっているのに？ 君自身がどうしたいかを言わずに、なぜまた僕に聞き返すんだ！」

ラナは、驚いて固まっていた。こんなに強い言い方をされるとは、思ってもいなかった。

「もし僕が、離婚してくれと頼んだり、君を連れ去ったりしたならば、僕ら二人に待ち受けるものは何か？ 君だって、それを正確にわかっているはずだ。僕も君も、同じだ！ 本当は怖いんだ。そして、もし状況が変わって面倒なことになったら、罪を被せることができるように互いに互いをキープしてる。そうだろ？ 何かあったときに、『こんなことになったのは、全部君のせいだ！』、『あなたがこう言ったから、私はこうしたんだ』って、相手を非難する口実にするんだろ？ こんなのでたらめだ！ 僕たちが現実に向き合うための準備は、何にもできてなかったということがよくわかった。ゼロだ」

ラナは、レーの言葉に傷ついたものの、まさにその通りだと思った。

「あなたの言う通りね」ラナはうつむいたまま言った。「私たち、ずっと同じところを回っていたわ。恐怖心。それ以外に、私たちは何もしてこなかった」

レーは、ため息をついた。「でも、僕は、また同じゼロのまま、ここを去るつもりはない。僕たちは、決断しなきゃならない。僕は、たとえ君がどういう決断をしたとしても、受け入れる覚悟でいる」

（決断）このたった一言が、みんなの顔と、複雑な状況と、ありうるたくさんの可能性を結び付けた。考えなければならないことが多すぎて、ラナの疲労感は相当なものだった。レーと同じように、吐き気を覚えた。

「私、あなたと一緒に行くわ」突然、そう断言した。

レーは、ぽかんとしていた。

「退院したらすぐに、アルウィンと話すわ」決意は固いようだった。

レーは再び、ぼんやりとしたバイオリンの音を聞いた。今回は、壮大な演奏をする準備が整ったオーケストラが背後にスタンバイしているかのように、堂々たる音を奏でていた。

「エルか？」

「お前、今何時かわかってる？」しわがれた眠そうなエルの声が聞こえる。声の後ろに、夜明けのアザーンが小さく重なる。

「寝てただろ？僕は、寝つけないんだ」

「それで？ まさか一緒に起きててくれなんて言わないだろうな。それとも、でかい赤ちゃんは、電話で寝かしつけてほしいのか？」

「ごめん、ごめん。実は、昨日の夕方から、知らせたいことがあったんだ」

「はーあ？」まぶたが、閉じかかった。

「ついに、ラナが旦那さんと話すって決心してくれたんだ。僕たちのこと、正直に話すって。それで、僕のところへ来るって」

「おめでとう」

「それだけ？」

「むしろ何と言ってほしい？『おめでとうございます。あなたはオーブンから出したての若くて綺麗な元人妻を、ついに獲得されました』これで満足か？」

「真剣に話してるんだぞ」

「わかってる。これはお前がもっとも望んでいたことだって、俺もよくわかってる。でもお前は、本当に準備できてるのか？ 殺し屋が家まで偵察しに来たらどうする？ 会社で撃ち殺されるかもしれない。ひどく酔っぱらった元夫が凶器を持ってやって来て、首を切りつけられるかもしれない。恨みを持った家族から集中攻撃を受けるかもしれない。タブロイド紙のゴシップに情報を売る奴だっているかもしれない。それで、『ミレニアム時代の家庭破壊者』という見出しで、お前の顔が一面を飾るんだ。俺が思うに、今まで以上に、左右、前後、上下を注意深く確認しないといけなくなるな。お前の人生は、今までよりも苦難に満ちたものになることだろう」

「素晴らしい分析力だ。今起きたばかりだとは思えない。就寝前にさぞかしたくさんの新聞を読んだんだろう」

「レー、俺はただ、お前に準備があるのかどうかを確認したいだけだ。お前だって、そう簡単に事が運ばないことくらい、想像がついているだろ？　だからこそ、起こりうるすべての可能性に警戒しろ。それに、ラナが旦那に話し出せるかどうかも疑問だな。お前を少し喜ばせようとしただけかもしれない」

「それはありえない」

「ありえないなんて言うなよ。俺だって以前だったら、すごく賢くて理性的な親友フェレーが、数えきれないほど多くの選択肢に目もくれず、よりによって結婚している女性を好きになるだなんて『ありえない』と思ってたさ。でも現実は？」エルは、フッと笑って続けた。

「レー、ありえないことなんて、何もないんだよ」

「僕はそんなの気にしない。怖くもない」

「ブラボー。勇者よ、前進し続けよ！」

「お前はなんで皮肉ばかり言うんだ？」レーは腹を立てていた。

「皮肉なんて言ったつもりはない。俺の意見は、わかっただろう？　それでも俺は、最善を祈ってる。それが何であろうとも」

「明日は日曜だよな？」

「ああ」

「教会へは行く？」

「たぶん」

「行けよ。行ってくれ。忘れずに、僕のことを祈ってくれ」

「俺は、果たして神が、不倫だの離婚だのに賛成してくれるかどうか、わからない」

「僕は、アダムとイブが本当に結婚したのかどうかわからないと思ってる。一緒に住んでいただけではないのかと考えてる」

エルは、つい吹き出した。「フェレー、やっぱりお前は頭がおかしくなったんだな。でも、俺もその意見には賛成だ」

――スーパーノヴァ――

その名がＩＣＱ（インスタントメッセンジャーサービスの名称）にログインすると、何十人もが一斉に話しかける。「ＴＮＴ」、みんなが待ちかねていたダイナマイト、スーパーノヴァだ。

その晩は、話しかけてきたうちの一名に、面白そうな人がいた。

〈ゲスト〉スーパーノヴァ、私は頭がおかしくなったようです。

〈ＴＮＴ〉素晴らしい。そういう時期に差し掛かっていたのではないでしょうか？

〈ゲスト〉これまで生きてきた中で、私が真剣に愛した女性は一人だけです。
私の妻です。そんな妻が不倫をしました。
不思議なことに、怒りが湧いてこないのです。
というより、彼女のことを責めることすらできません。なぜだかわかりますか？

〈ＴＮＴ〉なぜですか？

〈ゲスト〉相手の男性といるときの妻は、とても幸せそうに見えました。彼女はすっかり違う人間に生まれ変わったのではないかと思うほどでした。妻として私と一緒にいた数年間とは、別の女性になっていました。そして私は、彼女が幸せでいられる方が、嬉しいんです。

〈TNT〉あなたは苦しんだとしても？

〈ゲスト〉妻が私と一緒にいるときの様子を見る方が、よっぽど辛いんです。

〈TNT〉あなたは、それで大丈夫なのですか？

〈ゲスト〉わかりません。でもあまり気にもしていません。もはや私のものでなくなった妻を、私のところに引き留めておくことはできません。

〈TNT〉たしかに、自分以外の何かを所有することなどできません。そして、唯一所有することができるあなた自身が、実はすごく崇高で偉大なのです。

自分が考えている以上に、何だって受け止めることができるのです。何かを縛り付けるのではなく、手放したものが多ければ多いほど、自分自身の大きさを感じることができるでしょう。

〈ゲスト〉他人のために妻を手放すのは、狂気でしょうか？

〈TNT〉手放したときに、今までに味わったことのない正気を体感することになるでしょう。

22　飛ぶ練習

　ラナは、冷たい汗をびっしょりかいて飛び起きた。もう何日もそんな状態が続いていた。恐ろしい場面が、次々と夢に出てくるのだ。怒り狂ったアルウィン、何をしでかすかわからないような暗い目をしたアルウィン、ヒステリックに泣いている母親、気を失う義父母、終わることなく次から次に非難を浴びせてくる数十人もの親族たち…。

　そんな数々の場面が、腹を空かせたモンスターのように、ラナの勇気を食い尽くしていく。頭の中は空っぽになり、話す気も失せていくのだった。その上、これ以上レーに励ましてもらうことを期待するのも難しかった。あの日厳しく言われたことが、心に残っていた。弱気になってしまい、熱い気持ちも引っ込んでしまう。胸の手術跡が、余計にピリピリと痛んだ。

　残された唯一の希望は…。必死に探し求めたのち、ラナは、ついにスーパーノヴァのものだと確信が持てるＩＣＱ番号を手に入れた。しかし、スーパーノヴァがチャットルームに現れるタイミングは、まったくもって掴めなかった。

「スーパーノヴァ、あなたはいったいどこにいるの？」ラナがぽつりと言った途端、ある変化に思わず声が出た。あの名が、「TNT」が、オンラインになったのだ。（やっと来た、スーパーノヴァに違いないわ）

「きっと来てくれるって信じてた」ラナは、一人呟いた。傷の痛みも体の疲労感も一瞬で吹き飛び、一筋の希望の光が差し込んだ。この機会は逃せない。間髪入れずにメッセージを送った。何度でも諦めずに送り続けた。するとついに、スーパーノヴァから返信が来た。

〈ゲスト〉スーパーノヴァ、私は飛びたい。
眼下に広がる大地の怒号が聞こえないように、耳をふさぐ方法を教えてください。
自分の翼の力を信じる方法を教えてください。
飛ぶことができると信じる方法を教えてください。

〈TNT〉目に見える翼を持つ鳥でさえ、練習中には、失敗することもあります。
自信で形成された翼を持つあなたは、どうなるでしょう？
そして、信じることを学ぶ方法は、信じる以外にありません。

ラナは、そこで一度立ち止まった。このメッセージをきちんと理解しようと、読み返した。どういう意味だろう？　あれこれと考えたり計算したりすることはやめて、ただ飛べということなのだろうか？　タイミングを逃さず、勢いで生きろということなのだろうか？　思わずレーにあの言葉を言ったときのように？


〈ゲスト〉タイミングを逃さず、追いかけろということでしょうか？

〈TNT〉タイミングを追うことはできません。タイミングは存在し、通り過ぎて行く。過ぎた瞬間タイミングではなくなり、過去の記憶となります。

そして記憶があなたをどこかへ運ぶというのは、起こりえない現象です。

記憶とは、流れる川に沈む石ころです。あなたは石ではなく、流れの方になるべきでしょう。

〈ゲスト〉あなたの言いたいことが、よくわかりません。

私たちは、過去の過ちを改善していくべきではないのですか？

新しい未来を築くために、過ぎ去ったタイミングを生き返らせることはできないのでしょうか？

私はただ、後で後悔したくないだけなのです。自分の選択に確信を持ちたいだけなのです。

〈TNT〉おっしゃる通り、あまり理解していないようですね。

ラナは、うろたえはじめた。こうなると、スーパーノヴァからの返信は途絶えるのを知っているからだ。

〈ゲスト〉スーパーノヴァ、切らないで。助けてください。もう一度、説明してください。

〈TNT〉改善と後悔の間には、大きな違いがあります。しかしあなたには、その違いが見えていないようです。

何らかの後悔に対して改善を行うことと、まだ起こってもいない何かを憂い改善を行うこと。

この二つには、何の違いもありません。

この二つの恐怖を思い浮かべているうちは、あなたはどこへも行けないでしょう。

〈TNT〉毎秒、更新されています。毎秒、改善されています。

それにも関わらず、あなたが抱いているような恐怖心が、これを台無しにしてしまっているのです。更新が行われているということを信じさえすれば、あなたはいつだって飛ぶことができる。これから来るタイミングを楽しむことができる。何かを期待することなどなく。


〈TNT〉すべては、予期されることなく発生します。

人生で唯一確実なことは、「不確実」です。

あなたが唯一期待するのに相応しいのは、「期待しない」ということです。


〈TNT〉欲しいものとそうでないものをより分けて、本来変わるべき何かに固執するがゆえに立ち止まるのは、やめましょう。

いかなる善悪の評価をすることも、やめましょう。

あなたはそのために生きているのではないのですから。

あなたは裁判官ではなく、傍聴者であり受益者です。


「ラナ…?」

蜂に刺されたように、椅子から飛び上がった。蜂の正体は、アルウィンの声だった。ラナは、パソコンのプログラムをさっと閉じた。

「どうしたの？」ラナは何事もなかったかのように、取り繕う。

アルウィンはただ、押し黙っていた。今までに見たことのないような目で、ラナのことを見つめている。悲しい目をしていた。ものすごく深い悲しみだった。ラナは、一言もなくても、すべてを読み取った。二人の頭からすでに交わり合っているものを包み込むことができる言葉なんて、なかった。

二人は、まるで見知らぬ人同士のように、向かい合ったままでいた。

しばらくすると、アルウィンが慎重に動き出した。そして、妻を後ろから抱きしめた。その様子は、とても静かで、とても優美だった。

ラナは、こんなに独創的な瞬間を経験したことがなかった。何年も生活を共にするうちに、夫のことは大体わかっていたつもりでいたが、今までに感じたことのないミステリアスな雰囲気に流された。その瞬間は、どこで終わるかわからない道へ向かって、拡張していった。まったくもって新しい感覚だった。

「僕は、全部知っている」アルウィンの声が、氷河のように流れた。心の斜面を凍らせていった。

―アルウィン―


暗い。

霧雨の音。

時折重々しく吐き出される息。

よく耳を澄ませば、脈拍の音まで聞こえる。

小さくすすり泣く声。明けないようにも感じられる夜は、そんなもので構成されていた。

「泣かないで。お願いだ」

しゃくりあげる声は、やまない。

「君が、彼のことを本当に愛しているというのなら、僕は君を見送ることにするよ。これ以上、君を苦しめるようなことはしたくないんだ。僕のせいで、僕たち二人が苦しむのは嫌なんだ。二人とも、もう十分に傷ついた。そうだろう？」

返事はなかった。

「僕は、君を愛しているよ。愛しすぎている。君には、この愛がどれほど大きいかなんて、わかってもらえないかもしれないけれど…」

それを聞いて、ラナはますます泣きじゃくった。

「君を愛するこの気持ちさえあれば、たとえ君がいなくても、一人で生きていけるだけの力になってくれると思う」ごくりと喉が鳴る音が聞こえた。

「簡単なことではないと思う。でも僕は、これ以上君を困らせたくないんだよ。ただ、一つだけお願いがある」息が止まるように、言葉が詰まった。

「もう泣かないでくれ。君が黙って静かに泣いているのを、知っていたよ。君の泣き声が聞こえると、僕の心はとても痛むんだ。お願いだ、どうか泣かないで」

ラナの心は、粉々に砕け散った。

「長い間、僕はこの現実に目を背けてきた。でも、今は違う。やっぱり君は、僕以上の人といるのが相応しいのだと思う。君が望むような男になれなくて、ごめん。君が夢見た結婚生活を送らせてあげられなくて、ごめん。でも僕は、君のことを本当に愛している。僕の妻…でなくなったとしても、君は、ラナのままだ。いつまでも僕が尊敬する、ラナのままだ。そしてこれから先、この愛を上回る感情なんて絶対にないだろうと思っている。もしかすると、君はこれ以上の愛を知っているのかもしれないけれど」

アルウィンの言葉で、ラナはまったく別の次元へ導びかれていった。そして、三年前に結婚した男の顔を見つめるために振り返った。彼の視線は、当時とは違い、もうまっさらなものではないけれど、言い表せない不思議な意味を含んだ視線だった。（手放すことができるほどに深い愛）これを持っていたのは、ラナでも、愛するフェレーでもなく、アルウィンだったのだ。

今度は、アルウィンが驚く番だった。突然振り向いたラナにきつく抱きしめられた。それは、別れの抱擁ではないように感じられた。むしろ、「ただいま」という声が聞こえたような気がした。

ラナは、狭く小さな巣に、自由を見つけたのだ。彼女は飛んだ。…まったく予期していなかった瞬間に。


〈ゲスト〉スーパーノヴァ、思いもよりませんでした。

それまで必死に自分の手元に留めようとしていたものをいざ手放そうとした瞬間、なんとこちらに戻ってきたのです。

そんなことって、ありえますか？

この感覚は、経験したことがないものです。なんだか生まれ変わったような気分でいます。

〈TNT〉元来あなたは、何かを所有するために努力をする必要などないのです。

今あなたの目には、何かを維持するためにエネルギーを費やす人々が、不思議に映るのではないでしょうか？

すでに彼らの所有であるものを、自らが所有しようと頑張るなんて、驚きですよね。あなたは何かに対する執着を手放したので、むしろ完全な状態に一歩近づいたのでしょう。

〈ＴＮＴ〉全身全霊で、愛する。誰かや何かを愛することができる、唯一の方法です。それとは反対に、不完全な状態の感情や依存は、あなた自身を反映するものです。

〈ゲスト〉もう一つ気づいたことがあります。私は、彼女のことをとても愛している。でもそれ以上に、自分自身のことを愛しているんです。

私は、愛を持つ自分自身のことを愛しているということに、気がつきました。

〈ＴＮＴ〉それが、唯一存在しうる愛です。


アルウィンは、安心した。そして、ふーっと息を吐き出した。表情は、明るく輝いていた。息をすることがこんなに楽しいとは思わなかった。新たな活力が全身にみなぎった。それは翼であると同時に、飛んでいる感覚そのものだった。

23　個人的なこの世の終わり

二人の男は、パソコンの前で固まっていた。

「まさかこんな展開になるなんて…」レウベンが重々しく呟いた。

「僕もだよ。とにかく流れにまかせた」ディマスは、混乱する気持ちを消し去るように、顔をぬぐった。

「こういうストーリーにするつもりはなかったということか？」

「そうだよ、すべて流れ次第だよ。僕はただ頭に浮かんだことを、打ち込んでいるだけなんだから」

「不思議だな。まるで物語が自主性を持って、自ら動いているようだ」

「むしろ、原稿を越えて、僕はもう一つの人生を歩んでいるような感覚でいる。人生の中の人生ってありえると思う？」ディマスは、放心状態でそう言った。

「どうだかな。ただ、俺たちには、まだ心配しなけりゃならない人物が、一人残っている」

「騎士だね」


――**フェレー**――

この世の終わりには、きれいさっぱり皿を舐め上げる破壊の舌がやってくる。パンくずさえ残らない。米ぬかだって見逃さない。すべては、世界を消化する偉大な酵素によって、一つになるのだ。この世が終わるとき、その破壊の跡をも吸収してしまう、静かな爆発が起こる。どうやらこの世の終わりには、特別バージョンがあるらしい。個人的に、誰かがこの世の終わりを迎える場合だ。


私は後悔していません。あなたも、どうか後悔しないでください。

言葉で説明するのはとても難しいのですが、あなたはわかってくれていると信じています。私たちの間に存在した（そして、できればこれからも存在していくことを願っている）美しく深い愛で私が愛した人は、あなた以外にいません。それでも私は、あなたが探し求めていた姫ではないのです。

この美しい感情は、やがてクリスタルへと変化するでしょう。私はそれを大切に持ち続けます。永遠に。

フェレー、あなたは、私にとってもっとも特別な人です。あなたは私に、足枷を外すための力をくれました。あなたのおかげで自由になることができました。でもそれは、私たちが二人一緒に歩んでいかなければならないということではありません。

小さな一歩で引き返す私を、どうかお許しください。

ラナより

A4サイズの真っ白な紙に書かれた一枚の手紙は、罪のない山羊になりすますルシファーのように見えた。

一度目にこの手紙を読んだとき、レーの頭は空っぽになった。とても長い間、呆然としていた。二度目に読んだときには、笑いが込み上げた。レーは、この物語が始まったときから数々のパラドクスに見舞われていたが、その頂点ともいえる出来事だった。言葉にできない悲しみと苦しみの中にある笑いだった。

ふと、喜劇の中に放り込まれていたような錯覚に陥った。長く悲しい笑い話に、うんざりするようなメロドラマ風の展開が加わり、いつまでも続編が終わらない連続シリーズドラマ風の吐き気がするような希望も込められていた。視聴者も、「この涙は何のために流しているのだっけ?」と思うに違いない。泣いているのではなく…笑いすぎて出た涙かもしれないけれど。

頬がきれいだったのは確かだ。どんな水が流れた跡も残っていない。心が石のように固くなるにつれ、涙腺も固まってしまった。

灰色の脳細胞の振動が、再びじわじわと広がっていった。あのとき、昼食に行こうなんて誘っていなければ。あの朝、もっと忙しければ。インタビューを断っていれば。あの日が、存在しなければ。

僕がいなければ…。

皿は、料理を乗せられなければ、自分が皿だということを認識できない。この世の終わりは、永遠に記憶がなくなるということを意味する。フェレーは、空っぽだということ以外何も感じることができない、空の皿だった。自分自身のことさえ感じられなかった。自分のことが嫌だった。

騎士は、もういない。騎士は、大地をも見放させた愛と共に、死んだ。騎士は、空を飾る隕石の粉のように、木っ端みじんに砕け散った。

騎士は、終了した。

24 シュレーディンガーの騎士

ディマスは腕組みをして、頭を左右に振った。

「僕は、この後どんな展開になるのか全然わからない」弱ったといった様子で続けた。

「騎士は、失った自分の欠片を手に入れた。詩人としての自分だ。無意識にそれまで忘れていたホムンクルス、つまり彼の中の小人が、息を吹き返した。そして再び自分自身を好きになることができた。それなのに、すべてを失った。何もかもが無くなった。騎士は、もっとも大切で人間らしい宝物である『意味』を奪われた。意味がなければ、何のために生きていけばいいんだい？」

「たしかに、人生は意味を失ってはならない」レウベンも強い口調で言った。

「騎士の人生をまた灯すことができる意味なんて、あるのかな？僕にはわからない！」ディマスが叫んだ。

レウベンは、額にしわを寄せて、落ち着かない様子で足を揺らしていた。真剣に考えている証拠だ。

「今、俺たちが何に対峙しているか、わかるか？」そう尋ねた。

この問いには答える必要などないことを、ディマスは知っている。レウベンの頭の電球は、もう光っているはずだ。

「俺たちは今、物理学者にとって最大のジレンマを迎えている。シュレーディンガーが猫の実験で示したジレンマだ。まさに、これだ。シュレーディンガーの猫のパラドクスだ！」

「レウベン、ちょっと待って。僕たちは今、自分たちが創り出した登場人物の生死を決めるところなんだ。手品ショーの準備をしているわけじゃないんだよ」ディマスは、不満そうに言った。

「俺は、出まかせを言ってるわけじゃない。お前だって、あのパラドクスのこと知ってるだろ？」

「知ってるけど、いったい何の関係があるのさ？」

「そう急ぐな。今説明するから」レウベンは目を閉じた。頭に舞い降りて来たばかりの非局所的な信号を言葉へと変換した。「つまり、こういうことだ。猫の実験で、エルヴィン・シュレーディンガーの目的は何だったと思う？」

ディマスは、知らないと言った方がいいと判断し、首を左右に振った。

「目的は、電子の粒子移動の方向と行きつく先を検知することだ。シュレーディンガーは、それを調べるために、計数管ではなく猫を使った。毒物のシアン化合物が入ったカプセルと、放射性同位体が電子を破壊すると電源が入る引き金と共に、密閉された箱に猫を入れる。可能性は五分五分だ。もしスイッチが入ったなら、毒入りカプセルが割れて猫が死ぬ。引き金が動かなければ、猫は生きたままだ。一時間後、観測者が箱を開けて、結果を確認する。ここで発生する疑問は、箱が密閉されている間、猫にはいったい何が起きていたのか？　ということだ。数学的な方法で考えるのであれば、猫が死んでいるのも生きているのも、どちらも妥当だろう。ところがこの猫は、いかなる可能性も起こりうる量子物質だ。だから、この猫は半分生きていて、半分死んでいると、まとめることができる！　箱が開けられるまでは、その量子物質は、半死半生の状態にあると定めることができるんだ」

「オッケー、短く言えば、ゾンビ猫ってことだね。死んでもいないし、生きてもいない」ディマスは我慢の限界を迎えていた。「その話は、どうしたらいいかわからずに自分の殻に閉じこもってしまった騎士と、いったいどんな関係があるんだよ」

レウベンは目を丸くした。「お前だって見ただろう？　騎士は、閉ざされた本の中にいるシュレーディンガーの猫みたいじゃないか！　彼は今、人生を終わらせるか否かを決断するゲートに立っている。これは、粒子の二面性と同じような現象だ。つまり、粒子には、波としての側面もあるわけだ。後に、これには波粒という名がつけられた。波粒は、量子の領域にしか存在しない。ところが現実には、その場にいる観測者が、粒子と波のどちらを選択するか決めることになる。観測者がその選択をしなければ、波粒は永遠に、粒子と波の間を彷徨うんだ」

「もうちょっと簡潔にならないの？」ディマスが苦情を入れる。「今の話、僕がまとめてみるよ。君と僕がコインを使って賭けをする。選択肢は、図柄の面と数字の面の二つだけだ。確率は同じ。コインを投げて、両手のひらで覆い隠す。手を開けるまでは、上を向いてるのは数字かもしれないし、図柄かもしれない。これで合ってる？」

「完全にその通りだ！　なぜ俺は今までこの例えを使わなかったんだろう？」

「つまり君が言いたいのは、騎士は今、生きてもいないし死んでもいない状態にあるってことだよね？　ゾンビみたいな感じで？」

「数学的な考え方をすれば、そうだ」

「ナンセンスだ。このパラドクスを終わらせることができる方法が、他にあるはずだよ」


――**フェレー**――

世界など存在しないと感じるほどの孤独に陥った。こんな二十四時間は、今まで経験したことがなかった。外の喧噪も、彼に触れることができなくなった。フェレーと、未使用の九ミリ口径のピストルのみが、そこにあった。お土産にもらったピストルで、その晩までは、ただの飾り物だった。「いつかロシアンルーレットで遊ぶかもしれないからね」と笑いながら銃弾を一つ込めた日のことが思い浮かび、レーはほんの少し微笑んだ。この人生をゲームで終わらせることになるなんて、想像もしていなかったが、第六感はあのときすでに感じ取っていたのかもしれない。

もしかすると、レーがこの世に誕生したのだって、ただのゲームだったのかもしれない。神様の行きすぎたユーモアだ。

レーは真面目に生きすぎたことを後悔した。真面目さは、彼をどこへも連れて行ってはくれなかった。何もかも、もう手遅れだった。

ディマス&レウベン

「わかったわかった、もうちょっとだけ辛抱してくれ」レウベンは、不満を爆発させたディマスを落ち着かせようと、なだめた。

「コペンハーゲン解釈というものもある。コペンハーゲン解釈は、重ね合わせの原則を用いて説明することが可能だ。生きてもいないし死んでもいない状態というのは、超自然的なレベルで可能性として存在するだけの抽象的な概念だ。我々の観測こそがどちらかの可能性を潰し、二分されている状態を、観測を行う場の次元において一つに絞るのだ」

「ちょっと待って。ある次元では生きている騎士がいて、別の次元には死んでいる騎士もいるということ？」

「うむ。たしかに、二分された状態を観測するには、宇宙を、並行する二つの次元に枝分かれさせなければならない…」レウベンまで頭を抱えはじめた。

「すっごいアイデアが浮かんだ！　並行する二つの次元で、二つの物語を書こうじゃないか！」

ディマスは、大興奮していた。

「ちょっと待て。落ち着け。そんなに簡単なことでは…、いや俺が言いたいのは、そんなに複雑なことではないんだ」慌てたレウベンが、言葉に迷いながら続ける。

「残念だけど、そのアイデアは難しすぎる。一回の観測に、二倍の材料と労力が必要になるということだ。これは無駄遣いというものだろう。しかも、並行世界、つまりパラレルワールドは、互いに関係を持たないと言われている。これを実験するのは困難だし、科学的な視点から見ても意味がない。もちろん、ＳＦでは、それぞれの世界が結びつく展開にワクワクするし、そうでなければ盛り上がらない。でもお前が書きたいのはＳＦじゃないだろう？」

「違う…」ディマスが落胆した様子で、ゆっくりと言った。

「今こそ、もう一度確認しよう。お前が書きたいものは何だ?」

「サイエンス・ロマンスさ。ロマンティックで詩的で——」

「そしてリアルなやつだ!」レウベンが言葉を引き取った。

「俺は、できるだけ正しく、研究による事実を表現したい。科学の到達範囲と、人間社会の生活レベルにおいてそれがどのように応用されているか、ということを」

「わかった。パラレルワールドは…、やめよう。続けて」ディマスは不満そうに負けを認めた。燃え上がったアイデアに、仕方なく水を撒いた。

「今、俺の頭にはゲシュタルトの図が浮かんでいる。ゲシュタルトって聞いたことあるか?」

「君は、言葉の選択を間違っている。いつもそうだ。言いたいことは普通なのに、使う言葉が普通じゃない。気づいてる?」

「自分の誤りには気づかないさ」レウベンは負けず嫌いだ。「ゲシュタルトの図というのは、絵を生む絵だ。一番有名なのは、老婆と少女の絵だ。二つのイメージが同時に存在し、一つの絵となっている。それなのに、二つの絵を同時に見ることはできない。老婆か少女のどちらに焦点を合わせて、一つだけを選ばなければならない。ゲシュタルトの図を見るたびに、毎回選択するんだ」

「その絵のことは知っているよ。でもゲシュタルトという名は初めて聞いた」

「だから、自分の誤りには気づかないと言っただろう?」レウベンはやっぱり負けたくなかった。

「続けるぞ？　現実というのは、ゲシュタルトの図と同じように発現する。俺たちは、その絵を二つに破いたり、紙を回転させたりしない。それでも意識が選択し、自分が決定したものを認識する。これは、騎士と同じじゃないか？　つまり騎士の意識が選択し、運命を決定していくんだ」

「なんだかわからなくなってきた。僕たちはよく『意識』について話すよね？　今君が話している意識は、どんな意識のことを指しているの？」ディマスは、戸惑っていた。

「それだ。エピメニデスと同じことさ。局所的なレベルでの意識について話している場合、終わりのない二分の世界にはまっていく。つまり、俺が言いたい意識は、システムの外になければならない。システムとはつまり、物質的な現実の構造のことだ」レウベンの答えは確固たるものだった。ディマスは、しばしの間黙り込んだ。新たに入ってきた知識を、飲み込もうと頑張っていた。

「どうした？　まだ理解できないことがあるか？」ディマスの周囲に飛び交うハテナマークを、レウベンがキャッチした。

「うん、ある」ディマスは気になったことを訊いてみた。「さっき君が言っていた、この物質的な現実では、波を収縮させるのは意識だという点なんだけれど、とても論理的で学術的だよね。でももし、観測者はいるのに、その人が意識を失った状態にあったら？　このパラドクスはどうなるのか、知ってる？」

レウベンは、落ち着きある笑顔を浮かべた。この質問を受けるだろうと、予想していたようだった。

「そこにこそ、consciousness と awareness を使い分ける重要性がある。『意識』と『気づき』だ。意識は常にクリアで、触れることができず、非局所的な領域にある。ただ、量子のどちらかの側面を収縮させるためには、気づきが必要になってくる。一方、『意識を失う』という表現は、一般的な心理学用語では、寝ていたり、失神したり、仮死のような状態を表す」

「それで、『非局所的』っていうのは、いったい何なのさ？　説明してくれる？　まるでUFOから受信したミステリアスな信号みたいなものに聞こえてしまうんだけど」

「なんと！　それは質問してくれて本当によかった。簡単なことだ。物質的な領域、つまりこの現実に捕らえることができるものはすべて、局所的な信号だ。例えば、テレビ、ラジオ、赤外線なんかの電波がこれに含まれる。実際には、俺たちはみんな、非局所的な信号でもって、互いに繋がり合っているんだ」

「それじゃあちょっと質問してみたいんだけど、もし非局所的な信号を感知することができなかったら、君はそれが存在することをどうやって証明する？」

レウベンは笑い飛ばした。「お前のその発言は、懐疑的な還元主義者たちの言葉そのものだ！　よし、懐疑的なお前に、ファラデーケージという有名な実験の話をしよう。ファラデーケージというのはつまり、…変に訳さず、このまま英語でいこう。ファラデーケージは、ケージとは言っても、檻ではないんだ。あらゆる電波を遮断することができる特別な金属で、全面が囲まれた空間だ。電波を利用するものは何でも、どんなコミュニケーションツールだって、このファラデーケージの中では用をなさなくなる。そこで、二つの別のファラデーケージに一人ずつ人を入れる。これで二人共、コミュニケーションが取れなくなった。ただし彼らは離れ離れになる前に、心理的な繋がりを十分に感じられるまで会話などをしてから、それぞれの空間に入った。別々の空間にいる彼らは、体にセンサーを取り付けられる。神経センサー、心臓センサー、脳波センサーなんかだ。これは、刺激応答が発生するかどうかを調べるためのものだ。さて、この後どうなると思う？　どちらか一人に対して何か質問をしたり動作をさせたりすると、もう一人も同様の刺激応答を示すんだ！　もちろん、意識の上では、となりの空間で何が起きているかなんて、まったく知らないというのに」

ディマスは、その話にすっかり魅了された。「ということは、僕たちはみんなお互いに繋がっているということだね。それがどんなに細い繋がりで、無意識だとしても」

「たしかに、意識されないことが多い。俺たちの体は、脳で処理される数の何百万倍もの刺激を受けている。目覚めている状態にあるときの意識の感度が、死体のそれとあまり変わらないとしたら…？　それこそが、非局所的な超越した意識だ」

――フェレー――

フェレーは、彼自身を動かす唯一の欠片――最後に残された意欲だった、仕事中毒という欠片――まで奪われ、何の志も持たないロボットへと逆戻りしてしまったことに気がついた。仕事中毒の男さえ、いなくなった。今や欠陥ロボットだ。

（詩人よ、君はまだそこにいるかい？）レーは、心の奥底へ向かって、何度も呼びかけた。この世界を舞台にした最終公演で、別れの詩を詠んでほしかった。

すでに二十四時間も待っているのだが、答えはなかった。詩人は、本当に行ってしまった。もしかすると、死んでしまったのかもしれない。少しの反響すら返ってこなかった。レーはやるせなくなって、手を固く握った。（僕は、こんな風に去りたくはない）

――ディーヴァ――

ふいに目に入ってきたいつもと違う光景に、心がざわついた。時計を見て、もう一度確認した。やっぱり変だ。昼の十二時半になるというのに、なぜ向かいの家の車があるのだろう？ 家じゅうすべての窓にカーテンが掛かっていた。恋愛中の男がいつも、恋のワインを楽しんでいるあの部屋にも。

太陽が西に傾いても、家の様子に変化はなかった。ディーヴァは、どこへも行かないことにした。向かいの家を五時間も観察するうちに、気になってたまらなくなった。そして、何かしらの動きを待っていた。

夕方が夜になり、夜はさらに更けた。それでも何の変化もなかった。

ディーヴァは、向かいの家が見える位置で寝ることにした。（いったい何があったの？どこかに飛んで行ってしまったの？まさか、自分で掘った谷底に、砕け散った心の破片を敷き詰めて横たわっているの？）

翌日になっても、カーテンは閉まったままだった。

ディマス&レウベン

「どんな手を使ってでも、このパラドクスを終わらせなければ」ディマスは落ち着かない様子で、呟いた。

「ということは、ここに介入する観測者が必要だな」レウベンは、ディマスを真っすぐに見た。

ディマスは、意味ありげなその視線から、合図を読み取った。

「さっきの賭けだね？」ディマスもレウベンを真っすぐに見返した。「コインは投げられた、でしょ？」

レウベンは小さく頷き、手を握りながら言った。「コインは、この手にある。さあ、開けてみようか」

25　谷底で

　突然ふと何かが思い浮かんだ。心に浮かんできたのか、脳に浮かんできたのか、そんなことはどうでもよくなっていた。そこに、膝をついてお祈りをする祖父と祖母が見えたことは、間違いない。いつも枕元に置いているロザリオもあった。毎晩のように聞いていたノベナの祈りの音が響いた。幼少期の自分の声が、主の祈りを唱えるのも聞こえた。断片的なこれらの光景が次々と目の前に浮かんできた。レーには、それが何を意味するのかわからなかった。

―― **ディマス＆レウベン** ――

「過去の光景は何を描写するためのものだ？」レウベンが小さな声で言った。

「僕だってわからないよ」ディマスは、一層困惑した表情を浮かべて、肩を持ち上げた。「たぶん、過去には他の分岐もあったんじゃないかと思う。幼少期に読んだあの物語だけではなく、もっと強烈な何かが」

―**フェレー**―

様々な場面が流れていく。ママのお葬式で泣く祖母。その横で自分のことを抱きしめてくれる祖父…。カーペットの上に横たわった体は、硬直していた。

レーは、これ以上見たくなくて抗おうとしたが、お構いなしに次々とやってくる。

ママの頭の周りに血だまりが見えた。手元には、小さなピストルが一丁。読めない手紙が一通。

(お前のママは自殺したんだ。全部パパのせいだ。パパは他の女性とどこかへ行ってしまったのだからね)

レーはその声を抑え込もうとしたのだが、目の前に現れたのは、なぜか絵本のイメージだった。(騎士と姫と流星)愛に飲み込まれ、愛に弱り、死んでしまった者の悲しい物語だ。母もこれと同じストーリーをたどり、死を選んだ。

レーだって不満に思っていたのだが、それについては誰も質問してこなかった。（なんで僕が置いていかれなければならないんだろう？　二人とも自分の恋愛に忙しくて、僕のことなんか忘れちゃったのかな？　ママ、あなたはなぜそんなに弱くて、自分勝手な人なの？　なぜ問題を解決することなく、パパから逃げたの？　そして今…）

レーは、声を上げて笑った。苦しかった。

天国にいるお母さん、そしてどこにいるかわからないお父さん、見ていてください。

あれから二十四年という月日が経ち、僕はあなたたち二人のようになりました。

僕は、危うく人妻を奪うところでした。

そして今、自分の命を運命に掛けようとしているところです。

どう？　自慢の息子でしょう？

おじいちゃん、おばあちゃん。

二人はいつだって、僕にお祈りを聞かせようとしたよね？
いいよ。でも、僕が自ら進んでうつむき、
目を閉じるだなんて、期待しないでね。

レーは、上を見上げ、できる限り高いところまで顎を持ち上げた。鋭い目線で、そこにあるすべてのものを、じっと睨んだ。

神様、
僕が話しかけても、あなたからの返事がこないことは、わかっています。
でも、僕のことはまだ覚えていますよね？
僕はあなたを認めないってこと、覚えていますよね？
今、僕には、終わりの時が刻々と近づいてきています。
だから思うがまま、話します。
諦めの境地にいる僕が、あなたに失望することをお許しください。
今までの人生、あなたのせいでずっと困惑してきました。

あなたはその偉大さを、妙な方法を使って示してこられました。
運命という名の、謎解きです。
今みたいな瞬間には、僕を笑顔にする方法も、僕を笑い者にする方法も
いくらでもあるのでしょう。

ディマス&レウベン

書斎はしんと静まり返っていた。二人とも全集中力を注いでいた。彼らの頭には、家にこもる騎士のことしかなかった。

「騎士は残りの力をふりしぼって、創造主に立ち向かった。均質な世界で、騎士は神の気を引こうとしたんだ。侮辱という方法を使ってね」ディマスが、今打ち込んだことを説明した。

レウベンは、息を吸った。そして緊張した面持ちで言った。

「こんなに小さな物体の中に、命を持ち去っていく死の天使がいるだなんて、誰が想像できるだろう。ピストルを握る騎士の手は、どんなにか冷たいだろう…」

―ディーヴァ―

勢いよく起き上がりカーテンを開けると、向かいの家の窓を確認した。まだ閉まっている。ディーヴァは、唇を噛んだ。あの中で、何か重大なことが起きている。そう直感した。

（もう墜落してしまったのね？　谷底の冷たさを感じるといいわ）

―フェレー―

手が氷のように冷たかった。あれからまだ三十六時間しか経過していないというのに、血液は一刻も早く、その流れを止めたいようだった。一瞬、光沢のあるピストルの柄の部分に、自分の姿が映ったのを見て、笑ってしまった。（恐ろしい。アズラーイールは、結構凛々しいんだな。あの世の門番に相応しい）

―ディマス&レウベン―

「銃口を右のこめかみに強く押し付けた。少しも震えることなくしっかりと、人差し指を引き金にかける」


―ディーヴァ―

（あなたの崩壊は、あなたの意識のはじまりよ）


―フェレー―

右のこめかみに銃口を当てた状態で、呼吸は速いが、迷いはなかった。むしろ、とても落ち着いていた。

レーは、迷わず右を選んだ。右脳が、一番重要な責任を負う部分だと考えたからだ。整然とした左脳のシステムをかき乱す、認知を司る右脳。（もしや、右脳と左脳は共謀しているのか？）

右はやめた。今度は、ピストルを額の真ん中に突き立てた。

ここには第三の目があると聞いたことがある。(もしそうなら、もったいない) 死んだら何も見えなくなるというのに、そんなことを考えた。レーは、世界を見たくなかった。完全に目を閉ざしたかった。

レーは、目を閉じた。死ぬって、すごく心地のいいもののようだ。それならなぜ、生まれたのだろう?

ディマス&レウベン

いざ自分の順番が回ってくると、ディマスは黙り込んだ。そして、レウベンを見つめた。ディマスは、この位置に座っているのが嫌だった。引き金を引くかどうかを決める者に、なりたくなかった。

「銃弾はどこにあるんだ?」レウベンは、緊張した声で訊いた。

「今、彼が引こうとしている位置にある」ディマスは喉をごくりと鳴らし、続けた。「このロシアンルーレットは、終わりが早すぎる」

――ディーヴァ――

（あなたが知り得たすべてに対して、死ぬのよ）

――フェレー――

もうじき終わる。終わりに向かう一秒一秒、レーは時間に形があることを感じていた。筋肉と関節が終わりに向かって動くのを、細部まで感じていた。

――ディマス&レウベン――

二人は互いの顔を見合っていた。二人ともじっとその場を動かなかった。

―ディーヴァ―

（死ぬ前に死になさい。あなたの死は、あなたの解放を意味するのだから）

26　我選ぶ、ゆえに我なり — Opto, Ergo Sum —

銃弾より先に、何かが発射した。何度も繰り返し電圧を当てられたような痛みが走った。深いところに、針を刺されたような痛みだった。

（フェレー、この弾は、君？　僕を貫通し、僕の思考の生死を握っているものかい？

これが、君だといいのだけど。そうだったら、僕の愛情は歓喜を上げて流れ出す。お城の中で栄えることができる。この残りわずかな鼓動は、孤独な君の拳の中で緊張しているこの鼓動は、君にしか託すことができないんだ…）

―**ディマス&レウベン**―

「ちょっと待った！」ディマスが大きな声を上げた。「こんなのはダメだ！　これじゃ独我論じゃないか。意識を持つ存在は唯一自分だけであり、それ以外のものは架空の姿にすぎないとする自己中心的な哲学だ。自分でもおかしいとは思うんだけど、また感じるんだ。なんだか、この物語に関係する人生が、現実世界に存在するんじゃないかって」

レウベンは言葉にこそ出さなかったが、心の中で同じように感じていた。

「僕は、君がどうしたいのかわからない。でも、僕の直感が言ってる。騎士は死んじゃダメだって」

「そうだな」レウベンが、顔を手でぬぐいながら言った。ディマスの発言に、安心したのだ。

「僕らがペンを握っているというのに、僕にもこの続きがどうなるかわからないんだ。でも、さっきみたいな展開にするべきでないことは確かだ。僕は、どんな方法であるにしろ、その非局所的な意識が喋り出すのを待っている。話の展開を決めるのは、僕のエゴでも、君のエゴでもない」

「そうは言っても、今、騎士には何が起こっているんだろう?」

「今それを考えるのはよそう。それより、意識が真に意図するものは何なのか、もう一度突き止めよう。僕はそこが気になって仕方ない」

レウベンは驚いた。これほどまでに固いディマスの決意は、見たことがなかった。

——ディーヴァ——

（あなたは、今、立ち上がるのよ）

——フェレー——

レーは、微動だにしなかった。再び勢いよく血液が流れ出し、しびれるような感覚がした。ぬくもりが、じわじわと毛細血管まで広がっていった。

そして、まだ信じられずにいた。さっき聞こえてきたのは、心の耳に反響してきたものではない。誰かが耳元で囁くように、はっきりと聞こえたのだ。決断のゲートも見えなくなった。一瞬の間に何もない抜け道を通り抜け、レーは、まったく異なる大地へと押し出された。

その場で、思いっきり泣いた。全身が揺さぶられ、涙で目がこじ開けられるかのように、激しく泣いた。レーはそれまでこんな力を感じたことがなかった。

あの声は、名前を呼んでいた。あの声は、自分の声だった。

「よし、じゃあもう一度始めよう」レウベンは言うと、先ほどからコーヒー滓《かす》しか残っていないカップを再び手に取った。深い意味はなく、ただ手に何かを持っていたかった。

「意識には、異なる四つの側面がある。一つ目は、場としての側面、つまり総合的に考えるための場だ。目が覚めている状態や気づき―awareness―は、ここに含まれる。二つ目は、意識の客体、つまり今説明した意識の場を行ったり来たりする、思考や感情のことだ。三つ目は、意識の主体、つまり観測者や参加者のことを指す。そして四つ目、すべてを受け止める普遍的な場としての意識だ。デヴィッド・ボームは、これをホロムーブメントと呼んだ。つまり、あらゆる種のフィードバックの基盤となる部分だ。かつて存在したものも、フィードバック自体はなくても存在し続けるものも含めてね。意識の場の住人たちの中には、必ず同じパターンが存在することが示されている。なぜなら、基本的に彼らは、同じ基盤に根を張っているからだ。彼らはどうしたって分裂した一欠片なのだから、その大きな枠組みを確かめようとしても無駄ってわけだ。彼らに、全体図を託すことは不可能なんだ」

「やっとわかった。たいていの人は、自分の思考や感情に基づいて、自分の帰属を確認する。でも、そのせいで迷うってことだよね。僕たちが触れることができるのは、ただ行ったり来たり、上がったり下がったり、その場にとどまることのないものなのだから」ディマスが言った。

「それがデカルトの命題、『我思う、ゆえに我なり— Cogito, ergo sum —』だ。そして、本人が意識しているか否かに関わらず、多くの人がこれと同じ意見を持っている」レウベンが補足した。

「でも、実質的なレベルで実際に起こっているのは、『我思う、ゆえに我なり』ではないということだね」

「『我意識する、ゆえに我なり』でもない。意識を問う必要などないのだから、わざわざそんなことを表明する必要もない。確認するまでもなく、意識は存在している」

「『我選ぶ、ゆえに我なり』は、どう？ 選択をするのは、唯一であり、普遍的な主体だ。個人的な『僕』ではない」ディマスの表情は、晴れ晴れとしていた。

「我選ぶ、ゆえに我なり— Opto, ergo sum —」

二人は、ふーっと息を吐いた。二人の頭の電球交換は完了した。ゆっくりと確実に昇る太陽のように明るい電球へと。

27 宇宙全体が決める

夕方、エルの元に、レーの会社から連絡が入った。最高責任者が、連絡なしに二日間も行方不明らしい。多国籍企業でこのような事件が起こると、現地職員が追い込まれる。たった一人しかいない社長の行方を尋ねて、香港からニューヨークにいたるまで大騒ぎだった。どの電話も繋がらない。常時二十四時間体制にある携帯電話も、もう二日以上完全に電源が切られていた。固定電話の方も、「お客様の都合により」、繋がらなかった。

エルは驚きながらも、すぐにレーの家を訪ねることにした。連絡なしに会社を休むだなんて、今までのレーからすると考えられないことだ。しかも電話まで不通になっている。信じられないことが起きている。

何かあったに違いないと、エルは確信していた。もしかすると、友達の協力でも得てラナをラスベガスへ逃がし、そこで結婚するつもりなのかもしれない。そうでなければ、ジャカルタに住んでリスクを負うより、空想のジャングルで、ターザン&ジェーンになることに決めたのかもしれない。

行き止まりにあるレーの家の中には、人気《ひとけ》が感じられなかった。カーテンがすべて閉まっている。電気もついていないし、車は「早く洗車してくれ」と文句を言っている。

エルは呼び鈴を鳴らし、レーの名を呼びながら、何度もドアを叩いた。五分後、何の反応も返ってこない。十分後、何かが変だと心がざわついていた。さらに大きな声で呼びかける。近所の暇な家政婦たちが何人か野次馬にやって来た。住宅街の警備員も集まって来る。

「この家は、あなたのお知り合いですか？」

エルは振り返った。レーの向かいの家に住んでいるあの女性だ、ディーヴァだ。気づかないうちに、背後に立っていた。

「そう、フェレーの家だ。君も知り合いかい？」

「あなたのお友達のフェレーさんは、三日近く家から出て来ていないわ」

どんどん人が集まって来る。

「ドアをこじ開けろ！」

「何か異臭を感じる者はいないか？　死体の臭いはしないか？」見物人たちが好き勝手なことを言っている。

エルは、首を振った。これはまずい。突然、携帯電話が鳴った。（レーだ！）

「エルか？ 俺は中にいる」ひそひそ声だった。「ドアを開けたいんだが、その前にその野次馬たちを追っ払ってくれ」

エルは驚きの表情を隠せずにいたが、作り笑顔を浮かべた。そして、「友は旅行に出ていたらしく、今電話をしてきた」と集まった人々に説明し、帰るよう促した。面白い事件は起こらなかったと口々に不満を漏らしながら、見物人たちは散って行った。しかし、ディーヴァはその場を動かなかった。

「中にいるのね？」

「ああ」エルは、戸惑いながら頷いた。「でも、君も帰った方がいい。誰もいなくならないと、ドアは開けないそうだ」

「あたしとレーさんは、お友達よ」ディーヴァは落ち着き払っていた。

そこで、ゆっくりと扉の取っ手が動いた。レーは、うっすらと開いた扉の隙間に、エルの姿を捕らえた。その横には…（なんと彼女がいる！）

「大丈夫？」むしろディーヴァの方が先に問いかける。

ところが残念なことに、レーには答えるだけの力も残っていなかった。その先のことは自分が引き継ごうと考えていたエルも、早々に降参した。ディーヴァの方が先に一歩中へ入ったのだ。三人は気まずそうに互いを見合った。

最初に静寂を破ったのはエルだった。「お前、本当にやばいぞ」友の様子をまじまじと見た後に出てきた言葉だった。

レーは髭も剃らず、髪もぼさぼさだった。目は憔悴し、表情も沈み切っていた。そして、家が暗いせいで、吸血鬼のように見えた。

「しかも何か臭う」ディーヴァはそう言い、エルの方に向き直ってから続けた。「お友達にシャワーするように言って。あたしは何か夕食を持ってくるから」

呆然と立ち尽くす二人を残し、ディーヴァはさっさと自宅へ戻って行った。

「お前、本当にあの子と友達なのか？」エルは驚きつつ尋ねた。

レーが首を横に振ったので、さらに驚いた。

エルは一つも質問しなかった。舌がうずいたが、我慢した。この状況がすべてを物語っているからだ。レーが目の前に落ち着いて座っていてくれるだけ、まだマシだと思った。むしろ落ち着きすぎているようにも見えた。そのせいで余計心配になった。

しばし二人は何も話さず、黙っていた。

「休みでも取って、どこかへ行って来いよ。一旦全部投げ出せばいいさ」ついにエルが口を開いた。

「投げ出すものなんて、ないんだ」

再び静まり返った。

「俺が必要になったら、いつでも呼んでくれ。すぐに駆け付ける。でも今は、俺がここにいても何の役にも立てそうもない」エルは立ち上がると、さらに言った。「お前が無事でよかったよ」

「ありがとう。来てくれて、嬉しかった」レーは心からそう答えた。

エルが友の肩を叩くと、レーはその手を握り返した。ほんの数秒だったが、エルはまた違和感を覚えた。握る手が、力強かったのだ。心が滅茶苦茶になったばかりだというのに、それが行動に反映されていなかった。そして、エルがちょうどドアを出ようとしたところで、温かいマカロニグラタンを抱えたディーヴァが戻って来た。

「これしかなかったの。お口に合うといいんだけど」レーに差し出すと、エルの方へ向き直した。

「…エルさん、あなたも食べる？」

「遠慮しておくよ。ありがとう」エルは、たった一晩のうちに多くの違和感を感じ、困惑していた。

「僕は――」レーは、エルよりさらに混乱していた。

「いいから食べて。お腹は空いているはずよ」

深夜、テーブルに一人きり。レーは、目の前にある空の皿を眺めていた。この人生は、本当に奇妙だ。今日、明日、誰に出会うかなんて知っている人などいない。レーは、今晩、こんなに美味しいマカロニグラタンを料理してくれる人に出会った。

―**ディマス&レウベン**―

「レウベン、またキッチンへ行って、新しいコーヒーと一緒に戻ってくる前に、一つだけ説明してほしいことがあるんだけど」

「正確に言えば、お前が俺のコーヒーに文句をつける前に、ということだな。いいぞ。一応言っておくが、さっき飲んだ三杯はノンカフェインコーヒーだ」

「科学的には、その非局所的な意識って、どんな風に働くの？」

レウベンはさっとカップを置き、意気揚々と説明を始めた。「それは、素晴らしい質問だ。なぜか？　それこそが、物理と心理学を繋ぐものだからだ。それこそが、物理と心理学という二つの分野、いやさらに多くの分野の間の橋渡しをしてくれるものだ。心理学の主題の一つは、コミュニケーションだ。そして俺は、人間同士や異文化間のコミュニケーションだけではなく、意識のある世界とフロイトの真っ暗な無意識の世界の間のコミュニケーション、いや、それよりもさらに深いところまで探究したかった。俺は、非局所的な信号が、どうやってメッセージを通信し合うのかを知りたかった。そして、その方法は、実はすごくシンプルだったんだ。

非局所的な意識は、因果律を基準とせず、我々を通じて機能するんだ。別の言い方をすれば、ある一定の基準＝（イコール）我々ということだ。我々の思考は薄いベールで覆われているんだが、このベールは、絶対に突き抜けることができないというものではない。各々のレベルは異なるが、神秘主義者やアヴァターラなんかは、このベールを通過することができる。非局所的な意識は、因果律と連続性を持つものにおいては機能しない。脳内における量子の波の崩壊を通じて、瞬間や出来事を次々と彷彿とさせる創造的な不連続性において機能するんだ。量子跳躍または不連続性は、創造に欠かせないものだ。つまり、コミュニケーションを取るための唯一の方法は、システムからジャンプすることだ」

「過去の流れから、ジャンプするんだね？」

レウベンは、そうだと言うように頷くと、キッチンの方へ向いた。

「ちょっと待って」ディマスが引き留める。「やっぱり騎士が物語の外に生きているような妙な感じがしているんだけど…。もし非局所的な意識が僕らを通じて動いていて、騎士が実在しているとしたら、彼の生死は、物語を操る僕らの手に掛かっていた、ということ?」

「ダグラス・ホフスタッターは、そのような状態を『もつれた階層―tanled hierarchy―』と呼んでいる。英語のままの方が、俺は好きだ。階層が複雑すぎて、どちらが上位でどちらが下位かを定められない状況だ。誰かが誰かのことを定めるというのではなく、その計画自体がすでに存在していたということだ。『鶏が先か、卵が先か』という疑問にはまってしまうのと同じことだな。お前がシステムの中にいるうちは、鶏と卵の終わりなき階層を回り続けることになる。ところが一旦システムの外から眺めると、鶏という名の種に関する大きな計画が見えるので、その環にはまることはない。その計画自体は、衝撃に邪魔されない神聖なレベルにある」

「また意識の問題に戻るということだね。ということは、そのもつれた階層とやらは、僕らの思考レベルで発生しているんじゃないの?」

「その通りだ。意識こそが、全体の量子の状態を破壊し、二重の世界を作り、主体と客体を分離する。そして、意識が自分のことを『私』であると識別し、経験によって『私は存在する』となる。これら二つの経験は、もつれた階層にのみ存在する。一方で、その意識が存在する場所のレベルにあるのはただ『存在する』ということだけだ」

ディマスは自分の頭をぽかぽか叩いた。「どうしよう。僕は馬鹿だ。騎士が自殺する場面を止めたときに僕が指摘したことじゃないか。独我論だ! しかも危うく忘れるところだった…『我々』という言葉は、この部屋にいる二人の人間だけを指すのではなく、世界を指しているんだよね。もしかすると、外のどこかには、騎士があんな風に諦めてはダメだと思う他人がいるかもしれない。もしかすると、騎士自身がそう決めたのかもしれない」

「もうすこし正確に言えば、宇宙全体がそう決めたんだ」

それを聞いて、ディマスは全身がぴかぴか光るような感覚を覚えた。本当に驚いた。レウベンはそんなディマスを気に留める様子もなく、口笛を吹きながら、ようやくコーヒーを淹れに向かった。

28　おはよう、共進化

「おはよう」

「おはよう。もう仕事に行くの？」

「あぁ。君は？」

「お昼頃、家を出るわ」

「そうか…、昨日は、料理をありがとう」

「どういたしまして」

そして二人は、互いに笑みを投げかけた。レーが車に乗り込む。ディーヴァはスコップと肥料の入ったボトルを手に、まだその場に立っていた。

（見てごらんなさい。あなたの翼はもう成長しているわ。あなたは、気づいているかしら？）

―フェレー―

信じられない量の仕事が溜まっていた。ただ、驚くことに、レーはいつも通り冷静だった。あちこちへ説明するために半日は潰れたが、何事も起こらなかったかのような平静さを保っていた。不思議なことに、演技をしているわけでも、空元気なわけでもなかった。レーは、本当に何の問題もないと感じていた。

残った仕事は、すべて持ち帰ることにした。車に乗り込んで一人になると、脳が静まり返った。朝の市場のような騒々しさはない。空想することも、ましてや負荷がかかるようなこともなく、レーはただ運転した。

部屋に入ると、旧友が温かく自然に迎え入れてくれたような感じがした。記憶が呼び起こされ、心を突き刺すようなこともなかった。レーは、ばらばらに散らばったラナ宛ての秘密の手紙を集め、引き出しの中にそっとしまった。あの不細工な鉛筆も一緒に。しまいながらも、そう遠くはない未来に、これを捨てるだろうと思っていた。そして、カーテンを閉めようと窓へ向かうと、ふと手が止まった。

（流星）向かいに流星が立って、こちらを見ている。いつから彼女はこちらを見ていたのだろうかと、不思議に思った。

レーは、小さく手を振った。

ディマス&レウベン

二人はくつろいだ格好で座っていた。今は難しいことを考えるような雰囲気ではなかった。

「ディマス、この人生がどれだけ不思議かわかっただろう?」

「うん。騎士は、物語の流れを変えたよね」ディマスは満面の笑みを浮かべて言った。「この物語は、単なる白か黒の物語ではなくなった。善悪の話ではなくなったんだ。誰が間違っていて、誰が正しいのかを求める必要もない。復讐ではない方法で、解決にたどり着いた。復讐などせず、問題ある流れを変えるために、皆それぞれが自らの勇気に立ち返っていった」

「それだ!」レウベンが突然立ち上がった。「お前は天才だ!」

ディマスは、そんなことを言われても、ちっとも嬉しくなかった。「もう、さっき約束したじゃないか。難しい話は置いておいて、少し休憩しようって。それなのに、また始まった…。たまには静かに会話を楽しもうよ」がっかりした様子でぼやいた。

―**ディーヴァ**―

少しして、ドアをノックする音が聞こえた。ディーヴァには誰が訪ねて来たのかわかっていた。

「こんばんは」

「こんばんは」ディーヴァは親し気に言った。(あたしが一度も客を中に入れたことがないって、あなたは知らないに決まってるわ)

「お邪魔かな?」

「そんなことないわ。どうぞ入って」

「ちょっと寄ってみようかなって思っただけなんだ」レーは小さく微笑んだ。「それにしても面白いよね。もう何年間も向かいに住んでいたのに、昨日初めて知り合っただなんて」

「本当ね」(あたしは、あなたよりずっと前から、あなたのことを知っていたわ)

「もう一つ、もっと面白いのが、君と僕は同じ部屋を書斎として使ってるってことだ。ごめん、別に覗いたわけじゃないんだよ」レーは明るく笑った。「でも君も知ってるだろ？　通りに面している部屋だ」

「フェレー、それを言うなら、あたしも謝らなきゃ。あたしだって覗こうとしたことなんて一度もないのよ？」

「レーと呼んでくれ」

「フェレーの方がしっくりくるの。フェレーの方が言いやすい」

レーはまた笑った。「僕には判断つかないな。自分のことを呼ぶことなんてないからね」

「一度も？」ディーヴァが尋ねた。「あなたは一度も自分で自分の名前を呼んだことがないの？」

柔らかな口調で責められたような気がした。その言葉に動揺したレーの前に、ごく短い時間の断片が発現した。そして、互いの目を見たとき、永久が感じられた。

（地球は変わらず回っているのに、ふと時間が消えるのを、君は感じたことがある？）

（ええ。あなたの言っていること、わかるわ。あなたが踏みしめている大地は回っているのに、頭の中の時間はストップするのよね）

（君はどこにも存在しないと感じると同時に、どこにでも存在すると感じたことはある？）

（それもわかるわ。その美しさは言い表すこともできないけれど、完全に溶けてしまうような感覚

ね）

（それじゃあ、何も言葉を発さずに、会話をしたことはある？）

（それって、今あたしたちがやってることじゃない？　フェレー）

レーは、何かに少し引っ張られたようにハッとした。

「特別なお茶があるんだけど、飲んでいかない？　自分で茶葉をブレンドしたの。三種類のスパイスと四種類のお花が入っていて、美味しいわよ」

「いいのかな？　君の邪魔にならないか心配なんだけど…」

「全然邪魔なんかじゃないわ。ほら、座って。すぐに持ってくるから、それからお話ししましょう」ディーヴァは一方的にそう言うと、さっと立ち上がり、お茶を淹れに行った。


小さな庭に面した裏のテラスで、二人は昔からの友達のように会話をした。真面目な話題から、ジョークまで、額にしわを寄せたり、腹を抱えて大笑いしたりした。

その夜、とても楽しかったことは間違いない。少なくとも、ディーヴァにとっては。

「もう夜だ」レーが腕時計をちらりと見た。

「あなたが来たときには、もう夜だったわ」

「こんな風に誰かと話したのは久しぶりだ」

「あたしも誰かが訪ねて来たのは久しぶりよ」

「というと？」

「この家は恥ずかしがり屋なのよ、フェレー。この小さな庭は、なおのこと。あなたは、ここへ入った初めての人よ」

「それは光栄だ。小さな庭へ伝えてくれ。ここの持ち主は、君のことをボゴール植物園のように誇りに思っているし、世界中どの自然保護区より厳しい防衛策を取っているよ、とね」

ディーヴァはひとしきり笑った。とても心地よかった。

「また明日の朝会おう」

「家の前で？」

「ああ、家の前で」

――フェレー

「もしもし、レー？　無事か？　もう出社したらしいな。お前は本当にすごいな。いったいお前は何からできてるんだ？　鉄か？」ほとんど叫んでいるようなエルの声に、耳が痛くなった。アンボン（マルク州の州都である港町）出身のエルは、言葉を選ぶことなく言いたいことを言う、普段通りの話し方に戻っていた。

「何度も家の電話に掛けたんだけど、なんで出ないんだ？　携帯も出ないし」

「ごめん。携帯を持たずに、ちょっと出かけていたんだ」

「なんか楽しいことをしに行ったんだな？　どこへ？」

「ただ向かいの家に行っただけだよ」

「ディーヴァ？」顔を見なくても、洞窟みたいに大きな口を開けて呆気に取られるエルの姿が想像ついた。

「お前まさか――ちゃんと避妊したんだろうな？」

「なんてこと想像してるんだ！　僕が彼女に何かしたとでも思ってるのか？」

「失恋したばかりの男の隣人が実はすごい美人で、しかも金を払えば寝れることを知った。男には十分な金がある。そうなれば、そんな考えが浮かんだって、当然だろう？」

「おい、ディーヴァのことを悪く言うな。彼女は、お前が考えているような子ではない。さっき僕たちは、何時間も――」

「お喋りしてたって？　何時間も？」

「彼女は、ずば抜けた知識を持ってる。二人で、市場開放やインターネットビジネス、第三世界の債務、労務、マルクス主義なんかについて話したんだ」

「そんなわけないだろう、ありえない！」

「それだけじゃない。彼女は、統計の数値を記憶している。一つ二つの国、一つ二つの大企業だけじゃなくて、かなりの数の国や企業に関する統計だ。彼女は、幅広い知識を持っている。職業経験が相当豊富か、情報提供者がいるみたいに」

「まさか裏の顔は、本物のスパイなんかじゃないよな…？」

「エル、その想像力は別の機会のためにとっておけ」

「わかった、わかった。とにかく俺は、お前のその声がまた聞けて嬉しいよ」

「どんな声だ？」

「お前自身は、いつも全然気づかないんだよな。俺がいなかったら、お前は一生気づかないままだ。そこが面白いんだけど！」エルはゲラゲラ笑って続けた。「その声だよ！　お前が誰かに惹かれはじめたときの声だ」

「お前は審査員か。知ったかぶりめ」

「カール・マルクスについて俺と話さなくなったとしても、構わない。自動車部品やスクラップについてしか知らない俺になるとしても、構わない。でも、そっちの問題について俺は一度も間違ったことはない。今までの事実が物語っている。歴史に記録が残っている」

「まったく都合がいいことばかり言って」

「しかし、お前には敬意を表するよ。お前の好みは、本当に一貫してる。普通の子には目もくれないもんな。前回は——」エルは唾を飲み込んだ。「人妻だ。そして今回は——」声のトーンがどんどん下がっていって、再び唾を飲み込む音が二回聞こえ、それ以上の言葉を続けることはできなかった。静まり返る。

レーはそこで耐えられなくなり、豪快に吹き出した。エルもつられた。結局二人は、しばらく笑っていた。涙が出るほどおかしかった。

人生を笑った。これほど楽しい瞬間はない。偉大なるユーモアの持ち主である創造主から人間が授かった、崇高な能力だ。

ディマス&レウベン

「これは感動的だ。騎士と流星が友達になるなんて」完全に感情移入しているディマスは、声を震わせた。

レウベンは不機嫌そうに、それを横目に見る。「感情的な側面だけじゃ足りないだろう？　俺の話を聞くべきだ。さっきから話したくてうずうずしている」

「うわ、ふてくされてる！　せっかくの雰囲気が壊れちゃうじゃないか。これ以上どんな複雑な話をするつもりだい？」

「現実が、どのように一気に反転するかを説明する概念だ。それを共進化という」レウベンはすぐに食いついてきた。「共進化というのは、ダーウィンの進化論を再構築する、生物学界における新たな突破口だ。ある種の生存競争は競い合いによるものではなく、生態系の中で、異なる種が互いに助け合った結果によるものだということが、数多くの証拠によって示されている。つまり、生き残ったのは、協力することを学習した者たちということだ。お前の物語で起こったことは、二十億年前の地球で起こったことと大体同じだ」

「二十億年前だって？　それ以上昔はどう？」ディマスは喉を詰まらせそうになった。

「大昔、地球上にバクテリアしか存在しなかった頃、シアノバクテリアという名のバクテリアの一種があった。シアノバクテリアは、当時の生物圏にとっては有害な酸素を放出した。酸素による汚染が最大点に達したとき、大量死が発生した。そして生き残ったすべてのバクテリアは協力し、変異し、新たなシステムを作ることを余儀なくされた。一部のバクテリアは、毒ガスを避けるために土へ潜っていった。それ以外のものは、酸素で呼吸する能力を発達させた。

そして、この二種のバクテリアが掛け合わさることで、最初の核を持つバクテリアが誕生した。その後、変異したバクテリアが他のバクテリアへ侵入する際、酸素を消費する桿菌《かんきん》となった。そしてついに、今この瞬間にも我々の体細胞を形成するミトコンドリアが生まれたんだ。シアノバクテリアの侵入にあった宿主バクテリアというものも存在するんだが、ついには日光と水からエネルギーを生み出す葉緑素として機能するようになった。これが植物の最初ではないかと考えられている」

「僕にはそれに何の関係があるのかまだわからないのだけど、でもその話は面白い」

「ここまでは、参考だ。もう一つ、リン・マーギュリスという生物学者による興味深い学説があるんだ。マーギュリスによると、宿主バクテリアと流動性があることで知られるスピロヘータ類の異種交配が、脳の器官形成の始まりだ。これは実は皮肉なことなんだ。想像してみてくれ、超速で動くスピロヘータが頭蓋骨の中に囲われることになるのだから。結果として、スピロヘータの特徴を犠牲にしなければならなくなった。一方で、脳細胞という新たなフォーマットと機能を獲得した。その空間のものすごい圧力の中で、ついには地球最速のフィードバック周波網の輸送手段となった。つまり、人間の脳だ。人間は、原始的な方法で泥まみれになるのではなく、電気がスパークするように機動力のある思考を用いるようになった」

「バクテリアの交配の歴史は面白いね。ますます興味を持ったよ。ただ、もう一度だけ聞きたいんだけど、いったいその話はどう関係しているの？」

「これが共進化だ。流れを変化させるための生物の能力だ。昨日の敵を今日の友にする。そしてその変化が、新たな人生を創造する。これは身体的のみならず、精神的なレベルにも起こると信じている。原始的なバクテリアでさえ流れを変えることができたのに、人間がその状況を諦めるというのにには驚きだよな？　単細胞からもっとも複雑な生物である我々人間にいたるまで、各レベルにおいて明らかにその能力は与えられているというのに」

――ディーヴァ――

「おはよう」

「おはよう」

「パプリカの調子はどう？」

「花が咲いたわ」

「それはよかった。もうすぐ君はお母さんになるんだね」

ディーヴァはくすっと笑った。

「今日はどこへも出掛けないのかい？」

「たぶん家にいると思う。お菓子を焼きたいの。出来上がったら、食べてみる？」

「いいね。今晩でいい？」

「オッケー」

「じゃあ、また後で」

「ええ、いってらっしゃい」

ディーヴァは車が遠ざかっていくのを見送りながら、ゆっくりと手を胸にあてた。温かい気持ちというのは、実際に存在するらしい。（フェレー、あなたが以前感じていたのはこれだったのね？）

――フェレー――

レーは、手に持ったクエ・ボル（カステラのような焼き菓子のこと）を見つめていた。ぷつぷつと開いた小さな穴から、パンダンの香りが漂ってくる。（生地の混ぜ方が完璧だ。ベーキングソーダの分量もぴったりに違いない）こんなにきめ細かい生地が舌の上で溶けたら、どんな味がするのだろう？

「さては、お菓子を分析してるのね？」

「まぁ、そんなところだ」レーは笑った。「最近、不思議なんだ。些細なことに興味を惹かれることが多くて。以前だったら気にならないような細かいことが気になって、あらゆることに感心するようになった。変だろう？」

ディーヴァは温かいお茶を口に運びながら、笑みを浮かべた。

「今日、またルピアが下がったわね」

「ああ、バーツとか他のアジアの国と比べても、急激な下がり方だった」

「理由は、いつもと同じに決まってる。国内にポジティブ・インセンティブがない。もう飽き飽きね」

「大統領は無用な表明を出すのを止めろ、というメッセージも含まれている」

「あたしの目には、国は、古い博物館のままでいるように見える」

「古い博物館？」

「外の世界を見てみて。実生活は事業者たちが担っているでしょ。彼らは、魅力的でダイナミックで多様な市場を持っているわ。場所は借りているのかもしれないし、もしかすると彼らも誰かに雇われているのかもしれないけれど。その辺はよくわからない」ディーヴァは肩を持ち上げた。「ともかく、ビジネスの世界で、神のような役割を担うのは何だと思う？」

「それはもちろん、お金じゃないかな。そして、その伝道者は、実際に市場を動かす者たちだ」

フェレーは、当たり前だと言いたげだった。

「最初から進化の様子を記録することが可能だったものって、貨幣の進化くらいじゃないかしら」

「そうだね。貨幣は驚くべき進化を遂げたアイデアだ」

「そして、貨幣にとって、資本主義以上に快適な母胎はない。多くの経済システムがある中で、貨幣が時代に適応し、耐えることができるように選び抜いたシステムが、資本主義だった。適者生存。そしてそのシステムを通じて、貨幣はより高度なウイルスへと変異した。より高い免疫性を持ち、より賢いウイルスへと。考えてみれば、貨幣には神々しい性質がたくさんあるわ。例えば、百パーセントすべてを手放すことなどできないにしろ、あらゆる形態の物質を拒否する『お金の不信者』がいるとする。そんな人だって、これを避けきることはできない。なぜなら貨幣は、すでに、大きな流れになっているし、様々なフォーマットで存在しているんだもの。紙幣、コイン、株、貴金属、土地、ジャングル――」

「体、アイデア、イメージ、印象。気づかなかった。貨幣って、こんなに普遍的なものになっているんだね。音楽や数学といい勝負だ」レーは自分で言って、驚いた。「こんなに深くお金のことを話したのは初めてだ。面白い」

「そして人間は、貨幣に関して学んだことを、毎日共有し合う。それどころか、子どもたちにだって早いうちから教え込む。そうやって人は貨幣という概念を知り、料金メーターを設置したタクシーのようになっていく。通り過ぎる物すべてを数え、測り、見積もるようになる」ディーヴァの喋りが止まらないところで、レーが遮った。

「あの一つを除いてね」

会話が途切れた一秒もない瞬間に、二人は見つめ合った。

（君には何のことかわかっているだろう？）

（ええ。それは、あなたの中にあるものよ）

（そう。そして、君の中にもあるものだ）

（それを測ることはできない）

（感じることしかできない。温かいよね？）

（温かい？　フェレー、あたしには大地を焦がすことだってできるわ）

「お菓子、もう一つ食べる？」

「いいね」

帰宅するとすぐに、フェレーは引き出しの中からある物を取り出した。ラナへの手紙だ。もう一度読んで、また丁寧にしまった。

姫、君は正しかった。あの感情は、クリスタルへと変化した。
僕はずっとしまっておくよ。永遠にね。

ディマス＆レウベン

レウベンがキッチンで熱弁を振るっているのが、なんとなく聞こえてくる。「分岐の瞬間はクリスタル化する。そこへ戻ることはできないが、永遠の中に存在し続ける」

それを聞いた瞬間、ディマスはキーボードの手を止めた。自分が今書いていたことと、レウベンが話した内容がぴたりと当てはまったので、驚いたのだ。そしてまた考えはじめた。なぜこんなにたくさんの偶然が起こるのだろう？ 偶然というか、奇跡と言った方が適切なのかもしれない。考えはじめたら、止まらなかった。

29　スーパーノヴァ、経験したことはありますか？

（おはよう、また後で）すごく待ち遠しい言葉になっていた。時々二人は、遠くから「おやすみ」も言い合った。カーテンを閉める前に小さく手を振るだけで十分だった。

二人がどこかへ一緒に出掛けることはなかった。ディーヴァの小さな庭に座るのがお決まりだった。パイナップルティーが入ったポットが一つと、小さなカップが二つ。あれば、お菓子が乗ったお皿が一つ。それから、尽きることのない話題。ただし、一度も触れられない話題が二つあった。レーが家に閉じこもったときの話と、ディーヴァの仕事についてだ。

エルは、異常なほどの興味を示した。「俺には理解できない。ほぼ毎晩二人で会っているということは、彼女はいったいいつ働いているんだ？　昼間か？　ＳＡＬ―Sex after lunch―？」レーに向かってそう尋ねた。

「僕は知らないし、知りたくもない。ショーモデルは辞めた、とは言っていたけど。毎朝予定を聞くけど、大体いつもどこへも行かないと返される」

「お前はそれを信じるのか？　勘弁してくれよ、なんてうぶなんだ」

「なんで彼女が嘘をついてると疑わなきゃならないんだ。何の得にもならないだろう？」

「ははーん、わかったぞ」エルは、確信を持ったように何度か頷いた。「お前は、現実を知って傷つくのが怖いから、知らん顔してるんだな？」

「ディーヴァは、僕が知る中で、もっとも自立した人間だ。仕事を選択するには何の問題もない、というかむしろ十分すぎるほど大人だ。それなのに、そのことについて僕が頭を悩ませる必要がどこにある？　僕がくだらないやきもちを焼いていると思っているなら、それはまったくの見当違いだ。ディーヴァとはただの友達だ。それ以上のことはない」

「でも彼女は特別な存在だろ？」

「ああ、すごく特別だ。それについては否定しない」

「それで？　その先は？」

「エル、ありきたりな考えは止めろ。吐き気がしてくる」

エルは、顔をゆがめた。「俺は、お前をテストしてみただけだ。どうやら前より重症らしい。お前は確かに、彼女を恋人にする気はなさそうだ。でも俺は確信した。お前が持っているその感情は、俺たちの想像を遥かに超えている。お前がいつそれに気づくのかということはここでは抜きにして」

レーはハッとした。エルは、恋愛に関しては、ノストラダムスのようだった。それにしても、これほど正確に読み取られるとは、思いもよらなかった。

スーパーノヴァ

コオロギが合唱するように、モデムの軋む音がする。二つの光る目が、あのワードが現れるのを待っていた。

（──接続中──）

五分も経たないうちに、大量のメッセージが押し寄せた。素早く一つ一つを仕分けていく。何度も返信ボタンを押す。

この空間から、この人物を引っ張り出すことは不可能だ。脳内の往来が過密する。蜘蛛の巣の上で踊る。

>スーパーノヴァ、運命を信じますか？

私は、運命には、やり取りというプロセスがあることを信じています。

つまり、一方通行ではなく、双方向です。

あなたの行動や「思考」のすべてが、世界に相当な影響を与えています。あなたがそれに気づいていようがいまいが、与えています。

自然や大地や、自分自身の呼吸にだって同じことが言えます。

これらすべてに対し敏感でいることができたなら、それは手紙のやり取りのように見えることでしょう。一つの体の中に存在するペンフレンドたちの間で行われる文通です。


〈送信〉

>あなたは、天国、地獄、天使、悪魔を信じますか?
私は、一人一人の人間が、天国と地獄を体現し、
天使のように振る舞ったり、悪魔そのもののようになったりするのだと信じています。

〈送信〉

＞スーパーノヴァ、あなたは神を信じますか？

信じるも何も、私には、そこら中に見えています。
毎秒、というより秒と秒の間の瞬間にさえも。ただし、私たちが、神について同じ理解を持って、話ができているかどうかについては、確信が持てずにいます。

〈送信〉

＞少し気になったので質問させていただきます。
＞スーパーノヴァは、恋に落ちたことがありますか？

その瞬間、素早く動いていた手が、止まった。この類の質問を受けるのは、初めてではない。人間味のないスーパーノヴァの正体に興味を持つ人々が、こういう質問を投げ掛けてくるのだ。しかし今回も、適切な回答は浮かばなかった。恋に落ちたことはあるんだろうか？
その答えとして、パソコンの電源を切った。

――ギオ――

「もしもし、ギオ?」

「まさか、ディーヴァかい? これは本当に驚いた!」

「そっちは今何時? あなたの邪魔になっていないといいんだけれど…」

「夕方の四時だ。ヨーロッパの人たちにとっては、シエスタの時間だよ。僕が昼寝なんてしないこと、君は知ってるでしょ?」

「ギオ、実は、伝えたいことがあって電話したの」

「何か問題でもあった?」声のトーンが一気に変わった。

「あたし、出発の準備が整ったの」

沈黙が流れる。かなり長い。

「ギオ…?」

「それ、本気で言ってるの?」

「あなたから情報を色々ともらいたいのよ」

「本気なんだね?」ギオが真剣な調子で再確認する。

「あたしはお金に飽きたエキセントリックな金持ちよ」ディーヴァは冗談で返した。「もちろん、本気だわ」

「僕も、君と一緒に行く準備をするよ。どこへでも」

「違うのよ。そうじゃなくて、あたし一人で行くの」

ギオはため息をついた。「そうか」

「今晩にでもメールを送るから、読んでくれる？」

「わかったよ」

「ありがとう、ギオ」


――ディマス&レウベン――


「レウベン、僕はこの物語を終わらせようと思う」

「どうやって？」

「まだ決めてないんだけど。何か案はある？」

すぐにレウベンの貧乏ゆすりが始まり、額にはしわが寄った。電球が光るのを待っているのだ。

「思いついた！」ところが、そう叫んだのはディマスの方だった。

「お前のその声に見合うほどの見事なアイデアだといいのだが」レウベンが耳を抑えながら、軽く嫌味を言った。

「わかったんだ」ディマスは目を丸くして言った。「この物語が自ずと終わるように、僕たちは放っておけばいい！」

レウベンの目まで丸くなった。「それは、天才的なアイデアだ！　誰からそんなアイデアを得た？　ピエロからか？」

「落ち着いて。アインシュタインからだよ。むしろこれが、この作品のクライマックスになる。僕たちの知識を、僕たち自身で試す瞬間だ。君の言葉を借りるとすれば…分岐？」

「俺にはよくわからない。いったいどういうことだ?!」

「僕たち二人で、自らこの物語の人生がどんなものかを感じるのさ。今までに、仰天するような偶然がたくさんあったでしょ？　もしや僕たちもこの複雑なヒエラルキーの一部なんじゃないかって、そんな思いが君の頭にもよぎらなかった？　決定者の鍵はどこにでもありえるけれど、そんなことは重要じゃない。重要なのは、大きな計画がすでにあるということじゃない？　君の言葉を借りると、『衝撃に邪魔されないレベル』にある。だから僕たちはペンを置いて、物語が進んでいくのを放っておいてみよう。遅かれ早かれ、終着点はいつか必ずやってくる。それがどんな形だとしてもね」

レウベンの顔には葛藤が見えた。

ディマスは満面の笑みで言った。

「レウベン、君も、彼らのように量子跳躍をしたいんでしょ？　スポーツをするように。まず僕たちがやらなきゃならないのは、ポジションを反転させることだ。鏡に映すんだ。物語を操るのは止めて、物語の中で役を務めるんだよ」

レウベンは、首を振った。「キチガイじみたそのアイデアの意味は理解した。でも、実際にはどうやって？　俺たちは、いったい何をすればいいんだ？」

「静止するんだ」ディマスは確信を持っているようだった。「僕たちは静止して、物語を真に操る者が現れるのを待つ」

「静止って何だ？　哲学的に沈黙していろということか？　思考を停止するのか？　それとも本当に何もせず、俺たちの作業には手を触れないってことか？」

レウベンは、まだ混乱していた。

「そのすべてだ」

30　生きる鏡

夜中の一時半になろうというところだった。本の文字がぼやけてきた。眠気も限界を迎え、目が閉じてしまう。

暗い。最後に残った思考がちらちらと頭をよぎる。

真っ暗で、無音だ。

枕の奥から、ぼんやりと泣き声が聞こえてきた。女の子の泣き声だ。重い足音が、通路に響く。ギシギシと音を立て、扉がゆっくりと開く。「あの子は他の子とは違う。信じられないほど美しい」そう話すひそひそ声が聞こえてくる。レーは、服を一枚ずつ脱がされるような寒気を感じ、うなされた。身体の芯が痛む。何度も何度も。なかなか終わらない。何年間でも続くように感じられた。泣き声がますます哀しい。胸に轟くような怒りが湧き、終わりのない失望が渦巻く。そしてレーは、天使のように白い服を身にまとった悪魔を見た。悪魔は、祈りを教えた。悪魔は、神の偉大さを説いた。悪魔は、聖典を引用した。

神は、どこかで凍り付いていていた。助けを乞う手は救われなかった。悪魔と天使と人間のイメージが、不穏な混乱と怒りの中で混ざり合い、一つになる。耐えられそうにもない痛みが襲ってきた。そしてついに、レーは爆発した。

体中の全細胞が弾けたように、隅々にまで電流が流れた。そこで突然、真っ暗になった。どれほど濃い黒かもわからないほどの闇。しかし恐怖は感じない。むしろ安らぎを感じた。自分自身が安らぎそのものとなり、体による拘束も解けた。死んだのか？　どうやらそうらしい。レーは、どこにも存在しないと同時に、どこにでも存在する。疑問はもう存在しない。物質的な制限も制約も存在しない。あるのはただ、永遠だけ。

無数の光のスパークがゆっくりと差し込み、暗闇は透明になった。フィルダウスに現れた朝露の最初の一滴と同じくらい透明に透き通っていた。透明の中で世界は生まれ変わり、どこにでも自分自身が見えるようになった。色が飛び出してきた。匂いが鼻に入ってくる。そして、肌に触れた一粒の砂からサハラを感じた。

体の傷は消え、痛みもなくなった。皮膚はきめ細かくなめらかだった。澄んだ目は輝き、体中の細胞は何倍も敏感だった。そして、眉間には柔らかい突起が現れた。

一秒一秒が新しく、繰り返されることはない。リンゴを一つ食べるのに、何カゴ分も食べているような感じがした。記憶は保存されない。考えたいときにだけ考える。そして知識は、光のようにただ吸収されていった。

足は再び大地の上に降り立ったが、羽は消えなかった。いつでもそうしたいときに、体を脱ぎ捨てることができた。生きることをただ楽しみたい。遊びたい。喜びも悲しみも、泣くも笑うも、すべては同時に発生した。それらの感情を感じて反応するが、次の瞬間にはそこを立ち去ることもできる。

レーは、生きる鏡になったのだ。人は、エネルギーが流れる通り道にすぎないのだ。誰かを嫌いになるのは、実は自分自身のことが嫌いだからだ。誰かを愛するのは…

ふと、目の前の景色が変わった。

前方に鏡がある。ゆっくりと近づき手で触れると、水のように波が立つではないか！水紋が落ち着いてきたところで、ハッとした。鏡に映ったシルエットが徐々に変化していく。足が震える。そして、波が収まった後、鏡に映ったものを見て、レーは膝から崩れ落ちた。

（ディーヴァじゃないか）

魂が沸き立ち、心はもつれた。思考が暴れ、体は爆発した！

レーは飛び起きた。呼吸が荒く、体中に冷や汗をかいていた。（夢だったのか？わからない。まるで現実のようだった。あの痛みも。爆発も。透き通ったフィルダウスも。さっきの鏡も。…ディーヴァ！）

レーはすぐに起き上がり、そのままドアへと向かった。

ディーヴァの家の扉は少し開いたままになっていた。レーは少し迷ったものの、中へ入ることにした。中に、もう一つドアが見えた。ここも開けっ放しになっている。書斎だ。

レーはゆっくりと歩みを進めた。ドアを背に大きなオフィスチェアがあり、彼女が光るパソコンに向かっていた。

椅子が回転し、ディーヴァがにっこりと微笑む。

「フェレー。待っていたわ」

――**ディマス＆レウベン**――

「正直に言って、」レウベンは息を吐いて続けた。「俺は耐えられない」

「何に耐えられないんだい？」

「ただ黙っているってことにだよ！」

「君は色々な理論を知っているものね」ディマスは、からかうのが面白くて、笑った。

レウベンはじっとしていられずに立ち上がり、ウロウロと歩いた。

「こんなときには、自由意志のことが頭に浮かばないか？　神が人間に与えた贈り物らしい、選択の自由だ。それを司るものはいったい何なのだろうか？　現実には、運命や宿命から逃げることができず、それをただ受け入れることだって多いじゃないか。今の俺たちだってそうだ。おとなしく降参し、空から奇跡が降って来るのを待っている」

「まぁまぁ、落ち着いて。なぜ突然、悲観的で疑い深くなるんだ？」

「俺はただ議論をしたいだけだ」レウベンは、すぐさま理由を続けた。「シュレーディンガーのパラドクスを終わらせようとしたときの、ウィグナーのパラドクスを思い出したんだ」

「パラドクスがパラドクスを生むだなんて、ちょっと聞いただけでなんだか面倒そうだ」ディマスは顔をそらした。

「ユージン・ポール・ウィグナーは、複数人の観測者をつけるという策を試みた。でもそれってパラドクスだろう？　どの観測者の意識が波を収縮することになるんだ？　でも、ある意味で、ウィグナーは正しかった。その観測者たちは、対象となる出来事に対して同じ感覚を抱き、同じ決断をしたんだ。もしすべての感覚が同じ反応を生み出すとしたら、自由意志とはいったい何だ？　はなはだつまらない。自由意志なんて、戯言《たわごと》だ」

ディマスは、レウベンの主張を落ち着いた様子で聞いていた。その心は少しも動いていなかった。

「レウベン、君が言うその自由は、風邪を引いた子どもが、お母さんにアイスクリームが食べたいと愚図るのと同じようなものだ。それじゃたしかに意味のない戯言だ。僕が思うに、神やその他一切の崇高な力からの贈り物は、そんなに浅はかなものではないはずだ。自由意志っていうのは、人間は自由に物の見方を変えることができる、ということなのだと思う。例えば明日、君が貧乏になるとする。それは災難なのか、はたまた実は神からの恵みなのか？　それは君の手に掛かっている。自由意志というのは、流れを変える人間の能力だ。さっき僕の友人が言ったようにね…彼の名は何だったかな…？　たしか、レウベンだったかな？」

レウベンは、愛おしさと悔しさを抱えて、舌を鳴らした。「なんと！　今度は俺が物知らずになった気分だ。猫が自分のしっぽを追いかけるように」

「たぶん、それが二面性のある世界に生きるということなんじゃないかな。僕たちがどれだけ広い知識を持っていたって、理屈なんて風に吹かれてゆらゆらと動く一本の雑草のようなものだ。揺らいでしまうんだよ。だって、僕たちは人間だろう？」

「君はいったい誰なんだ?」レーは、恐る恐る聞いた。

「あたしは、あなたが飛べるようになるための最終レッスンよ。小さな蝶の羽ばたきに始まり、流星の閃光で終わる。フェレー、あなたは美しくて魔法みたいな変容を遂げたの」

「僕の質問に答えてくれ」レーは息を荒げた。「君はいったい何なんだ? 君を送り込んだのは誰だ? どうやって僕の夢に入り込んだ? あれは夢だったのか、それとも――?」

「疑問がたくさんあるようだけど、すべて不要よ」ディーヴァは優しく微笑んだ。「あたしは、あなたと同じ普通の人間。ただ、鏡が比較的透明なだけ。誰でもみんな、相手の鏡よ。あたしは、あなたの中に自分を見る。他の人たちの中にも、自然の中にもね。一秒一秒を鏡に映し、一つ一つの美しさに見とれるの。それって夢? 別にいいでしょう? 目は開いているのに、魂は眠ったままの人がたくさんいる。重要なのは、あなたの魂の目よ。そしてあなたの魂の目は、今目覚めた。フェレー、私を送り込んだのは、あなたよ。あなたが経験したこともみんなそう。あなたの意志が、すべてを呼び寄せたの。そして今、あなたは真の騎士となった。上から落ちても立ち上がり、高速で飛んでも砕け散ることなどない、真の騎士に」

ディーヴァはゆっくりと立ち上がると、レーの方に近づいた。そして、レーの頬を撫でた。その手は温かく、穏やかだった。レーが目を閉じると、心の方も撫でてくれた。

（あのとき、あの銃弾を取るために、あたしの魂を消したの）

（そして、あたしが飛び立ったら、絶対的な自由と共に、あなたを解き放つわ）

レーはゆっくりと目を開けた。鏡を手に入れた。

（僕は君を愛してる。君が思っている以上に）

ディーヴァは首を振った。（あなたは自分自身を愛しているのよ。あなたが思っている以上に）

「これから、どうするの？」レーが囁いた。ディーヴァの手を、しっかりと握った。

「あたしは行くわ」

レーは、重いため息をついた。（そんな気がしてた）

「地球は、大きな遊び場よ。あたしは遊びたいし、色々なところを回ってみたいの。そこで、あなたにお願いしたいことがある」

「言ってみて」

「秘密裏で、あたしの名前を伏せて運営している教育ネットワークがあるの。活動資金は十分に用意してある。誰でも入れる学校で、年齢制限もないわ。教えることはただ一つ…、生きることに関係することなら何でも取り扱うわ。土台となる質問は、『なぜ』よ。なぜよりも先に『何』がくることはない。コンクリートの建物に閉じ込められることなどない、ネットワーク上の学校よ。この活動を強化するために、少数精鋭のチームが必要なの。あなたは、あたしが信頼することができる唯一の人よ」

「君はどうするの？」

「あなたも知っての通り、あたしはデスクに縛り付けられたりしないの。バーチャルの世界が私のオフィスだから。この家にあるものは、全部売り払うつもり。これから先、あたしの『蜘蛛の巣』に使うのは、このパソコンだけ」ディーヴァは、軽やかに言った。「今後、どんな形態へ発展していってもいいと思ってる。あたしたちは、ただ『蜘蛛の巣』に沿って進むだけ。銀の糸の結び目が切れないように見守るの」

レーの顔に、太陽が昇るようにゆっくりと、笑みが浮かんだ。「とても光栄です、スーパーノヴァ」

ディーヴァは、驚いたようだった。

「実は僕、その学びの園庭をよく覗いている。『スーパーノヴァは本当は誰なのですか？』と何度も質問している。君に出会ってからは、ディーヴァがスーパーノヴァだったらいいのに、と思っていた。それである日、こんな質問をしてみたんだ」レーは、ディーヴァの顔に頬を寄せ、耳元で囁いた。「あのときは答えてくれなかったけど…、スーパーノヴァは恋に落ちたことがありますか？」

スーパーノヴァは、囁き返した。「それは、あなたを鏡に映したときに、あたしに見えるものよ」

31　蜘蛛の巣

ソファで眠ってしまったレウベンから、控えめな寝息が聞こえてくる。対照的に覚醒状態にあるディマスは、ぱっちりと目を開き、パソコン画面に映る文章を一文ずつ読んでいた。

「なんてことだ…」一人、息を吐いた。その手が何度もマウスをクリックする。考え続ける思考も止まらない。これは誰だ？　何の組織だ？　メールアドレスは、どうやって登録されたんだ？

ここは学びの園庭です。

あなたが生きることを遊ぶための場です。真に「生きる」ための場です。

ディスカッションの場ではなく、情報の場です。

皆さんにとって役立つものとなるよう、皆さん同士の間で議論が交わされ、意味のない情報が行き交うことは望ましくありません。

質問はすべてスーパーノヴァまで直接お送りください。個人的に返信いたします。

ディマスは、すぐにレウベンを起こしに行った。

――ディーヴァ――

「ギオ、最初の目的地を決めたの」
「どこだい？」
「アプリマクよ」
「アマゾンの源流か。川のゼウスのところへ直行するんだね。さすがの選択だ」
「激流を見てみたいのよ。最初の予定は、川下りに決めたわ」

「クスコにも寄ってみて。僕の友達がいるから。パウロっていう名前だ。後で連絡しておくよ」

「ありがとう」

「アプリマクの次は？」

少し間を空けて、ディーヴァが答える。

「タットシェンシーニ」

世界の反対側で、ギオが微笑んだ。

「重要なお知らせがあるよ、ハニー」息を吸う音が聞こえた。

「あそこには、ヒグマがたくさんいるから気をつけて」

今度はディーヴァが微笑んだ。

「やっぱりあなたは、特別ね。そういう情報がもらえるんじゃないかって、期待してた」

「そう言ってくれるのは嬉しいけれど、僕にとって君は特別なんかじゃないよ。君は、僕の太陽だ」

二人は頭をぴったりと寄せ合っていた。それは、火に投げ入れられる前の爆竹が紐で束ねてあるような様だった。驚きの爆発が、次々と起こりそうだ。このEメールは、十年前のセロトニンの嵐のときより、爆発性が高かった。

二人のインスピレーションは、知らないところで現実のものになっていた。文章に書いたものが実在していた。そして二人の人生は今、蜘蛛の巣に引っかかった。

スーパーノヴァ
——生きることを希望するあなたへ——

ようこそ。

今日は、皆さんを映画館へお誘いしたいと思います。

皆さんは、映画館で感情が揺さぶられた経験はありますか？ あなたが映画に集中しはじめた瞬間、光と色に満ちたスクリーンは、あなたの思考の中にある人生に触れることに成功したといえるでしょう。あなたは泣き、笑い、誰かを殺したくなることだってあるかもしれません。

その立場にいるあなたは、観客です。バーチャルな世界で能動的に動く刺激物から刺激を受ける、受動的な観客です。さて、そのバーチャルな刺激物には、どんな目的が含まれていると思いますか？　目的はただ一つ…皆さんを通じて、増殖することです。あなたが生きていないと考えていたものが、実は生きているのです。しっかりと生きています。それはその生死を定義することができないウイルスのようなもので、媒体となる宿主を探しているのです。あなたの反応が良かろうが悪かろうが、そんなことは関係ありません。あなたが反応しはじめた最初の一秒から、それは生を獲得するのです。意味を与えはじめるのです。

さて、今度は違った立場から見てみましょう。あなたはスクリーンにいます。細胞一つ一つに、詳細なシナリオとストーリーが組み込まれています。増殖できるよう、しっかりと準備が整った体が作られます。そしてあなたを複製するよう発情を促され、子孫繁栄します。あなたは無意識に、彼らが君臨するための宿主をさらに増やしているのです。

さて、以上に説明したような映画館での二つの立場に、共通するものは何でしょう？　もうおわかりですね？　そうです。あなたはどちらの立場においても、利用される側であるということです。

まるでモルモットのようですが…、子孫繁栄を促すためにあなたの体に刺激を与えるものは、ずいぶん昔の生物学者が発見しています。生物学者たちは、それを「ＤＮＡ」と呼びました。ＤＮＡは実在するが、それよりも自分の体の方が大きな意味を持つという不当な事実に基づいて、ＤＮＡのボスは自分だと言う人がいるとしたら、それはエゴというものです。もう一度考え直した方がよいでしょう。あなたは、彼らが王国を築くための空っぽのスペースです。

なんだか自分がちっぽけで意味がないように感じてしまいましたか？　大丈夫、これはほんの始まりです。

次は、もう少し抽象的な話になります。あるところへ向けて、暗号化された繊細な合図が出されます。そのあるところとは、記憶し再生することができる媒体で、一つとして同じものがないもの…そう、脳です。あなたがアイデアを見つけるのではありません。アイデアがあなたを見つけるのです。あなたが考えるとき、アイデアが浮かぶ。しかし、そのアイデアがあなたを所有しているというのが実際のところです。

科学者たちは、ここ三十年程の間に、ミーム学を発表しました。ミーム学では、ミームに関する研究が行われています。ミームとはつまり、思考の解釈を構築する基本単位で、文化・社会・信仰のシステムなど、生きる私たちを解釈することに関するあらゆることを創造します。

ミームについて究明したいという方もいらっしゃるかもしれません。そんな方にとっては残念なお知らせになってしまいますが、ミームの姿を見ることができる顕微鏡はないのです。ただし、嬉しいお知らせもありますよ。唯一その動きを検知することができるのは、あなた自身の理解だということです。

簡単なヒントをお教えします。ＤＮＡを割ってみましょう。中は、空っぽでしょう。言葉をばらしてみましょう。それは、意味を成さない文字となるでしょう。

実は、その「空っぽ」こそが、話の筋書きを握る部分なのです。大部分の人は、その残渣しか感じられずにいます。残渣とはつまり、葛藤のことです。このことに気づかなければ、ただの標的になったように感じることでしょう。

そうならないように、もう一つ追加のアドバイスです。まず最初に、あらゆるモノは相対的であるという現実を受け入れましょう。科学・神学・哲学の発展により、私たちはやはり完全なる相対的な世界に生きているということが、日々示されています。あなたがスーパーノヴァで読んでいるものも、相対的です。

あなたがゼロ点に位置するとき、新たな葛藤は終息を迎えるでしょう。これにより、あなたの周りには防壁が見えるようになります。これでもう遊びの対象物となることはありません。困難に満ちた人生が、一瞬で遊び場へと変貌します。

スーパーノヴァは、二つの視点を通じて、あなたが真のメカニズムを理解するお手伝いをしたいと考えています。監督としての視点と、演者としての視点です。映画館での二つの立場の乖離は、意識的に終わらせなければなりません。そうすることであなたは、この人生であなたが希望するものは何でも叶えることができるように、一方の視点からもう一方の視点へ、行ったり来たりすることができるようになるでしょう。

もう一度言います。あなたが希望するものは何でもです。準備はできましたか?

もしあなたが、DNAの奴隷となり、モルモットのように繁殖させられることを選ぶのであれば、このプログラムを閉じてください。もしあなたが、誰かのレンタルパソコンとなり、データの加工と実行を受動的にするので満足というのであれば、定期購読を解除する旨を私までご連絡ください。さようなら、成功をお祈りします。もしあなたが、人生は希望に霧が立ち込めているけれど、自分がそれを晴らすのだという考えをお持ちであれば、ぜひ一緒に歩んでいきましょう。

平坦な道のりではないかもしれません。しかし、自分自身を探すための行程です。死から目覚めましょう。


「ミーム学…」レウベンは唖然としていた。「ミーム学のことまで知っているのか」

「僕たちはどうするべきなのだろう?」ディマスが悶々とした様子で呟いた。

「コーヒーだ。俺たちはまず、コーヒーを飲むべきだ」

「僕にも一杯お願い!」

しなやかな指が、超速でキーボードを叩きはじめた。返信しなければならないメールが溜まっていて、ＩＣＱからの質問へはほとんど回答できていなかった。突然、知らない番号が現れた。それを見てつい笑顔が浮かんだ。最初の挨拶ですべてを察知した。

〈ゲスト〉サイバー・アヴァターラ。君は実在するんだね？

〈ＴＮＴ〉あなた方と繫がり合うことができ、光栄です。

〈ゲスト〉君は、僕たち二人のことを知っていたの？

〈ＴＮＴ〉私は、候補者のすべてを把握しています。

〈ゲスト〉候補者？

〈ＴＮＴ〉この「蜘蛛の巣」は、私が一人で運営するには大きくなりすぎました。他に人手が必要です。

〈ゲスト〉それが僕たちだと言いたいの？

〈ＴＮＴ〉私が信用できる人は、多くありません。

〈ゲスト〉なぜ僕たちなんだ？

〈ＴＮＴ〉パラダイムとしての完全性を研究しようとする人は少ないからです。こちらからまた連絡いたします。

チャットルームを閉じると、一秒もしないうちに、また別のＩＤが現れた。これにも、惹かれた。

〈騎士〉スーパーノヴァ、窓を開けてみて。

ディーヴァの顔はほころび、すぐにカーテンを開けた。向こう側に、小さく手を振るフェレーが見える。

〈騎士〉こんなことも懐かしく思うんだろうな。

〈TNT〉あたしもよ。

〈騎士〉君を愛している。

〈TNT〉あたしもよ。あたしが自覚している以上に、もっと。

32　個体なんてただの幻想だ

時間が、貪欲な大食いになったように感じる。いつもの分量より多く、秒を食べていってしまう。スーパーノヴァを抱きしめるための時間が、どんどん奪われていく。

「フェレー、食べ尽くされちゃだめよ」

レーはハッとした。思考空間にまで入り込める誰かと一緒にいるというのは、なかなか難しい。

「しー…」レーが何か言おうとしたとき、ディーヴァがそれを止めた。「ちょっと聞いて…」心臓の鼓動。呼吸。音符のないハーモニー。二人は、充満した静けさの中に沈んでいった。

（これが、尽きることのない詩の韻よ。生きている）

（もし心臓が止まったら？）

（詩は、言葉のベールを被った魂よ。魂は、死なないわ）

（どこへも行かないの？）

（魂は万物だもの。どこへ行くというの？　万物はあなたの元にあるわ）

「また会えるよね？」

「もちろん。いつになるかわからないし、地球のどの辺りでかもわからないけれど。もしかすると、お菓子売りのディーヴァになってるかもしれない」

「ガーデナーのディーヴァかもしれないよ」

「それ、最高の仕事ね」ディーヴァは小さく笑った。

「ティーポットと熱々の焼き菓子も、忘れずにね」

「そのときを楽しみに待っているわ、レー」

レーは、後ろからゆっくり抱きしめた。その腕が絡むにつれ、体温が伝わってくる。二つの肉体を一つにする温かさ。体の凹凸が感じられた。背骨と肩甲骨の出っ張りの間に、顔を沈めた。なんて温かく居心地がいいんだろう。うなじにかかる細い毛の間に迷い込み、息が毛穴へ吸い込まれるのを見ていた。

血液の波が押し寄せ、エネルギーが舞う。自然な愛のハーモニーだった。

ディマス&レウベン

「レウベン、僕に説明してくれないか。どんなに難しくてもいい。僕は説明が欲しいんだ!」ディマスにはわけがわからなかった。

それを横目に、レウベンはのんびりと寝転んでいた。空の方を見て、顔には満足そうな笑みを浮べている。

「リラックスしようじゃないか。お前の素晴らしいアイデアのお陰でこうなったんだろう。まあ楽しもう」

「わかってるよ。でもこれは、あまりに出来すぎた話だ」

「オートポイエーシス。たぶん、俺から説明できるとしたら、これしかない」

「随分詳しい説明をしてくれて、どうもありがとう。ただちょっと疑問なんだけど、オートポイエーシスとオトン・レノン(インドネシアのコメディアンの名前)の違いは何?」ディマスは嫌味っぽく言った。

レウベンは笑い転げた。「おお、ごめんごめん。よし。この自然界は、シンプルなシステムから、とても複雑なシステムまでが並ぶスペクトルのようなものだ。オートポイエーシスは、自然界のスペクトルの一番端にある。複雑になればなるほど、オートポイエーシスの生物のルーツはパラドクスになる。オートポイエーシスの生物はそれぞれ、自分自身を更新することができる。各組織は、高い自主性を持っていて、それぞれが異なるアイデンティティを維持していると同時に、ネットワークで結びついている。他方、このオートポイエーシスのシステムはオープンだから、環境に依存し、環境と深い関係を持つ。もっとも、環境は均衡とはかけ離れているのだが、食料・日光・化学物質・鉱物等の需要を巻き込む高いエネルギーが常に存在している。つまり、オートポイエーシスの組織はそれぞれ、唯一で別個の歴史を持っているということになる。そしてこの歴史は、さらに大きな歴史や他のオートポイエーシスの構造と結びつく。これが繰り返され、さらに続いていく。一つの有機体の自主性が大きくなればなるほど、絡みつきはさらに深まる。逆に、途切れてしまうかもしれない」

「どういうこと？」ディマスが、耐えられずに質問した。

「個体なんてただの幻想だってことさ」

ディマスは考え込んだ。この繋がりをもう一度整理していた。

「すべての現実は実際に起こっているが、それぞれが切り離されているというのは幻想だ。ある一点において、我々は皆一つの有機体だ。魂も物質も、同じ一つの要素からできている。単一性の中にある二面性だ。そして今回発生した交差は、実は俺たちが思っているほど不可解なものではない。これはいわゆる——」

「シンクロニシティ、共時性だ！」ディマスは神妙な面持ちで言った。

「カール・ユングは、実にぴったりな名称を付けたと思わないか？」レウベンは微笑んだ。

「そ、そして、僕たちは信じられないようなシンクロニシティを経験したってわけだ」

「シンクロニシティは、意識の中で発生するコミュニケーションだ。そして偉大な計画によって動かされる。これを因果律のあるプロセスとして見るのであれば、筋が通らないことは明らかだ。この意味ある数々の偶然はすべて、因果律によるものではない」

「理解したよ。人々はそれぞれ関係を持たない個別の歴史をベースとしている。それなのに、このありさまだ。我々は皆、同じ『蜘蛛の巣』にいる。スーパーノヴァは僕たちよりも先にそのことに気づいていた」

突然、レウベンが笑い出した。腹を抱えて大笑いしている。「今まで、科学で意識を説明しようと頑張ってきたが、なんて馬鹿なことをしていたんだ！　ははは！　本当に俺は間抜けだ！」レウベンは、涙が出るほど笑っていた。

「レウベン、今回の件で頭がおかしくなったなんて言わないでくれよ。ゲイとして生きるだけで十分難しいのだから、さらに状況を難しくするのはやめてくれ」

「スーパーノヴァが正しかった。すべては、『蜘蛛の巣』だ。自分の結び目で静止しているうちは、俺が『蜘蛛の巣』について説明することなんて、出来っこなかったんだ。科学は現象については説明することができるが、意識は現象じゃない。意識は、森羅万象だ。科学でさえ、意識の中に含まれる現象だ。我々が探し求めなければならないのは、意識と互換性のある科学、これだ！」

ディマスの顔に、満面の笑みが浮かんだ。「君が正気でよかった。むしろ、以前より正気度が増した」

「これがアブラハム・マズローが意図したことだったんだな。もっとも理想的な科学の形は、そこへ無条件で入っていけることだ。科学は万物に対してオープンで、如何なるものも除外しない。俺は、世界の見方を変えたコペルニクスのことを思い出したよ。地球が軌道の中心なのではなく、太陽が中心だという、あれだ。そして今、俺はまたこれを変えたいと思う。天文学的には違うとしても、やはり全宇宙の中心にいるのは我々なのだと。その理由は——」

「僕たちが、意味そのものだからだね」

二人の男は抱き合い、窓の方を向いた。星空を見上げると、二人の鏡があちこちに見つかった。

33　万物はあなたにある

向かいの家のカーテンは、やっぱり閉まっている。ついにこの日がやってきた。スーパーノヴァは、別れの場面があまり好きではなかった。彼女は、紙をたった一枚だけ、ドアへ挟んだ。

万物はあなたにある。あなたの中にある。
あたしもそこにいる。
D

レーは、これは別れではないということを知っていたが、それでも心がヒリヒリと痛んだ。レコードからはぼんやりと「愛は自由だ、生きている」と聞こえてくる。ディーヴァが恋しくて仕方がなかった。そして、彼女のことを抱きしめることができたら、レーにとって歴史ある曲から一番美しい言葉を選んでダンスに誘うのに、と想像した。
でも、流星を留めておける人なんているだろうか？　彼女は空を照らしにやって来た。そして今、その光の鍵を握っているのは、彼女自身なのだ。レーは目を閉じた。ひどく美しい感情が、心の隅々に浸透していく。起き上がると、朝の空に溶けた。

姫、僕を見て
どんな理屈も突き抜けて
空高く飛んだよ
愛は亡霊になんてならない
どこでも現実に足をついている
そして、僕がそれだ

ディマス&レウベン

部屋の空気はよどんでいた。本と紙がそこら中に散らばって、床一面が覆われそうだ。残っているのは、二人の体が入るギリギリのスペースのみだった。

「十年だな、ディマス」

「うん。僕たちは、思っていたよりずっと前進したよね」

しばしの間、陶酔感に浸っていると、ディマスの思考が突然何かに刺激された。

「レウベン、実はスーパーノヴァも、僕たちが考えた登場人物のうちの一人だったなんてことあると思う?」

「あると思う。ない理由がない」

「僕たち二人も、自分が創った物語の中の一部だとしたら? 僕たちの役割って何だろう?」

レウベンは黙り込んだ。ファンタジーのような話に、すぐに反応することができなかった。

「実は俺たち、見せかけなのかもな。ただのチョイ役だ。苗字も与えられない二人の男。誰か他に作者がいて、その思考分子の中に生きている。そして俺たちがそこから出ることは永遠にない」

レウベンは、自分で言っていることが恐ろしくなった。「俺たちの記憶、知識、経歴はすべて、ただそう設定されただけのもので、実際には何も経験していない。俺たちの存在は、本の最終ページで終わる。しかも、一秒だって家の外に出たことがない。俺たちは、誰かの物語を操る者として、書斎で任務をこなす苗字もない二人の男…。永遠に思考分子の中に生きていく」

「もしその作者が記憶喪失になったらどうしよう?」

「終わりだな」

二人とも、複雑な気持ちを抱えて、黙り込んだ。

「レウベン…」

「何だ?」

「愛してるよ」

「は?」

「僕はせめて、愛の中で終わりたい」

「俺も、愛している」

それから二人は手を握り合った。ある書斎にいる苗字もない二人の男は、互いに愛し合っていた。

解説

福武　慎太郎

書くことを仕事にしている者に共通する経験として、文章を書きはじめる時、展開や結論がはじめから決まっていることは稀ではないだろうか。いくつかのアイデア、そして必要な資料を用意し、大まかな構想を立てて書きはじめる。その工程は特に小説を書くという営為にあてはまるだろう。ある程度書き進めたところで手を動かすのをとめ、「この物語はこれからどこへ向かっていくのだろう」と自問する。

それから、物語は自ら歩みはじめ、著者本人も思いも寄らないような展開を見せはじめる。小説に限らず、美術、芸術など、創作的なことに取り組む人々は、似たような経験をしているにちがいない。私たちが主体的にある作品を創造しているのではなく、作品が自ら語りはじめるような、内側から生まれ出てくるような経験である。

本作品の登場人物であり、この物語を構想するレウベンは、数学、量子力学など科学的知識を駆使し、恋愛小説の形式をとって彼の理論を表現しようとする。レウベンは、パートナーのディマスと対話しながら執筆を進め、当初は小説世界を制御しているつもりだった。しかし途中から、物語は彼らの思惑を越えて自ら歩みはじめ、そして急速度で展開してゆく。この物語の展開と結末は作者であるレウベンにもわからない。そして最後に、彼ら自身も、より大きな物語の一部であることに気づくことになる。

＊

『スーパーノヴァ　エピソード1　騎士と姫と流星』は、インドネシア現代文学を代表する作家ディー・レスタリ（Dee Lestari）の長編小説、*Supernova: Kesatria, Putri, & Bintang Jatuh* の全訳である。ディー・レスタリは二〇〇一年、本作で作家としてデビューを果たしたが、それ以前から女性三人のポップスグループ「リタ・シタ・デヴィ（Rita Sita Dewi）」のヴォーカリストの一人として名が知られていた。『スーパーノヴァ』は、発売後三十五日間で一万二千部を記録しベストセラーとなった。二〇〇二年三月には英語訳も出版され、以後、『スーパーノヴァ』シリーズは二〇一六年に刊行された完結編に至るまで六部作となっている。その他にも数多くの短編、中編小説を執筆しているが、この『スーパーノヴァ』シリーズは、自他共に認めるディー・レスタリのライフワークとなった。

二十五歳で作家デビューという若さ、大学で国際関係論を専攻し、在学中にアイドル・グループのメンバーとしてデビューした華やかな経歴も、長編小説を好まないインドネシアの人々の興味を惹きつける理由の一つとなったのは間違いない。同時代に文壇デビューしたアユ・ウタミ（Ayu Utami）、ジュナル・マエサ・アユ（Djenar Maesa Ayu）、フィラ・バスキ（Fira Basuki）など、他の女性作家と並び、彼女たちの作品は「サストラ・ワンギ（*sastra wangi*、いい香りの文学）」と評され、「レフォルマシ」の時代、すなわち一九九〇年代後半からの民主化の時代を彩るインドネシア文学界の新風となった。「サストラ・ワンギ」という言葉の持つ心地の良い響きは、才色兼備の若手作家たちのイメージにぴったりな表現であったが、必ずしも個々の作家が表現するテーマや世界観を反映したものではない。しかし彼女たち新時代の作家たちがインドネシア現代文学のプロモーションに一役買ってきたことは間違いないだろう。

アユ・ウタミやディー・レスタリなど「サストラ・ワンギ」の作家たちに共通するのは、都市で生活する人々の自由恋愛やセクシュアリティを真正面から描いたことだ。性愛、不倫や同性愛などを描く彼女たちの作風は、ムスリムが多数派で文化的、倫理的にもイスラームの影響が強いという私たちの多くが抱くインドネシアのイメージからすると、タブーに積極的に挑戦しているように思える。民主化によってインドネシア社会が手にした表現の自由が、こうした表現活動の後押しをしているかのようである。

ただし、サストラ・ワンギの作家たちが登場した「レフォルマシ」の時代は、「イスラーム主義」の時代でもあった。極めて保守的なイスラーム主義が台頭した二〇〇〇年代のインドネシアにおいて、サストラ・ワンギの作家たちはどのように受容されたのだろうか。

一九九八年のスハルト政権崩壊後、出版物の刊行を許可制にして取り締まる法令が廃止された。これによって表現の自由が認められたわけだが、他方で、いくつかのイスラーム団体が協働し、出版物や映画、テレビなどにおける性的表現を監視するポルノグラフィ撲滅委員会を設立した。このような動向は、二〇〇六年に提出され、二〇〇八年十月に可決された「反ポルノ法」に象徴されている。最終的にはかなり穏便な内容の法案に修正され可決したが、二〇〇六年に提出された原案は、女性の外出時のヴェールの着用の強制や、ＬＧＢＴを含む全ての婚外性交渉の犯罪化など、かなり宗教的保守色の強いものだった。

レフォルマシの時代の、性表現をめぐる象徴的な出来事は、二〇一二年の米国人歌手レディー・ガガのジャカルタ公演が中止に追い込まれた騒動である。保守的イスラーム団体「イスラーム防衛者戦線（ＦＰＩ）」が公演の阻止を主張するなか、安全確保が困難という理由で主催者が直前で中止を決断した。ＦＰＩだけでなく「インドネシア・ウラマー評議会（ＭＵＩ）」も公演の反対を表明していた。レディー・ガガが同性愛者への支持を公言するなど、彼女の活動やメッセージの政治性に対する保守派ムスリムの強い反発が背景にあった。

こうした動向は、二〇〇〇年代以降のインドネシアにおけるセクシュアリティへの保守的な空気を示している。ただし、インドネシアをセクシュアリティに対し極めて保守的な社会と捉えるのは早計である。レディー・ガガのジャカルタ公演をめぐる騒動の際、他方で当局を批判しレディー・ガガを支持する多くの市民によるデモ活動がおこなわれた。二〇〇六年に提出された極めて保守的な反ポルノ法案についても、ＬＧＢＴや民族的、宗教的マイノリティの権利を求める市民運動の力が、法案の修正をおこなわざるを得ない事態に追い込んだ。確かに二〇一〇年代以降に見られるＬＧＢＴに対する偏見の広がりはけっして見逃すことのできない状況ではあるが、レフォルマシの時代に復活した言論、表現の自由が、保守、リベラル双方の運動を活発化させているのがインドネシアの現在と言うことができる。こうした状況の中でサストラ・ワンギの作家たちの作品は、一部から批判の対象となる一方、若い世代を中心に熱烈な支持を集めた社会現象にまでなったのである。

＊

ここまで性表現をめぐるインドネシア社会の現状について述べたが、アユ・ウタミもディー・レスタリも、彼女たちの作品のテーマはセクシュアリティに集約されるわけではない。アユ・ウタミの『サマン』（一九九八）の場合、開発という暴力が物語の背景として描かれる。スハルト政権末期に発表された同作品は、権威主義体制を批判するメッセージが込められているという点で、プラムディヤ・アナンタ・トゥールの『人間の大地』（一九八〇）の流れを汲む国家権力を問う政治性を持っているといえる。

ディー・レスタリの『スーパーノヴァ』はどうなのだろうか。物語は、ゲイのインドネシア人男性レウベンがパートナーとの対話を通じて物語るという作中作小説の形式をとり、ジャカルタの富裕層の青年と、既婚女性であるジャーナリストの恋愛を軸に展開する。同性愛や不倫を描いていることから性規範への挑戦をみてとれるが、読み進めていくに従って、それは単なる舞台設定にすぎないことがわかるだろう。

レウベンは、フラクタルという概念を用いて、パートナーのディマスに物語について説明している。フラクタルとは、フランスの数学者ブノア・マンデルブロが提唱した幾何学の概念で、全体と部分が自己相似になっている図形を意味している。厳密には自然界には存在しないとされているが、私たちはその近似をみることができる。ロマネスコ・ブロッコリーの美しいパターンが代表例であるが、雪の結晶、海岸線、樹木など、自然界に存在するあらゆるものが近似の同一のパターンで成立している。

レウベンはこの幾何学的な美しさを、小説の中の人物の相関関係に表現しようとする。物語の展開も、「乱流」「量子跳躍」といった数学、量子力学の理論を根拠に説明している。これらの理論は自然の成り立ちを数式で説明づけようとする試みだが、レウベン（またはディー・レスタリ）の試みは、人間の織りなす愛もまた自然界の成り立ちの一つとして表現しようとしている点にある。

このことは人類学者クロード・レヴィ＝ストロースが神話分析を通じ、神話素という人類の深層心理の構造を発見するプロセスを想起させて興味深い。諸民族のあいだに語り継がれてきた神話には、共通した構造がみられる。多くの人々の心に響く物語を書く上で重要なのは、決して唯一無二の独創性ではない。諸民族の歴史の中で語り継がれてきた神話や民話、時の洗礼を受けてもなお生き残った古典文学は、類似の構造を持ち、物語の細部に至るまである種のパターンを見出すことができる。

私たち、人が経験し、紡ぐ物語もそうではないか。人と人が惹かれ合い、すれ違い、そして何らかの自然＝神の摂理が作用し、物語は一つの結末を迎える。私たちは誰にでも起こりうる近似の現象を経験している。物語に出会うとき私たちは、自分たちとは異なる他者の経験に感動しているのではない。遠く離れた言語、文化、人種、民族、性も異なる人々の中に、同じ心の体験を見出すからだ。

人類学者がある少数民族の文化について詳細な記述をおこなうのは、その特殊性にのみ関心を払っているのではない。むしろ細部に行き渡る人類文化の普遍性をみようとしている。同様に、物語を書くという営為も、あらゆる美術、芸術の創造も、オリジナリティの追求というよりも、自らの想像を超えた人類、生命の普遍性に近づこうとしている。そうして深層にたどり着いた作品に私たちは出会うとき、私たちの魂は強く揺さぶられるのだろう。

『スーパーノヴァ』は、イスラームの規範が支配的なインドネシアでの男女の不倫を、ゲイのカップルが物語るという設定から、性的マイノリティ、性的規範を主題としているかのようにみえる。しかし、ここにディー・レスタリが仕掛けたパラドクスが潜んでいる。特殊な環境における特殊な恋愛を描いているにもかかわらず、最終的に私たちは、そこに何度となく人類の歴史の中で語り継がれてきた普遍的な愛のかたちを見出す。逆に、そうした普遍性の中にこの物語を位置付けることで、同性愛や不倫など、制度から逸脱した恋愛もまた、人々の織りなす愛のフラクタルの一部であることをレスタリは示してみせるのである。

*

『珈琲の哲学』に引き続き、本作品も西野恵子さんの素晴らしい翻訳でお届けする。監修、監訳者として、原文と訳文を繰り返し読んでいるうちに、本書の登場人物であるレウベンたちが経験したような、不思議な感覚が私に舞い降りてきた。それは、書いているのは私たちではなく、何かによって私たちは書かされている、私たちもまた、より大きな物語の一部であるという感覚である。確かに翻訳は、本来的にその感覚を持ち合わせている仕事である。翻訳されたものは、原著者の作品であると同時に翻訳者の作品でもあるのだが、翻訳とは、すでに存在している物語を、別言語で表現する行為である。産み出されたものの創造主としての意識を翻訳者は本来的に持っていない。

レスタリは、作中作小説という形式を利用し、物語の創造主としての立場をレウベンたちから奪う。物語を書くという営為に対する作者の主体性の消失をレウベンたちが経験しているのだが、その経験はそのまま本作品の創造者であったレスタリにももたらされる。レスタリ自身もまた、人類史の中で語り継がれてきた神話を、現代のインドネシアという空間で、インドネシア語で表現しているにすぎないのである。

プロテスタントのキリスト教徒の家庭で生まれ育った彼女は成人後、仏教へ改宗している。インドネシアを含む東南アジア地域はヒンドゥーの神話であるマハーバーラタ、ラーマーヤナを王権の基盤としており、文化、芸能においても影響を強く受けている。レスタリ自身は直接の影響を否定しているが、ヒンドゥーの神の化身であるアヴァターラを登場させるなど、都会的でスタイリッシュな装いながらも、インドネシア文学の系譜に本作があることを感じさせるテイストも失われていない。

『スーパーノヴァ』シリーズは、宗教と科学のエッセンスを盛り込んだ、現代インドネシアに誕生した新たな神話として、多くの人たちに読まれるべき極上のエンターテイメント作品である。すでに原著の刊行から二十年が経過しており、遅きに失した感もあるが、今読んでも古びた印象を抱くことはない。それは時空を超越した人類の物語を表現していることも関係しているかもしれないが、それを差し引いても、今なおその最中にある「レフォルマシ」というインドネシア新時代の息吹を、本作品から十分に感じていただけるだろう。

■参考文献

アユ・ウタミ（二〇〇七）『サマン』竹下愛訳、木犀社。

小川忠（二〇一六）『インドネシア　イスラーム大国の変貌　躍進がもたらす新たな危機』新潮選書。

倉沢愛子（二〇〇六）『インドネシア　イスラームの覚醒』洋泉社。

プラムディヤ・アナンタ・トゥール（一九八六）『人間の大地』（上）（下）、押川典昭訳、めこん。

Graham Davies, Sharyn and Bennett, Linda Rae, 2014, *Sex and Sexualities in Contemporary Indonesia: Sexual Politics, Health, Diversity and Representations*, Routledge.

訳者あとがき

西野　恵子

本書をお手に取っていただき、誠にありがとうございます。心より感謝申し上げます。

著者のディー・レスタリさんと何気ない会話をしているとき、その言葉選びに思わず心を奪われることが幾度となくありました。そんなディーさんが一つ一つ選び抜いた言葉で紡がれた文章に、どのような日本語をあてたらそれを再現できるだろうか、もしもディーさんが日本語で書くとしたらどんな言葉を選ぶだろうかと、常にそんなことを考えながら一歩一歩翻訳作業を進めてきました。インドネシア語で表現されたスーパーノヴァの世界観を、日本語を通じて皆様の脳裏に浮かび上がらせることができたら、翻訳者としてこれほど嬉しいことはありません。

解説にもあるとおり、本書は六巻におよぶ壮大な物語の始まりです。どこか意味深な一巻の物語には、今後へ続く重要な「鍵」があちらこちらに散りばめられています。そして特徴的なのは、五巻までは、ストーリーも登場人物もそれぞれ異なる独立した物語で、何巻から読みはじめても楽しめるというユニークなつくりになっている点です。二巻『Akar（根）』は、生まれつき、頭に恐竜の背中にあるような突起を持つタトゥー彫り師の青年、ボディの物語（主な舞台：マラン、タイ、カンボジア）。三巻『Petir（雷）』は、進路に迷う若者エレクトラ（女性）が、起業したり、不思議な力を使いこなせるようになったりしていく様を描いた物語（バンドゥン）。四巻『Partikel（粒子）』は、学校には行かず最愛の父から教育を受けた少女ザラが、その後、保護されたオラン・ウータンの母親代わりになったり、カメラマンをしたりしながら成長していく物語（ボゴール、カリマンタン、ロンドン）。五巻『Gelombang（波）』は、悪夢を恐れて少年期から自分の睡眠をコントロールしてきたアルファが、アメリカで様々な困難を乗り越えながら成功をおさめ、これまで抱えてきた謎を解き明かしていく物語（スマトラ、アメリカ、チベット）。一見しただけでも個性豊かなこれらの登場人物たちが、ある目的のために、六巻『Inteligensi Embun Pagi（朝露のインテリジェンス）』でだんだんと緩やかに、そして確実に繋がっていく様は圧巻です。一巻『騎士と姫と流星』を読み終えた後、胸にモヤっと残る場面があるとしたら、それは次に繋がるメッセージかもしれません。今後の展開を想像しつつ、お楽しみいただけると幸いです。

さて、今回の翻訳は、主に、新型コロナ感染拡大による二〇二〇年四月の緊急事態宣言中に行ったものです。先行きが不透明な中、スーパーノヴァの言葉に励まされたり、遠くなってしまったインドネシアに思いを馳せたりしながら、少しずつ仕上がっていく訳文に希望を見出していました。壮大なスーパーノヴァの世界に触れることで、不安な現実からしばし逃げることができました。読者の皆様にも、日常から離れた読書体験を楽しんでいただけるのではないかと期待しております。

最後に、いつも温かいサポートをしてくださるたくさんの方々に心から御礼申し上げます。『珈琲の哲学　ディー・レスタリ短編集1995-2005』（上智大学出版、二〇一九年）に続き、監訳をしてくださった福武慎太郎先生。すべてのきっかけをくれた旧友、加藤ひろあきさん。そして、快く私に翻訳を任せてくださった著者ディー・レスタリさん。その他たくさんの関係者の皆さま。本当にありがとうございました。

スーパーノヴァと、一人でも多くの方の出会いを願って。

【著者、監訳・訳者紹介】

●著　者

ディー・レスタリ（Dee Lestari）

インドネシア、バンドゥンに生まれる。本作『スーパーノヴァ』で2001年に作家デビュー後、民主化以降のインドネシア文学を代表する作家のひとりとなる。

６作にわたる長編小説『スーパーノヴァ』シリーズのほか、短編集『珈琲の哲学』など多くの著作がある。

●監　訳

福武 慎太郎（ふくたけ・しんたろう）

上智大学総合グローバル学部教授。

上智大学大学院外国語学研究科地域研究専攻博士後期課程満期退学。博士（地域研究）。

名古屋市立大学専任講師、上智大学外国語学部准教授を経て現職。

専門は文化人類学、東南アジア研究（東ティモール、インドネシア）。

主著に、『グローバル支援の人類学―変貌するNGO・市民活動の現場から』（共著、昭和堂、2017年）、『平和の人類学』（共著、法律文化社、2014年）など、訳書に、アンドレア・ヒラタ『虹の少年たち』（加藤ひろあきとの共訳、サンマーク出版、2013年）、ディー・レスタリ『ディー・レスタリ短編集1995–2005 珈琲の哲学』（西野恵子、加藤ひろあきとの共訳、上智大学出版、2019年）がある。

●訳　者

西野 恵子（にしの・けいこ）

元上智大学インドネシア語非常勤講師。

現在は、フリーランスのインドネシア語翻訳者として主に産業分野での翻訳を行う他、東京インドネシア共和国学校（Sekolah Republik Indonesia Tokyo）で日本語教師を務める。

過去16名しかいないインドネシア語検定特Ａ級合格者のうちの一人。

東京外国語大学東南アジア課程インドネシア語専攻卒。在学中にガジャマダ大学文化研究学部へ留学。

訳書に、ディー・レスタリ『ディー・レスタリ短編集1995–2005 珈琲の哲学』（福武慎太郎監訳、加藤ひろあきとの共訳、上智大学出版、2019年）がある。

インドネシア現代文学選集2
スーパーノヴァ　エピソード1
――騎士と姫と流星――

2021年7月10日　第1版第1刷発行

著　者：ディー・レスタリ
監　訳：福　武　慎太郎
訳　者：西　野　恵　子
発行者：佐　久　間　勤

発　行：Sophia University Press
上智大学出版

〒102-8554　東京都千代田区紀尾井町7-1
URL：https://www.sophia.ac.jp/

制作・発売　㈱ぎょうせい

〒136-8575　東京都江東区新木場1-18-11
URL：https://gyosei.jp
フリーコール　0120-953-431
〈検印省略〉

印刷・製本　ぎょうせいデジタル㈱
ISBN 978-4-324-11030-0
(5300310-00-000)
［略号：(上智) スーパーノヴァ］

Sophia University Press

上智大学は、その基本理念の一つとして、
「本学は、その特色を活かして、キリスト教とその文化を研究する機会を提供する。これと同時に、思想の多様性を認め、各種の思想の学問的研究を奨励する」と謳っている。

大学は、この学問的成果を学術書として発表する「独自の場」を保有することが望まれる。どのような学問的成果を世に発信しうるかは、その大学の学問的水準・評価と深く関わりを持つ。

上智大学は、(1) 高度な水準にある学術書、(2) キリスト教ヒューマニズムに関連する優れた作品、(3) 啓蒙的問題提起の書、(4) 学問研究への導入となる特色ある教科書等、個人の研究のみならず、共同の研究成果を刊行することによって、文化の創造に寄与し、大学の発展とその歴史に貢献する。

Sophia University Press

One of the fundamental ideals of Sophia University is "to embody the university's special characteristics by offering opportunities to study Christianity and Christian culture. At the same time, recognizing the diversity of thought, the university encourages academic research on a wide variety of world views."

The Sophia University Press was established to provide an independent base for the publication of scholarly research. The publications of our press are a guide to the level of research at Sophia, and one of the factors in the public evaluation of our activities.

Sophia University Press publishes books that (1) meet high academic standards; (2) are related to our university's founding spirit of Christian humanism; (3) are on important issues of interest to a broad general public; and (4) textbooks and introductions to the various academic disciplines. We publish works by individual scholars as well as the results of collaborative research projects that contribute to general cultural development and the advancement of the university.

SUPERNOVA
Episode: Kesatria, Putri, dan Bintang Jatuh

by Dee Lestari
translated by Shintaro Fukutake and Keiko Nishino

production & sales agency：GYOSEI Corporation, Tokyo
ISBN 978-4-324-11030-0
order：https://gyosei.jp

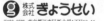

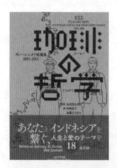